AU FIN FOND
DE LA PETITE SIBÉRIE

DU MÊME AUTEUR

La Dernière Pluie, Fleuve Éditions, 2013 ; Pocket, 2015

Sombre est mon cœur, Fleuve Éditions, 2015 ; Pocket 2016

Aussi noir que ton mensonge, Fleuve Éditions, 2016

Derniers Mètres jusqu'au cimetière, Fleuve Éditions, 2019 ; 10x18, 2020

Sous le soleil éternel de Finlande, Fleuve Éditions, 2020 ; 10x18, 2021

ANTTI TUOMAINEN

AU FIN FOND DE LA PETITE SIBÉRIE

Traduit du finnois
par Anne Colin du Terrail

fleuve
ÉDITIONS

Titre original :
Pikku Siperia
Éditeur original :
Like Kustannus Oy, Helsinki

Ouvrage publié avec le concours de FILI

FILI FINNISH LITERATURE EXCHANGE

MIXTE
Papier issu de sources responsables
FSC® C003309

L'éditeur de cet ouvrage s'engage dans une démarche de certification FSC® qui contribue à la préservation des forêts pour les générations futures.

Pour en savoir plus :
www.editis.com/engagement-rse/

ISBN : 978-2-265-15467-4

Dépôt légal : septembre 2021

Chaleureusement dédié
avec toute ma reconnaissance à Aino Järvi,
ma professeure de lettres au lycée.

Merci aussi bien pour les bonnes
que pour les mauvaises notes,
et surtout pour m'avoir dit il y a trente ans
que l'écriture pourrait être mon domaine.

Je promets de faire de mon mieux.

« Au milieu du chemin de notre vie
Je me retrouvai dans une forêt obscure
Car la voie droite était perdue. »

— Dante,
La Divine Comédie
(trad. Jacqueline Risset, éd. Flammarion, 1985)

PROLOGUE

La vodka tiède lui arrache la bouche, lui enflamme la gorge. Le dérapage reste malgré tout contrôlé et la voiture sort du virage à peu près à l'allure à laquelle elle y est entrée.

L'homme ôte sa main droite du volant, passe la vitesse supérieure, jette un coup d'œil au compteur. Un poil au-dessus de cent trente. C'est excellent, surtout en conditions hivernales, avec un tel gel et sur cette route sinueuse, à l'est du mont Hurmevaara. Sans parler du fait que la visibilité est limitée de nuit, malgré la clarté des étoiles.

Son pied gauche joue de nouveau sur la pédale d'embrayage, le droit enfonce l'accélérateur. Il lève encore une fois la main droite, prend une lichette au goulot de la bouteille.

C'est ainsi qu'on boit la vodka. D'abord une grande lampée qui emplit la bouche, emporte les dents et brûle comme un incendie. Puis un léger voile aérien qui humecte à peine le palais, éteint le feu et aide à avaler la vraie gorgée, la première.

Et c'est ainsi qu'on conduit une voiture.

Une longue descente en pente douce se profile. Elle tourne paresseusement vers la droite, traîtresse dans son apparente facilité. On croirait à première vue qu'il suffit de maintenir la voiture sur sa trajectoire et le pied au plancher. Mais non. La route penche vers la gauche et plus on roule vite, plus elle cherche à vous envoyer dans le décor. L'homme serre le volant, il sait que sa vitesse est d'environ cent soixante-cinq kilomètres à l'heure. C'est digne d'un championnat du monde. Il le sait aussi. Et il en souffre.

À droite apparaît fugitivement l'étendue gelée du lac Hurmejärvi. Sur la glace se dressent des fanions signalant les ouvertures entretenues par les pêcheurs et l'emplacement de leurs filets à corégones. Il leur jette parfois un regard au passage, car vus du coin de l'œil, ils rappellent les drapeaux agités par le public. Cette nuit, il n'en a pas besoin.

Il tient son volant tourné d'un millimètre vers la droite afin de corriger l'inclinaison de la route. Et alors qu'un nouveau virage se dessine, il enclenche le frein moteur. La manœuvre exige une coordination parfaite, une collaboration sans faille du pied sur l'embrayage et de la main sur le levier de vitesse. L'homme coince sa bouteille entre ses cuisses, plaque sa main gauche sur le volant, la droite sur le pommeau du levier, débraye, embraye et donne raisonnablement des gaz. La voiture décélère d'elle-même. La pédale de frein est pour les amateurs. Comme celui à qui il a emprunté cette Audi.

Au bout d'une courte et plane ligne droite, le voilà au pied d'une double colline. Il ressent une brûlure au fond de l'estomac.

Ce n'est pas la vodka. C'est le destin.

Il arrache toute sa puissance à l'Audi, ce qui exige de maîtriser pleinement le véhicule et la situation. Il ne suffit pas d'enfoncer le champignon, car la voiture perd alors sa maniabilité.

À ce stade, à plus de cent quatre-vingts à l'heure, c'est l'assurance d'être projeté dans les congères, à droite ou à gauche de la route, et de faire plusieurs tonneaux. Avec de la chance. Sinon, si le conducteur hésite un tant soit peu, la voiture foncera droit dans l'épaisse sapinière. Là, elle s'enroulera comme du papier cadeau autour d'un tronc gelé de près d'un mètre de diamètre.

L'homme ne croit pas à la chance. Il croit à une vitesse adaptée à la situation.

Surtout maintenant, quand tout touche à sa fin. Une fin qui lui convient.

L'Audi atteint le sommet de la colline à près de deux cents à l'heure. Et s'envole. Au décollage, l'homme porte sa bouteille à ses lèvres. Ce qui exige autant de précision que la conduite automobile. Sa main gauche la manie avec sûreté et décontraction. La vodka coule dans son gosier en même temps que la voiture plane dans la nuit glacée. Sa bouche brûle d'une flamme délicieuse tandis que la tonne et demie d'acier, d'aluminium, de moteur hurlant et de pneus cloutés neufs lui obéit.

L'Audi vole loin et longtemps. Elle atterrit à l'instant même où la bouteille retrouve sa place entre les cuisses de l'homme.

Il rétrograde, accélère, passe une vitesse. Une descente, un soupçon de plat, une deuxième montée jusqu'au sommet d'une autre colline. Et un nouvel envol. Il a le temps de regarder aussi bien le tableau de bord aux lumières rougeoyantes que les reflets de la bouteille de verre. Le compteur est à deux cents, le liquide à moins de dix centilitres. Quand les clous d'acier crépitent à nouveau sur la route telles des rafales de mitrailleuse, l'homme sourit autant que sa bouche fripée par la vodka le lui permet.

Il est au top. Ceux qui l'ont banni le regretteront. Il a été vilipendé, ostracisé. Il mourra peut-être, mais s'élèvera par cette mort librement choisie au-dessus de tout et de tous. Les rattrapera et les dépassera. Fera au passage coucou de la main aux traînards. L'image est puissante et réconfortante. Aussi brûlante, dans son esprit, que la vodka dans sa bouche.

Il tète sa bouteille, elle se vide.

Dernière ligne droite. L'Audi hurle.

Il ouvre la fenêtre. Son visage se fige, ses yeux pleurent. Il jette la bouteille dans la neige.

Une route rectiligne. Avec un croisement en T au bout. Il n'a pas l'intention de tourner. Il vise la paroi rocheuse, en face.

La vitesse de pointe dépend du conducteur. Personne n'en parle. On dit seulement que telle ou telle voiture a une vitesse maximale de tant ou tant. Foutaises.

L'homme vérifie le compteur. Deux cent quarante. Pour une voiture supposée se bloquer à deux cent vingt-cinq.

Il regarde la route. Le dernier kilomètre. À tout jamais.

Voilà donc la fin, pense-t-il, quand la voiture explose.

Le choc se répercute dans tout son corps. Et que voit-il en une fraction de seconde : un immense éclat de lumière qui traverse le monde de haut en bas, suivi d'une ombre tout aussi imposante. Son cœur s'arrête et redémarre, se met à battre à grands coups caverneux, comme si on martelait du métal. Ses cinq sens, soudain aiguisés, se comportent de façon totalement inédite. Il perçoit l'odeur de la tôle déchirée et le goût du matériau étrange, élastique, du rembourrage du siège, ressent l'onde de choc dans ses mains, et entend d'abord tout, puis, quand ses oreilles se bouchent, l'explosion qui se prolonge à l'intérieur de sa tête.

Il agit d'instinct. Rétrograde, enfonce les pédales d'embrayage, d'accélérateur, de frein. Frein moteur, frein à main, dérapage contrôlé. La voiture glisse jusqu'au croisement, s'arrête.

Il ne sait pas combien de temps dure l'immobilité. Peut-être une minute, peut-être deux. Il est incapable de bouger. Quand il y parvient et réussit à lâcher le volant et à tourner la tête, il ne comprend pas ce qu'il a sous les yeux.

Il voit bien sûr qu'il y a un trou dans le toit de la voiture au-dessus de la place du mort. Mais aussi dans le siège. Le premier fait environ quarante centimètres de diamètre. Le second est à peine plus petit. L'homme se félicite d'avoir vidé sa bouteille de vodka. Sinon, il ne regarderait pas ce spectacle avec un tel calme.

Il détache sa ceinture de sécurité, s'immobilise de nouveau un moment. Il éprouve le besoin de récapituler les fondamentaux. Le trou dans le toit, le trou dans le siège, lui-même. Les trous sont à côté de lui.

Il descend de voiture, se retourne deux ou trois fois. De la neige à perte de vue, une froide nuit d'hiver éclairée par la lune et les étoiles. La neige crisse sous ses chaussures de conduite tandis qu'il fait le tour de l'Audi. Le trou dans le toit ressemble à une bouche en cœur à l'envers. L'homme ouvre la portière. En effet, des lèvres déchiquetées embrassent l'habitacle. Le trou en forme de cratère du siège a l'air obscène. Il y jette un coup d'œil. Il est noir. On peut en conclure deux choses. Le fond de la voiture n'est pas percé, car dans le cas contraire on verrait la neige. Et quel que soit l'objet qui a fait le trou, il a d'abord traversé le toit, puis le siège et… s'est arrêté.

L'homme recule. Son cœur bat la chamade.

Il se préparait à mourir. Puis quelque chose est arrivé, et il est en vie.

En ce moment même, on court le rallye de Monte-Carlo. Il y a des gens là-bas. De l'eau-de-vie des Alpes. On n'y fait pas de trous dans les voitures. Rien n'y tombe…

Du ciel.

L'homme lève soudain les yeux vers le firmament. On n'y voit rien, bien sûr. On y voit rarement quoi que ce soit. À part les étoiles et la lune et, dans quelques mois, le soleil. Des nuages. Des avions. Mais pas…

Il a la tête sur les épaules. Les ovnis n'existent pas.

Puis ça lui revient, une émission de télévision. La chute d'une comète sur la terre n'était qu'une question de temps, y assurait-on. Elle provoquerait une nouvelle glaciation, car la poussière soulevée par l'impact obscurcirait le soleil. Tous mourraient.

Sauf lui, apparemment.

Difficile d'imaginer, pourtant, qu'il ait survécu tout en se trouvant à cinquante centimètres à l'ouest de la comète au moment de l'impact et que tous soient morts. Malgré l'absence de preuves tangibles, il est certain qu'en ce moment même, dans le village de Hurmevaara, quelqu'un mange un sandwich au saucisson.

Il ne s'agit donc pas d'une comète.

Mais ce doit être quelque chose de ce genre. Aucun mot ne lui vient. Et maintenant il a froid. La vodka et l'idée de la mort ne le réchauffent plus.

Son portable devrait être dans la poche de poitrine zippée de sa combinaison, mais il n'y est pas. Il était parti pour mourir, pas pour téléphoner. Il se sent soudain passablement soûl.

Quelle est la maison la plus proche ?

Il sait.

C'est à trois kilomètres. Mais il se refuse à jamais d'en refranchir le seuil. La suivante est à un kilomètre de plus.

Il part à pied. Au bout de deux cents mètres environ, il s'arrête. Plonge les mains dans la neige, se lave la figure. Il sent qu'il en a besoin. La friction est douloureuse, elle lui engourdit les doigts, lui anesthésie le visage. Mais elle a aussi un effet purifiant. Essentiel. Il reprend sa marche. S'arrête à nouveau. Se retourne pour regarder la voiture, puis le ciel.

Qu'y a-t-il là-bas ?

PREMIÈRE PARTIE

LE CIEL TOMBE

1

— Savez-vous ce qui va se passer ensuite ?

Depuis un an et sept mois que je suis pasteur de la petite paroisse de Hurmevaara, cet homme prend rendez-vous chaque fois que par hasard un créneau se libère. Il précise aussi que c'est à moi, Joel Huhta, qu'il veut parler. Ses motivations restent à ce jour un mystère.

L'entretien pastoral tourne toujours autour du même sujet. Seul l'angle d'attaque varie.

L'homme se gratte la joue. Sa barbe de trois jours lui mange en partie le visage, par endroits si noire et drue que ses doigts ne devraient pas pouvoir y passer. Le regard de ses yeux bleus est clair, mais sans joie. Ce n'est peut-être pas étonnant, vu les thèmes qu'il ressasse à chaque rendez-vous.

— Je ne suis pas très doué pour prédire l'avenir, dis-je.

L'homme hoche la tête.

— L'ONU l'est, en revanche, réplique-t-il. J'ai étudié ses dernières prévisions démographiques. La terre compte aujourd'hui environ 7,6 milliards d'habitants. En 2030, quasiment demain, ce sera 8,5 milliards. Au milieu du siècle, la population mondiale atteindra 9,7 milliards. Et à la fin, abracadabra ! 11,2 milliards. C'est ce qu'on appelle une estimation médiane. *Et alors ?* me direz-vous peut-être.

Je ne dis rien. Le centre paroissial respire le silence. Nous sommes dans l'angle nord-est du bâtiment, dans une pièce dont deux murs sont percés de vastes baies vitrées masquées par des stores. Derrière, je sais sans avoir à regarder qu'en cette fin d'après-midi le paysage est sombre, et enfin enneigé. L'arrivée tardive de l'hiver et les eaux libres de glace du lac Hurmejärvi me faisaient encore il y a peu douter de ma capacité à lire le calendrier. L'ameublement est ascétique, presque japonais, avec sa table basse et son épais tapis. Nous sommes certes assis dans des fauteuils, mais il n'y en a que deux, pour une surface d'une vingtaine de mètres carrés.

— Et que dire, poursuit l'homme d'une voix aussi claire et dépourvue de joie que ses yeux, si l'on pense que nous serons peut-être en Finlande cinq millions et demi, comme maintenant. Ou pas. La population africaine va quadrupler d'ici la fin du siècle. Le continent compte aujourd'hui un peu plus d'un milliard d'habitants, d'ici là ce sera quatre et demi. Quatre fois plus, donc. En même temps, les ressources en eau et en nourriture vont diminuer. Les gens resteront-ils à attendre que la faim et la soif augmentent ? En moyenne, les Africaines mettent au monde près de cinq enfants. Supposons que d'ici la fin du siècle un sur cinq décide qu'il en a assez. Assez de la faim, de la pauvreté, de la guerre, de la sécheresse. Qu'un sur cinq choisisse de partir ou soit envoyé gagner son pain dans des régions plus prospères. Supposons qu'il y ait une soustraction naturelle et que seul un sur dix mette les voiles. Supposons qu'un sur vingt parvienne à destination. C'est peut-être sous-estimé. Tant pis. Prenons une période un peu plus longue, pour inclure plusieurs générations. Et réduisons encore le nombre de ceux qui arrivent jusqu'en Europe. À ce stade, il pourrait par exemple y avoir 2,5 % de migrants sur quatre milliards et demi de personnes. Vous savez combien ça fait ? Cent douze millions et demi. Où va-t-on les mettre, où vont-ils s'installer ? Dans quelles conditions ? Qui acceptera ? C'est cent douze fois plus que la crise des réfugiés de 2015. Le chiffre est bien sûr sous-évalué, car il ne tient pas compte du fait que des gens naîtront et mourront par millions, ou plutôt par milliards, pendant la période considérée. Ces quatre milliards et demi ne sont qu'une estimation à un instant T. Au fil de l'eau, il peut se passer bien des choses, comme l'histoire le montre et l'avenir le dira. De tout temps, nous naissons, mourons, migrons. Faisons des enfants. Des dons de Dieu.

L'homme me regarde dans les yeux. Impossible, pourtant, qu'il soit au courant. Aucune chance. Je ne l'ai dit à personne. Personne.

— Dieu sait si j'ai apporté ma pierre à l'édifice, reprend-il. Avant mon divorce, bien sûr. Mais ça n'a rien à voir. Je suis ingénieur et quand j'ai des loisirs, je fais des maths. Je ne fantasme pas. Je ne rêve pas tout éveillé. J'en suis incapable. J'effectue des calculs. Chacun d'eux démontre que le monde finira.

Comme presque tous les jours à cette heure, ne puis-je m'empêcher de penser.

— Et si nous vivons, poursuit l'homme, dans un monde dont il est prouvé, à la lumière des faits, qu'il finira, qui plus est à relativement brève échéance… Il n'y a aucun espoir.

Je ne sais pas pourquoi il vient me voir. Peut-être veut-il tout simplement m'amener à partager son point de vue. C'est humain, et compréhensible. Il est plus aisé de se résigner de concert à l'apocalypse qui s'annonce. Seul, tout est plus gris et plus difficile, même la fin du monde, apparemment. Et quand plus personne d'autre ne vous écoute, le pasteur de la paroisse est là pour ça.

— On peut entretenir l'espoir, dis-je.

— Mais pourquoi ?

— Une réponse pourrait être que l'espoir nous permet de faire aujourd'hui tout notre possible pour notre bien et pour celui d'autrui.

— Une réponse ?

— Je ne les ai pas toutes.

— Vous allez bientôt me dire que Dieu les a.

— Ça dépend beaucoup de ce qu'on en pense. Nous n'avons plus trop de temps.

— C'est ce que j'essaie de dire.

— Je veux parler de cet entretien. Il est presque seize heures.

— Je viens seulement de commencer.

— Chacun a droit au même temps, dis-je.

Et j'ajoute pour plus de sûreté :

— À chaque rendez-vous.

La grande aiguille de la pendule, au-dessus de la porte, tressaille et atteint le douze, l'air d'avoir elle-même peur de se tenir si droite. La petite pointe vers le quatre. L'homme ne bouge pas d'un pouce. Il a une question sur les lèvres. Je le vois avant même qu'il n'ouvre la bouche.

— Que pensez-vous de la météorite ? demande-t-il.

Six jours. Six fois vingt-quatre heures, emplies par la météorite. Six jours et six nuits pendant lesquels pas un seul habitant du village n'a parlé d'autre chose. La météorite ci, la météorite ça.

— Pas grand-chose, réponds-je.

C'est vrai. Et ce, bien que je fasse partie du comité communal chargé de la surveillance du Musée militaire où l'objet est conservé pour quelques jours encore. Il prendra ensuite le chemin de Helsinki, puis de Londres, où il sera confié à un laboratoire spatial afin d'y être étudié. Il a été décidé de faire appel à des bénévoles pour assurer la garde du musée, car la commune n'a pas les moyens de se payer les services d'une équipe de vigiles et le poste de police le plus proche se trouve à Joensuu, à quatre-vingt-dix kilomètres d'ici. J'ai veillé toute une nuit au musée, mais même là, je n'ai guère pensé à la météorite. J'ai lu la Bible pendant une demi-heure, et James Ellroy le reste du temps.

— Elle est tombée du ciel, dit l'homme.

— C'est de là qu'elles tombent, en général.

— Du ciel.

— Oui.

— De chez Dieu.

— Je dirais plutôt de l'espace interstellaire.

— J'ai du mal à vous suivre.

C'est l'évolution qui a fait de moi ce que je suis, pourrais-je argumenter, mais je m'abstiens. Je ne veux pas prolonger la discussion.

— Il est seize heures.

— Tarvainen considère que la météorite lui appartient.

La moitié du village considère que la météorite lui appartient. Tarvainen roulait dans la voiture de Jokinen sur les terres de Koskiranta avec de l'essence d'Eskola et a téléphoné de chez Liesma à Ojanperä, qui est arrivé accompagné de Vihinen, cogérant avec Laitakari d'une entreprise de transport dont Paavola possède cinquante pour cent. Et ainsi de suite.

— Sérieusement, il est…

— Elle vaut un million, paraît-il.

— Peut-être, dis-je. Si elle s'avère aussi rare qu'on le croit.

L'homme se lève. Il se dirige vers la sortie d'un pas si hésitant que je retiens mon souffle. Il arrive à la porte, se résout à abaisser la poignée.

— Je n'ai pas eu le temps de vous parler de la phase deux d'Ébola.

— Dieu vous garde, dis-je.

Une fois seul, j'ouvre les stores. Derrière la fenêtre, l'obscurité semble aquatique, si dense qu'on pourrait y plonger. J'ai écouté des gens toute la journée, et tous ont évoqué des enfants. Cela faisait un moment que je n'y avais pas pensé.

À ce grand secret.

Contradiction semble un bien faible mot dans ce contexte.

Je recueille les secrets des autres, dans le cadre de mon travail, et je porte moi-même le plus grand que je puisse aujourd'hui imaginer. Mais je n'ai toujours pas réussi à dire la vérité à Krista. Aucun de nous n'a bien sûr oublié que j'ai marché sur une mine, une bombe à clous artisanale, lors de ma mission en Afghanistan. Mais ce que je n'ai pas dit à Krista, c'est que j'ai perdu en même temps ma capacité à avoir des enfants. Que même si tout fonctionne, en apparence, et paraît normalement constitué, il reste un angle mort dans les connexions rétablies par les chirurgiens. Définitif, incurable, irréparable.

Krista.

Sept ans de vie commune.

Krista, qui, depuis toujours, prend si bien soin de moi de tant de façons différentes.

Et son souhait le plus cher : la famille que nous fonderions quand je reviendrais de ma mission d'aumônier militaire.

Au début, j'ai évité d'en parler parce que ç'aurait été comme une nouvelle explosion. J'ai survécu à la première, mais je ne sais pas si je survivrai à la seconde. Et puis le temps a passé, et faire sauter une nouvelle mine semble de plus en plus difficile. La précédente est oubliée, en surface et dans la vie quotidienne. L'autre nous ferait revenir à la case départ. Ou sans doute encore plus loin en arrière, peut-être à la situation dans laquelle je me trouvais il y a longtemps. À ma vie sans Krista.

Je ne veux pas y penser.

Et je garde aussi un autre secret. Je doute. Car quel Dieu peut juger cela bon et autoriser tout le mal que j'ai vu ? C'est ce que je lui ai demandé, tout en étant conscient du paradoxe de ma démarche.

Dieu est resté muet.

Je troque mes baskets contre mes chaussures d'hiver, j'enfile ma doudoune, je m'enroule autour du cou une épaisse écharpe rouge, je tire mon bonnet sur les oreilles, je mets mes moufles et je sors. La neige fraîche crisse sous mes pas tandis que je traverse le centre du village. Le motel Pipsa, la supérette, la station-service Teboil, le Golden Moon Night Club, le supermarché, le magasin de prêt-à-porter, le café Lasse, la banque, l'entreprise de couverture-plomberie-chauffage de Hirvonen et le salon de massage thaï Pleasure Island. Tout au bout de la grand-rue silencieuse, la mairie et le Musée militaire. Sur son parking, comme en permanence depuis quelques jours, des voitures moteur allumé, feux arrière rougeoyant tels des yeux ayant veillé des éternités. Des villageois obnubilés par la météorite. Et bien sûr des membres du comité communal.

Je suis sur le point de tourner dans la rue où nous habitons quand je me rappelle le flou de nos décisions d'hier à propos des tours de garde.

Je prends la direction du musée. En chemin, un gros 4 x 4 me croise, avec deux hommes à bord. Le conducteur est petit et nu-tête. Celui qui est assis à la place du mort ne peut être décrit que comme un géant. Il remplit une bonne moitié du véhicule. Celui-ci a des plaques d'immatriculation russes. La poudreuse tombée dans la journée s'envole sur son passage, me mouille le côté droit du visage.

Quatre membres du comité tiennent conseil sur le parking. Je les reconnais de loin. Jokinen, le patron de la supérette, dont les sources d'approvisionnement me paraissent sujettes à caution. J'ai parfois l'impression que ses yaourts viennent d'ailleurs que de chez le grossiste et que la viande qu'il vend est nettement plus fraîche que celle que j'aie jamais achetée dans aucun autre magasin d'alimentation. Turunmaa, un agriculteur qui cultive des pommes de terre et des rutabagas, vend le produit de sa pêche, essentiellement des corégones, et possède tellement d'hectares de forêts qu'il pourrait fonder son propre État. Räystäinen, mécanicien agricole, qui s'occupe de la salle de sport du village. Il est passionné de musculation et me tanne pour que je m'inscrive et me mette sérieusement à m'entraîner. J'ai, paraît-il, des épaules naturellement bien développées, et presque pas de graisse à brûler. Et enfin Himanka, un retraité, qui a l'air si vieux et si fragile que je me demande ce qu'il fait dehors par moins vingt.

Ils me voient arriver, et interrompent aussi sec leur conversation.

— Joel, dit Turunmaa en guise de salutation.

Il porte une chapka et un blouson de cuir. Les autres ont des doudounes et des bonnets de laine. Comme d'habitude, Turunmaa semble diriger les débats.

— Nous avions une petite discussion.

— À propos de quoi ?

— Le tour de garde de cette nuit, dit Räystäinen.

Ils se taisent à nouveau. Je regarde d'abord Jokinen.

— Je dois faire un Skype avec ma fille, aux États-Unis, explique-t-il.

— Hein ? demande Himanka, tremblant de froid.

Je regarde Turunmaa.

— Loto sportif, lâche-t-il. J'ai parié, je veux voir le match.

— C'est la bonne période du mois, allègue Räystäinen.

Il a une femme étonnamment jeune et ils font ce que Krista aimerait que nous fassions : de dynamiques efforts pour fonder une famille. Je le sais parce que Räystäinen me l'a confié, avec un luxe de détails.

Je ne songe même pas à l'hypothèse Himanka.

— Je peux m'en charger, dis-je.

La rue n'est bordée que de quelques maisons, dans presque toutes brille de la lumière. On rentre tôt chez soi, à Hurmevaara. À Helsinki, les lumières s'allument après dix-huit heures – ici, dès quinze. Je croise cette fois une voiture dont je reconnais la conductrice. La brune qui chante au Golden Moon. Elle me jette le même regard que d'habitude. Il n'est pas particulièrement chaleureux, et semble surtout vouloir dire que je suis dans le chemin. Elle fume une cigarette, parle à l'homme assis à côté d'elle. Ils roulent en direction du musée.

Je tourne au croisement suivant, je vois déjà les lumières à nos fenêtres, encore quatre minutes de marche, et me voilà dans notre jardin.

Je secoue la neige de mes chaussures sur les marches de béton de la maison dont nous sommes locataires, j'ouvre la porte et je respire l'odeur du chou farci. J'ôte mes chaussures et mes vêtements d'extérieur et j'entre.

Krista est dans la cuisine, de dos, elle prépare le repas comme par d'innombrables journées avant celle-ci. *Amour de ma vie, qu'aurais-je si je ne t'avais pas ?* Cette pensée qui me traverse automatiquement l'esprit y tourne et y résonne, plus familière que familière, comme de plus en plus souvent ces derniers temps.

J'enlace Krista, j'enfouis mon nez dans ses épais cheveux châtains, j'emplis mes poumons de son parfum. Je vois ses doigts fins sur la planche à découper, la tomate rouge dans sa main gauche, le couteau propre et brillant dans la droite.

— Je suis de garde, ce soir, dis-je.

— Je suis enceinte, déclare Krista.

2

Peut-être certains s'imaginent-ils que le Musée militaire, vide pour la nuit de toute présence humaine, est un lieu qui me convient. Des armes anciennes, des uniformes, des lance-roquettes, des casques, des obus, un canon. De vieilles cartes et des lignes de front. Des photos des batailles des environs.

Je ne suis pas dans les meilleures dispositions d'esprit possible. J'ai accompli à peu près la moitié de mon tour de garde.

Je fais les cent pas, parce que je ne tiens pas en place et que je suis incapable de me concentrer sur ma lecture. La Bible semble m'accuser de quelque chose, mais j'ai le sentiment confus que ce devrait être l'inverse. Le Los Angeles caniculaire d'Ellroy me semble aussi très loin de l'endroit où je suis, à Hurmevaara, dans le centre d'un village isolé de l'est de la Finlande. La frontière russe est à une vingtaine de kilomètres. La température extérieure est de moins vingt-trois, il fait nuit, il sera bientôt deux heures et demie. Je me surprends à penser que Dieu m'a tourné le dos, si tant est qu'il en ait un, et envoyé au diable, à tous les sens du terme.

En arpentant la salle principale, je m'arrête devant la météorite. C'est une pierre noire venue de l'espace, et elle en a toutes les apparences.

Je me remémore les faits rapportés par le journal local. Un premier examen a montré qu'il s'agissait d'une météorite ferreuse d'une extrême rareté, pesant presque exactement quatre kilos. Elle contient une grande quantité de platinoïdes. On n'en a jamais trouvé sur toute la terre que quelques-unes de ce genre. Parmi elles, une seule, qui a transpercé le toit d'un gymnase dans le nord des États-Unis, a été vendue aux enchères, en minuscules fragments. Le prix du gramme a atteint deux cent cinquante euros. Le calcul, dans un encadré en bas de page, indiquait que si l'on vendait la météorite tombée ici en morceaux d'un gramme, son propriétaire en tirerait un million d'euros.

Encore quelques nuits à Hurmevaara, me dis-je en regardant la pierre noire.

Moi, en revanche…

J'ai quitté la maison dès que j'ai pu. J'ai accueilli la nouvelle de Krista en la serrant dans mes bras, j'ai répondu à ses baisers. Je l'ai entendue dire mille fois combien elle m'aimait, comment nous allions enfin former une famille. Quand je me suis suffisamment remis de la nouvelle et qu'elle m'a posé la question, j'ai dit que j'étais si heureux, si heureux.

Krista est enceinte. Elle en est certaine, car elle a fait, m'a-t-elle expliqué, un triple test de grossesse. De mon côté aussi, je suis sûr. J'ai subi des dizaines d'examens et consulté plusieurs chirurgiens. Je ne peux pas avoir d'enfants. Et comme j'ai du mal à croire à une grossesse virginale, la seule possibilité, à mes yeux, est que quelqu'un d'autre ait mis Krista dans son état béni. Et ce quelqu'un ne peut être qu'un individu produisant des spermatozoïdes.

Un homme.

Et ça, c'est peut-être encore plus difficile à comprendre que la grossesse elle-même. Quand Krista m'a-t-elle manifesté autre chose que de la tendresse ? Quand aurait-elle jamais exprimé ou laissé transparaître de quelque façon que ce soit son insatisfaction ? Quand se serait-il écoulé ne serait-ce qu'une demi-journée sans qu'elle ait démontré, en paroles ou en actes, qu'elle m'aimait, et qu'elle n'aimait que moi ? Et y a-t-il eu une seule nuit où nous ne nous soyons pas endormis ensemble, elle blottie dans le creux de mon bras, sa jambe gauche sur les miennes, son bras sur ma poitrine ?

Un homme.

Ma gorge se serre. Mon bas-ventre me brûle. De l'électricité noire court dans mon cerveau.

Je ne pouvais évidemment pas exprimer à Krista mes félicitations, mais ce n'est pas moi le papa. Je ne pouvais pas. Je ne... peux tout simplement pas. Car que se passerait-il alors ? Krista me quitterait pour cet homme ? Élèverait seule l'enfant ? Il apparaîtrait au grand jour que j'ai gardé pendant deux ans et quatre mois un secret qui a eu qu'on le veuille ou non un effet inéluctable et irrévocable sur notre relation.

Dans tous les cas, je perdrais Krista.

Et la vie sans elle – je ne veux toujours pas y penser.

La météorite repose dans sa vitrine. Elle a voyagé des milliards d'années, sur des milliards de kilomètres, pour finir là.

Je lève les yeux. La grande salle rectangulaire est plongée dans la pénombre ; nous économisons non seulement sur les frais de gardiennage, mais aussi sur l'électricité. Au milieu s'étire une rangée de vitrines de même taille. Je les parcours sur toute leur longueur en promenant les yeux sur les objets, sans réellement les voir. Je les connais d'ailleurs par cœur, et chacun d'eux, d'une manière ou d'une autre, m'est familier, grâce à ma formation militaire. Bouger me soulage, rester sur place m'étouffe. Je m'arrête au bout de la rangée : je ne suis pas sûr de ce que je distingue.

Il m'est difficile de dire quoi que ce soit de précis sur ce bruit ni même si je l'entends vraiment. Il est faible, lointain et indéterminé, comme un vague écho de chocs sourds et de casse. J'attends quelques secondes, anxieux de vérifier ce que j'entends. Rien.

Je m'approche de la porte ouverte de la salle, j'éteins la lumière et je tends à nouveau l'oreille. J'ai encore une fois l'impression de percevoir quelque chose à l'autre bout du musée. Peut-être deux ou trois pas rapides. Peut-être. Cette partie du bâtiment reste plongée dans le noir toute la nuit. Je me déplace en silence, je vais dans le hall. Il est plus haut de plafond que le reste du musée et surmonté, au centre, d'une pyramide de verre qui non seulement fuit quand il pleut, mais ne supporte pas le poids de la neige. Tandis que je m'efforce d'aiguiser mon ouïe, je prends conscience de sentir aussi quelque chose.

Une odeur – puissante et neuve – m'enveloppe de manière si inattendue, à cet instant et en ce lieu, qu'il me faut un moment pour comprendre ce que c'est.

Un parfum.

Un parfum de femme.

Au milieu du hall, en pleine nuit. Cela semble impossible.

Je regarde en direction de l'entrée. La table et la chaise destinées à la personne de garde sont à leur place, de même que la Bible et Ellroy, posés côte à côte, avec mon téléphone. Le lampadaire que j'ai traîné jusque-là satine la surface de la table en bois clair et dessine un demi-cercle doré sur le sol en vinyle. J'entends de nouveau du bruit à l'autre bout du bâtiment.

Cette fois je distingue nettement des pas. Puis je soupire. La femme de ménage. Bien sûr.

Nous avons eu des problèmes avec la propreté du musée et nous avons embauché une dame qui cumule ce poste avec son emploi principal. Elle travaille par roulement dans une usine à papier, à Joensuu, et vient quand elle en a le temps. Cette fois, c'est apparemment en pleine nuit. Ce parfum a malgré tout quelque chose de surprenant. Comme le fait qu'elle reste dans l'obscurité.

Et voilà de nouveau ses pas. Je me dirige vers elle. J'arrive sur le seuil de la porte et je m'apprête à le franchir quand quelque chose de lourd me heurte la tête, au-dessus de l'oreille. Je chancelle, je tombe presque, mais je ne perds pas connaissance avant le second coup. Je m'écroule.

J'entends des bris de verre, des pas précipités. Je ne reste inconscient que quelques instants. On casse encore du verre. Puis on passe en courant à côté de moi. Ce n'est pas la première fois que je me trouve dans ce genre de situation. Ça ressemble beaucoup à une embuscade, une attaque-surprise. Et je n'ai pas besoin de me demander ce que les intrus font là. On conserve au musée une météorite valant près d'un million d'euros.

J'écoute dans quelle direction fuient les pas, je me relève et je me lance à leur poursuite. J'aperçois devant moi le faisceau d'une lampe torche. J'ai mal à la tête, du sang me coule sur l'oreille.

Je vois quelqu'un se jeter dans la nuit étoilée par une fenêtre brisée. J'arrive à l'ouverture. Deux silhouettes vêtues de noir pataugent dans la neige. Je saute dehors et je tombe aussitôt dans la poudreuse glacée. Ma tête résonne encore du coup que j'ai reçu. Le tandem prend de l'avance. Je sens de nouveau le parfum.

Alors que je cours dans la neige, je comprends deux choses : je ne suis pas assez chaudement habillé, et les fuyards se dirigent vers la lisière du petit bois, large de cinq cents mètres, derrière laquelle passe la grande route. Ils n'ont certainement pas l'intention de s'y cacher, et ont à coup sûr laissé leur voiture de l'autre côté. Je fais demi-tour et je file vers le parking en sortant mes clés de ma poche.

Je ne peux pas m'empêcher de penser que cela se passe pendant que je suis de garde. Si je renonce maintenant, les cambrioleurs parviendront de toute évidence à s'enfuir. La seule solution est de les rattraper, de repérer des signes distinctifs ou autres. J'ai connu pire.

Leur plan est excellent. Pour arriver à l'endroit où leur voiture les attend sans doute, je suis obligé de faire un long détour. Je dépasse allègrement les limites de vitesse. Notre petite Skoda bon marché n'a pas l'habitude. Je pousse un cri quand je me rends compte que mon téléphone est resté sur la table où une lumière dorée baigne mes livres.

Il est d'autant plus important que je rattrape le tandem.

J'arrive sur la route principale et j'appuie sur le champignon. Il ne se passe presque rien. La Skoda accélère déjà lentement en temps normal, et ce n'est pas à froid qu'elle va battre des records. Je parviens à l'endroit où se trouvait sans doute la voiture des cambrioleurs. C'est le plus probable : c'est d'ici que le musée est le plus proche, droit à travers la forêt. Je vois la brèche dans la congère, les traces de pas. Je continue de rouler. Je ne les ai pas croisés, la seule possibilité est donc de continuer dans la même direction. Je ne me rappelle pas sur combien de kilomètres la route est dépourvue du moindre carrefour. Plusieurs, en tout cas.

Je suis occupé à essuyer le sang de mon oreille avec mon mouchoir quand j'aperçois des feux arrière rouges loin devant moi. Je garde le pied au plancher. Je rattrape mètre par mètre la voiture qui me précède. Elle disparaît dans un virage, mais réapparaît ensuite. Elle aussi semble rouler à vive allure. Et pourquoi pas. Il n'y a pas de policiers par ici. Le seul risque est d'emboutir un élan, et sa rencontre avec le pare-brise donne à peu près les mêmes résultats que l'on roule à quatre-vingts ou à cent trente kilomètres à l'heure.

Nous continuons ainsi pendant vingt minutes. Puis je perds complètement de vue les feux. Je sors d'un virage et je me retrouve seul dans la nuit face à une longue ligne droite déserte. Si longue que la voiture devant moi n'a pas pu la parcourir en entier.

Il n'y a qu'une petite route secondaire. Je la prends, et je remarque des traces de pneus. L'étroite voie rétrécit bientôt jusqu'à devenir à peine carrossable. La Skoda avance péniblement. J'imagine que je suis près du but. J'éteins mes phares, et je m'engage sur un chemin encore moins large. À en juger par la profondeur de la poudreuse, cela doit faire une bonne semaine qu'il n'a pas été déneigé. Quelques minutes plus tard, je m'arrête, je coupe le contact. Puis je descends de voiture et j'écoute.

J'entends un bruit de moteur, je vois de la lumière filtrer à travers les arbres.

3

La Nissan Micra bleu clair des cambrioleurs, moteur encore en marche, est garée devant un petit chalet. Ses phares éclairent la façade tels des projecteurs. La maison est ancienne et ressemble à toutes celles de la région où, après la mort des premiers propriétaires, leurs descendants ou héritiers plus ou moins lointains passent une semaine ou deux, l'été – pendant quelques années. Puis ils renoncent, et le bâtiment ploie sous le poids de l'âge et des intempéries, pareil à un naufragé lâchant sa bouée de sauvetage.

Je regarde de loin, comme au théâtre, le chalet, la voiture et le tandem de cambrioleurs.

Ils sont occupés à se battre dans la neige entre la maison et le véhicule. Ou plutôt non. L'un des deux frappe l'autre, et ce dernier ne parvient pas à se défendre. Le bruit des coups et les possibles cris sont couverts par le grondement du moteur. Je me faufile d'abord entre les arbres, puis je suis les ornières laissées par les roues de la voiture. J'ai été formé au combat corps à corps, et, tout en avançant, je repense à ce que j'ai appris.

Je comprends en même temps pourquoi je suis là : j'ai été suffisamment humilié pour aujourd'hui.

Un jean, une chemise de flanelle et un pull sont bien sûr une protection trop légère contre le froid. Mais j'ai l'intention d'agir vite. Je m'approche de la Nissan. Une puissante odeur de gaz d'échappement monte dans la calme nuit étoilée. Les bas de caisse de la voiture sont mangés par la rouille. Je mémorise le numéro de la plaque d'immatriculation. Je fais le tour du véhicule afin d'étudier le terrain. L'un des cambrioleurs gît dans la neige, face contre terre. J'aurai le temps de m'occuper de lui plus tard. L'autre est arrivé à la porte du chalet, il tourne la clé dans la serrure et entre.

J'attends un instant avant de quitter l'abri de la Nissan et de patauger dans la neige en direction de la maison. Je passe du côté droit de la silhouette allongée, à bonne distance. Je reste à l'écart des faisceaux lumineux, au cas où le cambrioleur à l'intérieur du chalet jetterait un coup d'œil dehors. Pendant une seconde, je crois voir l'autre bouger, mais non. Les phares de la voiture sont si puissants que je distingue sur la manche droite de son blouson une longue déchirure entourée d'une tache sombre et humide. Il a peut-être été blessé au bras par la vitre brisée du musée. À côté de sa main gauche, une lampe torche est plantée dans la neige, presque à la verticale. Je ne peux m'empêcher de penser que c'est à elle que je dois ma bosse au-dessus de l'oreille.

Les phares de la voiture ont sûrement été laissés allumés exprès, car il n'y a sans doute pas l'électricité dans le chalet. De ce côté-ci s'ouvrent deux fenêtres. Par celle de gauche, entre de vieux rideaux à fleurs, je vois passer une silhouette. Je m'approche de la porte. Je sais ce que je cherche. J'y suis, je lève la main en direction de la poignée.

Et le monde explose.

La porte arrachée à ses gonds me tombe dessus.

Quand la neige sur laquelle vous reposez vous semble douce et confortable, il est souvent déjà trop tard. Je le sais, mais je m'y prélasse pourtant. Dieu sait si j'ai besoin de repos. Ou le sait-il ? Existe-t-il seulement ? J'ouvre la bouche, des flocons y tombent. Je prends conscience de ne pas être dans un lit ou sur un canapé, en train de discuter de grandes questions existentielles. Je suis couché dans la neige et je dois me lever. Je dois me lever, sinon je vais geler. Je dois me mettre au chaud. Au même instant, je me rappelle où je suis.

J'allais entrer…

Dans le chalet…

Qui a perdu ses fenêtres et à l'intérieur duquel plane de la fumée ou de la poussière. Les rideaux pendent en lambeaux sur les côtés des ouvertures béantes.

Je vois tout cela à la lumière des étoiles et de la lune. La Nissan Micra a disparu. De même que le cambrioleur qui gisait à terre. Je me remets sur mes pieds et jette un coup d'œil à la ronde, tremblant de froid. Le battant de la porte du chalet, arraché à ses gonds, a été projeté à quelques mètres de son embrasure. Je n'entends rien. L'endroit est désert mais il y a des traces dans la neige, comme si quelqu'un s'y était traîné. La lampe torche est toujours là, plantée à la verticale. Je m'en empare et je retourne au chalet.

J'entre avec précaution et je balaie l'intérieur du faisceau de la torche. J'ai déjà vu ce genre de maisons, d'habitations, de pièces. Je prends garde à l'endroit où je mets les pieds.

Il y avait visiblement là une salle servant de séjour et de cuisine. Le réfrigérateur a pivoté sur son axe. La table et les chaises sont éparpillées en débris de différentes tailles. Les étagères se sont renversées ou écroulées sur elles-mêmes. La vaisselle et les autres objets ont été projetés au sol, en mille morceaux, dans un chaos total. Tout, absolument tout, semble avoir fini par terre.

Sauf…

Je dirige le faisceau de la torche vers les murs. Des traces de matière sombre et humide. De grandes taches, d'autres plus petites. Des pastilles et des liserés plus pâteux.

Parvenu au centre de la pièce, je m'arrête et je braque la lumière sur le sol.

Devant la fenêtre, là où se trouvait sûrement la table, il y a des bottes d'homme. Ou plus exactement, des bottes et des pieds. On dirait ceux d'un mannequin. Les grosses chaussures d'hiver semblent se diriger chacune dans une direction différente.

Je regarde à nouveau les murs. Le propriétaire des pieds y est uniformément étalé, de même qu'au plafond. On y voit un amas plus grand, velu, de la taille d'une plaque de cuisinière. À en juger par sa couleur et par la longueur des poils, c'est une calotte crânienne. Je sais, même en faisant abstraction de mon expérience militaire, que l'homme n'a pas besoin d'ambulance. Rien ne peut plus lui arriver.

Je remercie du fond du cœur l'ingénieur allemand qui a farouchement défendu son point de vue à la réunion de conception du constructeur automobile et exigé que la température des sièges chauffants atteigne un niveau qui, dans des conditions normales, induirait la cuisson à point de mon postérieur. En cet instant, mon chauffe-siège est comme une cheminée où brûle un feu auprès duquel je me blottis. Si ce n'est que je ne me blottis bien sûr pas. Ce n'est pas le moment. Je fonce à vive allure vers Hurmevaara et le musée.

J'ai le temps de ruminer de sombres et douloureuses pensées non seulement à propos des événements de la soirée et de la nuit, mais aussi de ma propre situation. Je serai bientôt célibataire, me dis-je. Ma femme a dû recourir à un géniteur inconnu. J'ai essayé d'empêcher le vol de la météorite, mais je me suis retrouvé témoin d'une série d'événements incompréhensibles à l'issue desquels un malheureux a fini explosé sur le plafond lambrissé d'un chalet, sans même que je puisse récupérer l'objet dérobé. Qu'ai-je fait de mal ? C'est la question que je poserais si j'avais en cet instant la force de croire ne serait-ce qu'en la vertu d'une telle interrogation.

Je bondis hors de ma voiture, en quelques secondes je suis à la porte d'entrée. Je l'ouvre avec mon jeu de clés et me voilà de nouveau dans le Musée militaire.

Mon téléphone repose entre la Bible et le roman policier. Je m'en saisis avant de courir à la salle où est conservée la météorite. Je compose le numéro de la police de Joensuu et je m'apprête à rapporter son vol…

Quand je constate qu'elle n'a pas été volée.

Elle est dans sa vitrine.

Je me fige. Des deux côtés de la météorite, il y a du verre brisé. Puis je vois ce qui manque. Un obus. Ils sont supposés être désactivés, mais cela ne consolera guère l'homme aux bottes.

Je respire. Le téléphone à la main, j'entends la voix d'un policier.

Je regarde la météorite. Elle a peut-être commencé son voyage au début des temps. Elle a fendu l'espace à une vitesse incommensurable. Elle est arrivée précisément ici, maintenant.

Je porte le téléphone à mon oreille.

— Allô, il y a quelqu'un ? demande encore une fois le policier.

— Je voudrais signaler un cambriolage, dis-je. Quelqu'un s'est introduit dans le Musée militaire de Hurmevaara. On m'a assommé. Le voleur semble avoir emporté un obus datant de la guerre. Je ne sais rien d'autre.

4

C'est ça ou rien.

L'expression est courante, mais la majorité des gens l'emploient sans doute par plaisanterie, ou dans des situations où plusieurs issues s'offrent encore à eux. Pour ma part, je ne vois qu'une direction à prendre. Celle qu'on m'a indiquée.

L'aube ne poindra pas avant deux bonnes heures. Je fais ma déclaration aux policiers, je leur raconte ce qui s'est passé au musée, je leur montre la fenêtre cassée, les vitrines brisées. Sur place, et presque sur-le-champ, ils transfèrent l'affaire à la brigade du Kainuu, à la charge de l'armée. Selon eux, la disparition d'un vieil obus concerne avant tout les militaires, d'autant plus que ces munitions devraient toutes être neutralisées. En les regardant, je me fais la réflexion que la réalité semble de plus en plus souvent échapper aux attentes. Je m'abstiens de le dire tout haut. Je téléphone à la femme de ménage, qui est à son travail dans l'équipe de nuit de l'usine de pâte à papier. Elle promet de venir nettoyer quand elle aura fini, d'ici trois heures.

Je préviens ensuite Turunmaa, et je lui demande qui pourrait venir réparer la casse. Il m'assure connaître un vitrier qui pratique des tarifs raisonnables et promet de le contacter. Je lui fais aussi part de la véritable raison de mon appel. J'aimerais me charger de tous les tours de garde nocturnes restants. Turunmaa ne proteste pas, la solution les arrange, bien sûr, lui et les autres. Ils auront ainsi le loisir de se concentrer sur leurs propres occupations. Himanka pourra dormir dans son lit.

Après que j'ai raccroché, l'un des policiers se rappelle qu'il y a déjà eu un cambriolage au musée il y a trois ou quatre ans. On avait alors emporté la carte controversée d'une offensive militaire et commis quelques dégradations mineures dans les toilettes. Sa voix laisse entendre qu'il ne considère aucun de ces vols comme les faits les plus passionnants de sa carrière.

Personne n'évoque la météorite.

Je me retrouve assez vite seul. Je reste à attendre l'arrivée du personnel, au matin.

Le ciel rougit à l'est. Le soleil d'hiver est bas, ses rayons entaillent le monde glacé de leur lumière. Il est clair que les cambrioleurs voulaient la météorite. Personne ne se lance dans un casse pour voler mille euros plutôt qu'un million. Il y a eu un raté. L'obus était plus ou moins de la même taille et du même poids que la météorite. Peut-être le voleur était-il trop pressé, ou s'est-il trompé pour une autre raison. Il faisait sombre dans la salle, j'avais programmé l'interrupteur horaire pour que la lumière reste éteinte. Peut-être celui qui a brisé les vitrines était-il quelqu'un d'autre que celui qui m'a frappé avec la lampe torche. Je ne sais pas.

Mais ce que je sais, c'est que l'un des cambrioleurs est toujours dans la nature. La météorite est encore ici pour quatre jours. Personne ne la volera tant que je serai de garde.

Qu'ils essayent, me dis-je.

Il y a une limite à tout.

Elle passe ici, par moi.

Krista dort. J'avale un ibuprofène pour mon mal de tête, je prends une douche chaude. Mais ce n'est pas que ma peau qui est gelée, c'est plus profond, et je reste agité d'un léger tremblement, venu de loin, du point d'attache de mes muscles à mes os. J'avoue que je ne vois pas la météorite comme un simple objet céleste. Ce stupide caillou inanimé peut bien valoir des millions, ça ne m'intéresse pas. Qu'il reste intact, si. Et là-dessus, je peux encore agir.

Je regarde les shampoings, les produits capillaires, le gel douche de Krista. La jalousie me souffle pourquoi ils ont été utilisés, et quand. Elle agit comme cinq litres de lait tourné, caillé dans l'estomac, que l'on n'arrive pas à vomir. Un noir poison qui ronge l'organisme de ses dents de rat affamé. Une prison labyrinthe dont le geôlier déplace arbitrairement les murs afin que s'échapper soit non seulement impossible, mais vain, car derrière chaque mur s'en trouve toujours un autre.

Le jet de la douche tambourine sur mon crâne et ma nuque. Je ferme un instant les yeux, je les rouvre. L'eau à mes pieds, teintée de rouge, s'échappe en spirales par la bonde. Les cambrioleurs étaient prêts à user de violence. Et l'ont fait.

Je n'ai pas l'intention de tendre l'autre joue.

C'est principalement pour cette raison que je n'ai pas parlé à la police du chalet, de l'explosion et du complice disparu. J'ai, au cours des dernières vingt-quatre heures, déjà reçu une gifle en pleine figure sans pouvoir y répondre – c'est l'effet que m'a fait l'annonce-surprise de Krista. Je ne vais pas rester à attendre qu'on me piétine en long, en large et en travers. Je suis décidé à chercher et au besoin à stopper moi-même le cambrioleur. Que ce soit pendant mon tour de garde ou en dehors. Ce n'est peut-être pas parfaitement légitime, mais je le dois.

D'ailleurs, si j'ai bien assimilé mes leçons de théologie, la perfection est le problème d'un autre que moi.

Je me brosse les dents, je suis un peu déboussolé. C'est compréhensible. Des temps difficiles m'attendent.

5

Krista me réveille. Elle est assise sur moi. Ses hanches étroites pèsent sur les miennes. Son pyjama de coton sépare nos peaux. Je lève les yeux vers elle.

— Pourquoi est-ce que tu ne me l'as pas dit ? demande-t-elle.

Elle a ouvert les rideaux. D'après la quantité de lumière qui entre dans la chambre, j'ai dû dormir une paire d'heures. Je dois partir au travail. Les épais cheveux châtains de Krista tombent des deux côtés de son visage. Ses yeux gris-vert sont uniques en leur genre, ils semblent refléter la lumière même dans la pénombre. Ma femme est belle. Encore et toujours.

— Dit quoi ?

— Minna m'a raconté qu'il y avait eu une intrusion dans le musée, cette nuit.

Minna est la femme de Hannu Jokinen, le patron de la supérette. Turunmaa a bien sûr appelé ce dernier, qui a appris la nouvelle à son épouse. Krista et Minna sont amies. Je sais qu'elle aimerait que je le sois avec Jokinen. Mais ce n'est pas le cas, je ne sais trop pourquoi. Je vois bien que la majeure partie des villageois l'apprécient. Il bavarde avec tout le monde dans son magasin, se souvient des goûts de chacun, pense aux anniversaires, livre les achats à domicile si on le lui demande.

— Ce n'était… qu'un cambriolage, dis-je en frottant mes yeux rêches de sommeil.

Quoi qu'il se passe, dans un petit village, tout le monde est au courant en une seconde. Le phénomène est stupéfiant. J'ai parfois l'impression que si je me cognais l'orteil contre le seuil de ma propre maison, seul, sans que personne me voie, quelqu'un me téléphonerait moins d'un quart d'heure plus tard pour me demander comment va mon pied.

— Un cambriolage, vraiment ? demande Krista. Mon pauvre chéri. Il ne t'est rien arrivé ? Tu as eu peur ? Tu vas bien ? Pourquoi est-ce que tu ne m'as pas réveillée en rentrant ?

Je ne sais à quelle question répondre en premier. Je lui raconte comment les cambrioleurs m'ont surpris et ont emporté un vieil obus. J'ajoute que la police est venue et a refilé l'enquête à l'armée.

— Je vais bien, conclus-je.

— C'est l'essentiel, dit Krista, et elle me caresse la tête.

Sa main fine passe sur ma bosse.

— Mon pauvre lapin. Ça va s'arranger. Tout s'arrange toujours. Il faut juste que tu sois prudent. Tu seras bientôt papa. Tu ne peux pas…

— J'ai pris tous les tours de garde restants. Les trois.

La main de Krista se fige.

— Et nous ?

Qui, nous ? ai-je le temps de penser avant même de m'en apercevoir. Je regarde Krista, et je sens quelque chose de sombre se mouvoir en moi.

— Qu'est-ce que tu veux dire ?

Je crois certes le savoir, mais je pose néanmoins la question.

— Nous avons à discuter de beaucoup de choses, souligne-t-elle, et elle effleure son bas-ventre. J'aimerais bien qu'on parle, tout simplement, qu'on réfléchisse ensemble. À des prénoms, par exemple.

— Des prénoms ?

— Oui, on en donne souvent, aux enfants.

— Bien sûr, j'admets, bien que ce soit la première fois que ça me vient à l'esprit, et encore, pas spontanément.

Je sens en moi le souffle froid de la jalousie.

— Je vais essayer d'y réfléchir.

Krista me regarde longuement.

— Ensemble, insiste-t-elle. C'est ça l'idée. Parce que ce n'est pas seulement ton enfant...

Un téléphone bipe, annonçant un message. Krista jette un coup d'œil à son portable, sur la table de chevet de l'autre côté du lit. Son regard est furtif, mais il me met en alerte. Le téléphone de Krista est comme une sonnette bloquée, il ne se tait jamais. Pour ma part, il m'arrive d'oublier le mien dans la poche de mon manteau et de ne constater que le lendemain que personne n'a essayé de me joindre. Si j'avais dû, avant-hier, trouver quelque chose de négatif à révéler de ma femme, j'aurais pu suggérer qu'elle était peut-être un peu trop attachée à son téléphone. J'aurais maintenant autre chose à ajouter. Krista tourne la tête.

— Et samedi soir ? demande-t-elle.

La fête d'hiver du village voisin. Je l'avais à l'esprit jusqu'à hier soir, puis plus du tout... Effacée. Pas étonnant.

— Je ne veux pas y aller sans toi, dit Krista. Et je n'aime pas l'idée de te savoir coincé tout seul au musée, mon chéri, pendant que nous dansons et prenons du bon temps.

Est-ce que ce n'est pas de toute façon ce que vous avez fait ? me dis-je.

— Je veux que tu viennes, poursuit Krista. Et je veux y aller. Tu sais que j'adore le karaoké. Pourquoi est-ce que quelqu'un d'autre ne pourrait pas monter la garde au musée ? Pourquoi faudrait-il que ce soit toi ?

Parce qu'une humiliation et une situation où je l'ai échappé belle me suffisent. Parce que, ma chère femme, tu…

— Tu te débrouilleras très bien sans moi. On ne peut pas laisser n'importe qui au musée. J'ai l'entraînement nécessaire. Et il ne s'agit que de quelques nuits.

Krista rejette à deux mains sa chevelure dans son dos. La lumière du jour éclaire son visage de profil. Je distingue les charmantes petites rides au coin de ses yeux.

— C'est juste que ça ne m'enchante pas, dit-elle. Et il y a autre chose qui m'inquiète un peu. Tu n'as pas l'air très heureux, ni enthousiaste, alors que notre vie va complètement changer.

— Mais si, me défends-je. Simplement, hier… Avec le cambriolage et tout. Le manque de sommeil.

— Les autres devraient quand même comprendre qu'on ait parfois des obligations familiales. Prétexte qu'il y a eu un imprévu. Que tu ne pouvais pas savoir.

Je pourrais effectivement le dire. J'ai souvent déclaré publiquement que nous ne savons rien d'un plus vaste dessein. J'ai la nette impression, en ce moment, que personne n'en a la moindre idée. Et que la différence entre la providence et la chute libre n'est pas aussi grande que je l'ai parfois cru.

— Tu les connais, dis-je. Pas de place pour l'improvisation. Quand on s'est mis d'accord, mieux vaut s'y tenir. Sinon c'est la débâcle.

Krista n'a pas l'air très satisfaite de ma réponse. Elle semble vouloir ajouter quelque chose, mais s'abstient. Elle soupire et se penche vers moi. Elle m'embrasse sur la bouche, entre les yeux et sur le front.

— Un petit déjeuner pourrait te faire du bien.

Elle se lève, récupère son téléphone de son côté et sort de la chambre.

Je n'ai pas envie de petit-déjeuner. Je préfère me renseigner sur le propriétaire de la Nissan Micra.

Taper le numéro d'immatriculation dans l'application de recherche de mon téléphone n'est pas compliqué. La réponse arrive tout aussi vite. La plaque révèle que le véhicule a été mis hors circulation. Il a eu toute une série de propriétaires dont le dernier semble avoir été une société du nom de Summer Camping. Et il s'agit d'un Ford Transit rouge, une fourgonnette à usage professionnel datant de 2006. La description ne correspond en rien à la petite berline Nissan Micra bleu clair que j'ai vue.

Si j'ai pu avoir le moindre doute sur le caractère planifié du cambriolage, il se trouve définitivement balayé.

6

J'ai besoin de plus d'informations. La neige crisse sous mes chaussures d'hiver tandis que je traverse le centre de Hurmevaara. Il me semble, ce matin, encore plus petit que d'habitude. C'est bien sûr dû au regard doublement suspicieux que je porte sur tout. Quelqu'un a mis Krista enceinte. Quelqu'un veut voler la météorite. Hurmevaara compte 1280 habitants. Aussi bien le géniteur que le cambrioleur peuvent se trouver encore plus près que je ne l'imagine.

La jalousie me coupe l'appétit. J'ai l'estomac noué, serré comme la poitrine, en fait. Et l'une des raisons de cette jalousie est l'incertitude. C'est un serpent venimeux à deux têtes.

J'ai l'intention de découvrir qui est le père de l'enfant. C'est absolument indispensable. Je ne sais pas ce que je ferai de cette information, mais j'en ai besoin. Elle m'orientera. Je suis convaincu qu'elle n'augmentera pas ma souffrance, et pourrait même plutôt la soulager.

Il doit bien faire moins vingt, mais le froid est sec et il n'y a pas de vent. C'est aussi une des choses qui m'ont étonné au début. J'étais habitué à des hivers différents à Helsinki, au bord de la mer. S'il y fait ne serait-ce que moins quatre, mais avec un temps humide et venteux, on a l'impression que le froid, malgré une épaisse doudoune, stoppe vos fonctions vitales rien qu'en quelques minutes à attendre le bus. Ici, je peux parfaitement skier une heure et demie par moins quinze avec un simple fuseau et me retrouver, en sueur, à ouvrir mon col.

Le centre paroissial est à dix ou quinze minutes de marche, selon le temps qu'il fait. Je passe devant le café et le magasin de prêt-à-porter. Aucun des deux n'est encore ouvert. L'épicerie-marchand de journaux, en revanche, l'est. Et dans sa vitrine s'affiche une publicité en rapport avec ce qui a attiré mon attention.

Le gérant du magasin est un homme un peu plus âgé que moi qui n'a peut-être pas encore trouvé sa voie. Il se tient derrière son comptoir comme si celui-ci le retenait prisonnier. Il regarde sans cesse dehors, l'air de chercher une échappatoire, et se réjouit de l'arrivée de chaque client comme s'il lui apportait une lime pour scier ses barreaux. Au bonjour qu'il me lance, je pourrais croire que je suis la première personne débarquant depuis des années sur son île déserte. Ce matin, je le comprends un peu mieux. J'ai moi aussi l'impression d'avoir perdu le contact avec quelque chose d'important et de devoir agir pour le rétablir.

Mais il s'agit maintenant d'une autre forme de contact. L'homme, derrière son épaisse barbe, se déclare heureux de pouvoir m'aider. En écoutant ses explications sur les caractéristiques des différentes cartes SIM prépayées, je ressens une étrange fraternité avec ce prisonnier de sa propre vie. Ce n'est pas qu'il me faille beaucoup d'informations. Ni que je m'interroge sérieusement sur le genre de carte que j'ai le plus intérêt à acheter. Je n'ai l'intention de communiquer qu'avec un unique numéro, et je ne crois pas avoir besoin d'un grand temps de conversation. Parler est en fait la dernière chose pour laquelle j'envisage d'utiliser cette carte téléphonique.

Je sais parfaitement que ce que je fais est mal. Mais je me justifie à mes propres yeux en un millième de seconde. J'ai le droit de savoir. Nous nous mettons d'accord sur une solution privilégiant les SMS et je sors mon portefeuille de ma poche.

En pleine transaction, un autre client entre. Je le connais, comme on connaît quelqu'un sur qui on a lu un article dans la presse ou dont on a vu une interview à la télévision. Timo Tarvainen est un ex-pilote de rallye qui habite à quelques kilomètres du village, au bord du lac Hurmejärvi. Je sais que sa carrière a été brisée par un accident et par la polémique, dont je n'ai qu'une idée confuse, qui s'est ensuivie.

Il a des cheveux d'un blanc trop immaculé pour être naturel et un blouson orné, à vue de nez, d'au moins une trentaine de logos de différents sponsors. Le vêtement n'est pas neuf. Tarvainen porte aussi des lunettes de soleil. Il nous salue d'un signe de tête, le gérant et moi. Du moins me semble-t-il. Ses lunettes sont si noires qu'il est impossible de savoir où il dirige son regard. L'ex-champion de rallye automobile pose un pack de douze bières sur le comptoir tandis que je fourre la carte SIM dans ma poche. Je souhaite une bonne journée au gérant, bien que je voie à sa mine qu'il lui reste encore une longue peine à purger.

Je m'arrête à la porte, je tire de ma poche mon bonnet et mes moufles et je sors dans le beau temps froid. À peine ai-je fait quelques pas que j'entends une voix derrière moi.

— À quoi joue Dieu, putain ?

Je me retourne. Le pilote de rallye se tient à contre-jour devant le soleil bas, son pack de bière sous le bras. Je jette un coup d'œil à la ronde. C'est sans doute à moi qu'il parlait. Je ne vois personne d'autre à proximité. Ni plus loin. J'imagine que sa question recèle une véritable interrogation théologique.

— Je ne sais pas, réponds-je honnêtement.

Tarvainen déchire l'emballage en plastique du pack et en extrait une canette. Il fait quelques pas dans ma direction, pose son chargement sur le capot de sa voiture. Elle a des points communs avec son blouson : ils sont tous deux couverts d'autocollants, et aucun n'est un modèle de l'année.

— Je ne sais pas si vous êtes au courant, dit le pilote de rallye en ouvrant sa canette, mais cette météorite est tombée dans ma voiture.

Je réponds que je sais. Tarvainen prend une gorgée de bière. Si longue qu'on croirait que la canette va y passer.

— Mon vieux père disait toujours que les voies du Seigneur sont impénétrables, mais rien n'arrive par hasard, poursuit-il, et je sens dans l'air non seulement l'odeur de la bière fraîche, mais aussi celle d'une consommation d'alcool constante, et remontant à loin.

— Et c'est à ça que j'ai réfléchi, ajoute-t-il. Au fait qu'elle vienne de là-haut et me trouve. Elle me trouve, je la trouve. Puis débarque un type qui dit qu'elle appartient à un musée. Qu'est-ce que ça veut dire, donner et reprendre aussitôt ?

— La probabilité qu'une météorite tombe…

— … est si mince qu'elle est proche de zéro. J'ai un peu étudié l'astronomie. J'ai regardé une vidéo sur YouTube, quoi. L'univers et tout le bordel. C'est ça qui m'a mis en colère.

Je ne sais comment réagir à cette dernière déclaration. L'astronomie éveille en moi un sentiment inverse. D'un autre côté, je commence aussi à comprendre la colère, l'amertume et la déception, le sentiment de voir l'univers rétrécir.

— Vous connaissez la manière d'agir de Dieu, n'est-ce pas ? lance Tarvainen en lâchant un rot. Pendant un petit moment, tout a eu l'air parfait. J'ai pris contact avec un vieux copain pour mettre sur pied une nouvelle écurie de courses de niveau mondial. Moi au volant, lui à la gestion du business. Parce que j'ai cru un instant posséder un capital d'un million d'euros. Qui devient en un tournemain un objet d'étude scientifique d'une extrême rareté. Même pas le temps de dire ouf. Mon ami vient jusqu'ici, à ma demande, et je suis obligé de lui annoncer d'entrée de jeu que la pierre est maintenant sous clé au musée.

Tarvainen vide sa canette. Je l'ai écouté avec intérêt.

— Quel ami ? ne puis-je m'empêcher de demander.

Il s'essuie la bouche du dos de la main, puis balaie l'air.

— Peu importe, dit-il. Je me pose juste la question, quel est l'avis de Dieu sur le sujet ?

Je m'abstiens de répondre que la plus grande incertitude règne en la matière depuis déjà des milliers d'années. Je veux poursuivre la conversation.

— Vous comptiez donc fonder une écurie de rallye, si j'ai bien compris ?

Tarvainen me regarde plus attentivement – ou du moins ses lunettes de soleil sont-elles braquées droit sur mon visage. Il reste silencieux un instant.

— Cette météorite a-t-elle oui ou non une signification ? demande-t-il ensuite. Question simple.

Il est clair qu'il veut la météorite. Mais je ne suis pas du tout sûr qu'il ait l'étoffe d'un voleur, et rien n'indique qu'il soit l'individu qui était étendu dans la neige. L'ami qu'il a mentionné, en revanche… Cette histoire de business semble intéressante.

— Je ne suis pas sûr que la question soit simple, dis-je. Si on pousse la réflexion un peu plus loin, il s'agit en fait, fondamentalement, de savoir si l'univers est un système rigoureux et précisément orchestré, une sorte de montre suisse géante, ou s'il n'est finalement qu'un tas d'ordures branlant, un chaos aléatoire.

— Je vous demande l'avis de Dieu, dit Tarvainen. C'est pour le connaître qu'on vous paie.

Contrairement à ce que pense chacun de ceux qui avancent cette idée, il n'est nullement le premier à l'exprimer tout haut. Je l'ai bien entendue cinq cents fois, sous une forme ou une autre.

— On me paie pour être à son service, dis-je. Est-ce un problème que la météorite soit au musée ?

Les mains du pilote de rallye se figent. Sa tête bouge d'un millimètre. Sa réaction est comme une sorte de prise de conscience. Puis il a l'air de remarquer la canette vide dans sa main. Il retourne à sa voiture, extrait une deuxième bière de l'emballage de plastique, la décapsule. Dans le matin glacé, le bruit sonne comme une branche qui casse. Tarvainen avale une gorgée et pose la main sur la poignée de la portière de sa voiture, mais s'arrête et tourne la tête vers moi.

— Dieu doit finalement être de mon côté, dit-il.

Je le regarde monter en voiture, faire demi-tour et quitter le parking. Il a à coup sûr trop d'alcool dans le sang pour conduire. Je pourrais évidemment téléphoner de nouveau à la police à Joensuu. Elle serait là dans une heure.

7

— Un mètre de cendres.

L'homme ne semble pas avoir besoin de croiser mon regard. Ses yeux bleus torturés fixent le plancher comme s'il était recouvert desdits restes d'incendie. Je jette un coup d'œil dehors. Le soleil brille. La neige, profonde d'un mètre et demi, s'étend en longues vagues jusqu'à la lisière de la forêt. Je ne sais pas comment mon visiteur a de nouveau réussi à avoir un rendez-vous aujourd'hui. Il doit traquer les annulations, téléphoner sans relâche au secrétariat de la paroisse. Il a été le dernier à s'asseoir en face de moi hier, et il est maintenant là le premier.

— Les sismologues et les volcanologues sont d'accord, poursuit-il. La caldeira de Yellowstone, qui est un supervolcan souterrain, explose régulièrement. Ce n'est qu'une question de temps avant que la prochaine éruption ne se déclenche. La dernière fois, le nuage de cendres a provoqué des vagues d'extinction, des changements climatiques. Le volcan mesure cinquante kilomètres sur soixante-dix. La moitié du continent nord-américain sera immédiatement recouverte d'une couche d'un mètre de cendres. Le reste obscurcira le soleil. Hiver nucléaire. Glaciation. L'hiver accompagné de pluies acides qui a suivi la précédente éruption a duré mille ans. Sans signes avant-coureurs. Les éruptions des supervolcans sont imprévisibles. Les lumières s'éteindront sur la planète en une heure ou deux. *Il n'y aura pas d'éruption de notre vivant*, me direz-vous peut-être.

Je n'ai pas l'intention de dire quoi que ce soit. Si quelque chose couve à Yellowstone, en moi, l'incendie fait rage. Je pense à Krista, à la nuit dernière, à l'obus, à la météorite, à l'explosion, aux deux complices. Vingt-quatre heures à peine, et plus rien dans ma vie n'est comme avant.

— La surface de la caldeira s'élève, dit l'homme. On enregistre chaque année des milliers de séismes souterrains. Et puis la question essentielle. Croyez-vous qu'ils l'annonceraient si un supervolcan devait entrer en éruption disons dans un délai de trois, quatre, cinq ans ? Bien sûr que non. Si les gens apprenaient que la fin du monde aura lieu dans trois ans, ce serait l'anarchie totale. Plus rien n'aurait d'importance.

Je n'entends pas d'interrogation dans sa déclaration, mais il me regarde néanmoins comme s'il attendait un commentaire quelconque.

— La vie semble assez imprévisible, admets-je.

L'homme soupire, agacé, change brusquement de position sur son siège. Les pieds de ce dernier grincent, les murs en brique blancs en répercutent l'écho.

— Vous savez quoi, dit-il, je connais tous les habitants de ce village. Si j'en crois nos conversations depuis deux ans, ils semblent tous, y compris les plus fanatiques des vieux athées communistes, plus croyants que vous.

Je l'observe, et je le vois plus nettement que jamais. Son regard angoissé, sa barbe aux allures de tampon à récurer. Le dernier bouton de sa chemise de flanelle est fermé. Il doit avoir chaud sous son pull. Ses mots résonnent dans mon esprit, et c'est à mon tour de lui poser une question.

— Vous connaissez tous les habitants de ce village ?

— Bien sûr, confirme-t-il en haussant les épaules. J'ai vécu ici toute ma vie, quarante-neuf ans. J'y suis allé à l'école, j'y ai travaillé. Mon ex-femme est d'ici. Nos deux familles aussi. Je participe à toutes sortes d'activités. L'association sportive, la mécanique auto, la chasse à l'élan. Je connais tout le monde.

Je réfléchis un instant.

— Dans un endroit aussi petit, les rumeurs vont vite, dis-je.

— En effet, acquiesce l'homme, l'air soulagé. Ce qui m'amène à la raison pour laquelle je soupçonne l'éruption d'être proche. Ces dernières années, on n'en a absolument pas parlé. Que se passait-il avant ? Les journaux étaient pleins d'articles. Des forages de plusieurs kilomètres de profondeur devaient être réalisés dans des supervolcans. On a parlé des premiers résultats, puis plus rien. Que croyez-vous que cela veuille dire ?

J'attends quelques secondes.

— Si quelqu'un, dans le village, avait un comportement déplacé, ça se saurait assez vite, non ?

— Quel rapport avec la caldeira de Yellowstone ? demande l'homme.

— Question de débordements, rien de plus, dis-je, et je vois à sa mine que je dois rapidement en venir au fait. C'est lié à ce que vous disiez avant. Si quelqu'un, à Hurmevaara, trafiquait quelque chose, ça se saurait, n'est-ce pas ?

— Trafiquait ?

— S'il touchait, par exemple, au bien d'autrui.

— Du vol ?

— Ou quelque chose d'approchant. Ce sont des choses dont on parlerait, ou qui se murmureraient.

L'homme tourne la tête, je l'imite. L'épais manteau de neige scintillante a l'air, comme toujours, plus solide qu'il ne l'est.

— C'est un coin sympathique, ici, dit l'homme. Les gens sont honnêtes. Loyaux les uns envers les autres. Respectueux des lois…

J'attends. Il me regarde à nouveau.

— Vous êtes tenu au secret.

— Oui.

Il se penche en avant sur son siège.

— Il y a de la distillation clandestine. De la contrebande de tabac. Des échanges de coups de poing entre copains. Parfois un coup de couteau. Mais pas forcément pour tuer. On pique un peu le bras ou la cuisse, à titre de rappel à l'ordre. La poitrine, exceptionnellement, si c'est plus sérieux. On y va rarement à la hache. Ou à la tronçonneuse. C'est arrivé une fois. Rami Kärkönen avait un peu abusé des stéroïdes qu'il rapportait de Russie. Il a brandi sa scie bien trop facilement, et ça a fait du dégât. Un accident, en quelque sorte. Il travaille maintenant chez le fleuriste. De la conduite en état d'ivresse. C'est le seul moyen de rentrer chez soi. C'est tout.

Rien que je ne sache déjà. Contrairement à ce que beaucoup semblent penser, les pasteurs ne vivent pas en dehors du monde. Nous n'ignorons pas que les gens font tout ce qu'il est imaginable de faire, et même beaucoup de choses que l'on n'aurait jamais pu imaginer avant d'en entendre parler. Et dont on a parfois du mal, ensuite, à comprendre pourquoi quelqu'un voudrait l'infliger à soi-même ou à autrui.

— Comme je l'ai dit, c'est un coin sympa, ajoute l'homme. Des habitants honnêtes, loyaux.

Nous restons assis en silence. Je n'ai rien appris de neuf à propos de Krista. Mais une autre voie m'apparaît. La météorite. Ma rencontre avec le pilote de rallye est encore fraîche dans ma mémoire, de même que les événements de cette nuit. L'idée que je mûris peut paraître incongrue, ou contraire à la philosophie initiale des entretiens pastoraux, mais la situation est à tous égards exceptionnelle.

— Je cherche quelque chose, dis-je.

— Moi aussi, acquiesce l'homme. Nous sommes face à tant de menaces...

— Je me demandais si vous ne pourriez pas m'aider. En toute confidentialité. Comme nos conversations.

L'homme plisse les yeux comme s'il essayait de scruter le lointain.

— Moi ? Vous aider ?

— Oui. Qu'en pensez-vous ?

Il hésite, jette des regards à droite et à gauche.

— Qu'est-ce que... Ou comment... pourrais-je...

Vous aider à voir des fins du monde que vous n'avez encore jamais imaginées ? Je garde la suggestion pour moi.

— Nous pourrions vous trouver un créneau régulier, reprends-je. Vous n'auriez plus à attendre, à guetter les annulations de rendez-vous. Vous auriez un horaire fixe dans l'agenda.

— Et comment est-ce que je...

— Je cherche un parfum, un parfum particulier.

Pour la première fois depuis qu'il fréquente mon cabinet, l'homme reste bouche cousue. Ce répit, bienvenu en toutes circonstances, l'est maintenant encore plus.

— Le village est petit, poursuis-je. Vous en avez vraisemblablement côtoyé plusieurs fois toutes les femmes adultes. Et sans vous en rendre compte, vous avez respiré le même air. Vous avez senti toutes sortes de choses. Parce que nous avons chacun notre propre odeur. Elle peut être extrêmement discrète et subtile, ou très forte.

— C'est vrai, acquiesce l'homme, avec encore une fois beaucoup d'hésitation.

— Le parfum que je cherche est puissant, mais relativement léger. Rien à voir avec un lourd parfum du soir. La personne qui le porte en met beaucoup. Il reste à flotter dans l'air après son passage. Il y a une note sous-jacente d'agrumes, mais la fragrance dominante est différente. Je pense que quand on l'a senti une fois, on le reconnaît ensuite facilement.

— Vous cherchez une personne ?

— D'abord un parfum.

L'homme réfléchit.

— Un créneau régulier ?

— Nous pouvons consulter tout de suite mon agenda.

8

Tout se paie. Tout acte a ses conséquences. Personne ne monte gratis.

Ce dernier avertissement est le seul à ne pas avoir de connotation biblique. Je me rappelle l'avoir lu, dans sa version originale en anglais, sur un autocollant dans des toilettes, il y a des années de ça. Et c'est logique, contrairement à bien d'autres choses qui me viennent à l'esprit maintenant. Je ne sais pas pourquoi mon cerveau est envahi par tant de pensées inutiles qui ne font que provoquer plus d'incohérence, et par si peu d'idées dont j'aurais réellement besoin. C'est bien sûr l'un des problèmes fondamentaux de l'humanité, et pas forcément seulement le mien, mais en ce moment précis tout me fait l'effet d'un grave et débilitant affront personnel.

La pièce est silencieuse, je suis seul, sur le mur le Sauveur délivre son message : *Tout est pardonné d'avance.* L'idée me semble très difficile à mettre en pratique en ce jour d'hiver de l'est finlandais où j'ai peu dormi et perdu le sens de ma vie.

Je regrette, sans regretter.

Je me suis engagé sur un chemin dont j'ignore où il mène.

Et si je fais ce que j'ai prévu de faire, rien ne sera plus comme avant. D'un autre côté, rien ne sera de toute façon plus jamais comme avant.

Je prends mon vieux téléphone et j'y insère ma carte prépayée. Elle fonctionne aussitôt. Je ne connais toujours pas son numéro par cœur, et je regarde donc le papier où je l'ai noté. Je me rends compte qu'en même temps que mon pouce droit tape les chiffres, la feuille dans ma main gauche tremble légèrement.

Le mouvement est à peine perceptible, mais il vient à l'évidence de très loin. Forcément. Je me rappelle parfaitement la première fois que j'ai enregistré ce même numéro dans mon portable de l'époque. J'y voyais une faveur divine et une victoire. Une promesse, et la vie même.

L'écran brille d'un blanc pur. Comme de la neige, ou un drap. Ou, me passe-t-il par l'esprit, un cercueil.

Je me sens mal. Je décide qu'une fois cela fait, je prendrai une pause, un peu de repos. Je n'ai rien mangé. La jalousie ne me paraît plus en être. Elle m'a totalement envahi. Je ne suis que jalousie, noirceur et souffrance.

Je passe encore une fois en revue les risques qu'implique la première partie de mon plan. Ceux que je peux voir et dont je suis capable de faire la liste sans trop avoir la nausée.

Autrement dit :

Si Krista et son amant inconnu sont du genre à rester en contact permanent, ça ne marchera évidemment pas. Mais j'ai du mal à croire, pour bon nombre de raisons, à une relation cachée quotidienne. Je suis sûr que je m'en serais aperçu. La taille du village et de sa population n'est pas non plus propice à la préservation prolongée d'un secret. Il est donc beaucoup plus probable qu'il s'est juste passé quelque chose, et que les conséquences sont ce qu'elles sont. Qui sait, Krista s'est peut-être trouvée dans une situation où elle n'avait, d'une façon ou d'une autre, pas… d'échappatoire ?

Un jeu de hasard – voilà ce que c'est. Mais un certain nombre d'éléments me laissent penser que les routes de Krista et de l'homme mystère se sont séparées.

Je fonde ma conviction sur des faits : Krista m'a encore dit il y a deux heures qu'elle m'aimait. Elle m'a manifesté sa tendresse. Par des mots, des gestes, un contact physique. Elle était elle-même, chaleureuse et gaie. Elle m'a proposé pour le petit déjeuner du granola préparé de ses mains. (J'ai refusé en prétextant que le cambriolage m'avait coupé l'appétit. C'est vrai, en un sens. Et je ne lui ai jamais menti, du moins littéralement.) Autre chose : Krista tient à ma compagnie, que ce soit à la fête du village, sous la douche, ou pour réfléchir à des prénoms d'enfant. Qui agirait ainsi en continuant à fricoter avec le voisin ?

Je me dis encore une fois que savoir soulagera ma souffrance.

Mes doigts sur les touches du téléphone sont glacés bien qu'il fasse chaud dans la pièce. Je me répète que ce qui est indispensable n'est pas toujours agréable. Je me force à pianoter.

Krista, j'ai dû changer de numéro.
Tu sais qui

Je regarde le message. Je comprends tout de suite que ça va être beaucoup plus compliqué que je ne le pensais. Je dois me mettre dans la peau de l'amant. Apparaître comme un chasseur fiévreux et désespéré. Mes messages doivent respirer la passion et l'urgence. La seconde difficulté dont je prends en même temps conscience est stylistique.

Je n'ai bien sûr aucune idée du degré de littératie de l'homme mystère. Et s'il s'agissait de l'un de ces nombreux adeptes d'un néolangage sans ponctuation ni orthographe ?

Je me demande aussi si Krista, qui est traductrice littéraire, aurait pu craquer pour un analphabète. La libido pousse à tout. Nous sommes des êtres de chair. Le désir se fiche de la grammaire.

Je ne sais pas exactement pourquoi, mais l'idée d'une relation intime entre Krista et un homme écrivant EN LETRES CAPITALES, avec des fautes, ajoute à mon accablement. Je décide vite que Krista a trouvé dans le village un partenaire sexuel capable de s'exprimer correctement. C'est toujours inimaginablement douloureux, mais cela facilite l'écriture du message.

> Krista, j'ai été obligé de résilier mon abonnement téléphonique et de prendre un nouveau numéro. J'ai aussi l'impression de me trouver à l'aube de quelque chose de totalement nouveau. Je ne saurais dire pourquoi. As-tu la même impression ? Tu me manques et je pense à toi. Ça me rend fou. Si fou que je ne sais plus qui je suis. Parfois je t'imagine auprès de moi, mais c'est bien sûr impossible. J'espère avoir bientôt de tes nouvelles.
> Ton soupirant transi

Je ne sais finalement pas ce qui est le plus éprouvant, écrire le message ou l'envoyer. Une seule touche à presser. Le monde s'écroulera, ou pas. Quand le texto part, ma respiration s'arrête.

Je me lève de mon siège devenu brûlant, je vais à la fenêtre, je m'y colle presque. Quelle journée ! *C'était comment, au boulot ? Rien de spécial. Je me suis fait passer pour l'amant de ma femme. C'est à cause d'une histoire d'obus et d'adultère. À demain.*

La lumière du soleil d'hiver sur les troncs des pins est froide, elle ne réveille pas encore le bois, ne le teinte pas d'or et de douce chaleur vibrante. La neige recouvre tout d'un manteau si épais qu'il a l'air, en cette saison, aussi éternel qu'une glaciation. Je sens le rayonnement froid de la vitre. Il a quelque chose de magnétique, d'attirant. Comme si on ne parvenait pas à imaginer, en fin de compte, que la limite entre deux mondes, entre la vie et la mort, passe vraiment là, si près.

Le téléphone bipe.

Le chemin de retour jusqu'à mon bureau est long. Je suis impatient de lire le message, mais terrifié. L'appareil est posé là. Je m'assieds, je le prends. Un texto brille sur l'écran.

Il faut qu'on se voie. K.

9

Je dois bouger. J'ai besoin d'air frais, d'oxygène.

Et de nourriture. J'ai faim pour la première fois depuis mon déjeuner d'hier. Le maelström qui me ravage me coupe si bien l'appétit qu'on pourrait le considérer comme le moyen naturel le plus efficace pour maigrir. Vous voulez perdre du poids ? Trouvez-vous un conjoint infidèle.

Le café-restaurant Chez Liisa propose une roborative cuisine familiale, considérée par Krista comme malsaine. J'y déjeune rarement, pas pour cette raison, mais parce que je préfère manger seul au centre paroissial. J'aime me restaurer dans le calme. Je peux ainsi continuer à réfléchir à mon travail, reprendre après cette pause sans perdre ma concentration, sans avoir à me demander où j'en étais resté, où je suis, où je vais.

Pour l'instant, me concentrer est une utopie lointaine. D'ailleurs – et je parviens à le formuler clairement maintenant que le froid a rafraîchi mon corps et que l'air pur m'a aidé à reprendre mon souffle –, ce n'est qu'en rencontrant des gens que je peux faire avancer mes enquêtes. Le triste revers de la médaille est qu'aussi bien le géniteur que le cambrioleur peuvent être là à me regarder pendant que je déguste la crémeuse soupe de saumon ou la fameuse daube carélienne de Liisa.

L'idée me répugne. L'espace d'un instant. Puis j'entrevois l'intérêt de la situation. Me montrer peut inciter l'un ou l'autre à agir, à se manifester.

L'établissement est presque plein, comme souvent à cette heure de la journée. Il est installé dans l'ancien local de la caisse d'épargne et compte huit tables de quatre personnes, plus trois de deux. On peut au besoin isoler la cuisine par une grille à barreaux d'acier, et la salle des coffres sert de réserve. Je commande à déjeuner au comptoir et je me cherche une place. La clientèle est essentiellement masculine, j'en connais la majorité de vue. Personne n'a l'air d'avoir récemment baisé ma femme. Personne n'a particulièrement l'air d'un cambrioleur.

Puis j'entends crier mon nom. Le bras bronzé et musclé de Räystäinen me fait signe du fond de la salle. Je le rejoins, et il me désigne la chaise en face de lui. Il est arrivé une minute plus tôt. La table pour deux est petite et bancale. Räystäinen déborde de questions. Il sait en réalité déjà ce que tout le monde a appris sur le cambriolage, mais veut des détails.

Je commence à lui raconter, tout en beurrant une tranche de pain de seigle. Je fais attention à ce que je dis. Je m'en tiens strictement à la version officielle. Räystäinen, en T-shirt, m'écoute attentivement, mais quand j'ai fini, son visage bronzé aux UV n'a pas l'air très satisfait. Il croise ses bras nus sur sa poitrine, ses tendons et ses veines s'étirent et se gonflent. Je vois qu'il en attendait clairement plus. Son regard se détache de moi un instant, puis revient comme un animal affamé à sa gamelle. Je me contente de hausser les épaules et de mordre dans ma tranche de pain.

— Tout s'est passé si vite.

Räystäinen se recule sur sa chaise.

— Et tu n'as aucune idée de ce dont ils ont l'air ?

Je secoue la tête.

— Tu ne les as pas non plus entendus parler ?

Je mange mon pain, je fais de nouveau signe de la tête que non. Räystäinen semble réfléchir. Je ne sais pas grand-chose de lui. Sauf bien sûr quelques données générales, et des détails sur la nature et la fréquence des efforts qu'il fait avec sa jeune épouse.

— Mais tu les reconnaîtrais ?

Je pense au parfum, à sa puissance. Je sais que je le reconnaîtrais.

— Peut-être, dis-je.

— À quoi ?

La question fuse si vite qu'elle m'interrompt dans ce que j'allais dire. Au même moment, nos plats arrivent. J'ai pris du gratin de macaronis, Räystäinen des aiguillettes de poulet.

— À quoi ? demande-t-il de nouveau une fois la serveuse partie.

J'hésite. Il me vient soudain à l'esprit que le parfum est ma propriété privée, sous certaines réserves, bien sûr. Mais quoi qu'il en soit, il fait partie de ma mission, de ce que je dois défendre. Räystäinen tient sa fourchette et son couteau en l'air.

— Je ne sais pas. J'imagine que l'événement a été suffisamment traumatisant pour qu'il m'en reste quelque chose à l'esprit. Je me trompe peut-être.

— Et donc tu ne les reconnaîtrais pas ?

Ça, c'est du Räystäinen tout craché. Il pose des questions jusqu'à ce que les réponses se tarissent d'elles-mêmes. Mais pourquoi fait-il une fixation sur ce point précis ?

— Je n'ai dormi que quelques heures. Je suis incapable de dire ce qui s'est passé. J'ai sans doute besoin de sommeil et de repos pour y voir plus clair.

Räystäinen baisse les yeux et s'attaque à son assiette, j'entame moi aussi ma copieuse portion. Nous mangeons un moment en silence. Nous échangeons quelques mots à propos de la prochaine réunion du comité communal. Puis Räystäinen revient sur le sujet de la salle de sport, que je devrais selon lui essayer. Il se propose de me concocter gratuitement un programme d'entraînement sur mesure. Il a un créneau libre ce soir.

Le sujet n'est pas nouveau, mais son ton exigeant l'est. Il pose ses couverts dans son assiette. Rien n'est plus éloigné de mes préoccupations, en cet instant, que de me lancer dans des séances de musculation. Je m'apprête à le dire, mais avant cela, je demande à Räystäinen de me passer le ketchup qui se trouve sur la table derrière lui.

Il se tourne sur sa chaise, tend la main droite et, tandis qu'il saisit le flacon, j'aperçois son triceps. Il s'orne d'une longue griffure, récente. Elle part du coude et se prolonge loin sous la manche de son T-shirt. Ce pourrait être une entaille faite par une vitre brisée.

Je détourne les yeux juste avant que Räystäinen ne se retourne et me regarde. Je lui prends le flacon de ketchup des mains.

— Peut-être que ça m'aiderait à mieux dormir, après tout. Une petite séance en fin de journée.

DEUXIÈME PARTIE

LE CIEL POUR SEULE LIMITE

1

Je patauge dans la neige jusque derrière la grange. Mon lourd et copieux déjeuner me paraît si difficile à digérer que je le soupçonne de m'y enfoncer encore plus profond. Les murs en bois gris sombre de la grange semblent nus et gelés ; le soleil de la mi-journée éclaire le monde telle une vieille lampe à pied fatiguée posée bas sur l'horizon. Dans l'air flotte une odeur de bâtiment ancien et de sapins hivernaux.

Je suis à la ferme-musée de Teerilä, conformément à ce que j'ai prévu et convenu.

Mon plan est simple, et parfaitement horrible. Je suis bourrelé de remords, mais convaincu que c'est absolument indispensable.

J'ai rendez-vous avec ma femme.

Cette partie du projet a l'air tout à fait ordinaire. Mais c'est ensuite que viennent des étapes plus difficiles à assumer. J'ai fixé à Krista, au nom de son amant, un rendez-vous auquel je n'ai pas l'intention de me rendre. Ni sous ma propre identité ni sous celle de personne d'autre. Le pire – la clé de voûte du projet – est ce qui se passera quand ma femme sera là et comprendra qu'on lui a posé un lapin : à ce moment-là, j'ai l'intention de la suivre.

Je ne sais pas combien de règles de bienséance et de lois humaines ou divines je viole, contourne ou bafoue ;

mensonges et turpitudes semblent se multiplier de manière exponentielle à chaque tournant des événements, mais vertu et nécessité ne font apparemment pas bon ménage.

Et pourquoi suis-je convaincu que mon plan va fonctionner ?

Krista est quelqu'un qui ne fait pas les choses à moitié. Elle a une volonté de fer et l'ardent désir de régler tous les problèmes aussi vite que possible. En clair, tout de suite. Je la connais, en tout cas de ce point de vue. Je suis sûr que si personne ne se présente et qu'elle ne parvient pas à joindre l'auteur secret des textos, elle va immédiatement aller éclaircir la situation. Elle a déjà souvent agi ainsi. Quand elle décide de s'occuper de quelque chose, il est difficile de l'arrêter.

D'où la ferme-musée de Teerilä : le carré formé par le bâtiment principal, l'écurie et deux autres dépendances est situé à l'écart du centre de Hurmevaara, mais suffisamment près pour que l'on puisse s'y rendre à pied, au sommet d'une petite colline où se croisent quatre routes. Et je pourrai tirer des conclusions de celle par laquelle elle choisira de partir. Hurmevaara n'a qu'un nombre limité de voies de circulation, dont chacune conduit à une zone où vivent un nombre restreint d'hommes en âge de procréer.

Le bâtiment d'habitation de la ferme de Teerilä n'a rien d'imposant. C'est une maison en bois de taille relativement modeste qui se dresse là depuis cent cinquante ans et sert, l'été, de musée d'arts et traditions populaires. Les murs sont peints en rouge, les encadrements de fenêtre en blanc. L'hiver, la cour est déneigée, car les lieux sont loués pour différents événements privés. Ils ont aussi abrité un certain nombre de fois les réunions du comité communal.

L'heure du rendez-vous approche. Je suis à mon poste. Je vois la cour, mais je me tiens à l'abri des regards. La sapinière se dresse, silencieuse, à une trentaine de mètres. Plus que quelques petits préparatifs…

Mon téléphone sonne.

Je décroche. Pirkko, du secrétariat de la paroisse. Je ne perds pas de temps en préliminaires.

— Je suis en train de déjeuner, dis-je. Je serai de retour dans une heure.

— La commande des psautiers doit être passée aujourd'hui, me rappelle-t-elle.

— On le fera cet après-midi.

— Il y a un énorme choix de couvertures et elles sont toutes très belles. Je trouve la plus foncée particulièrement réussie. « Quand je marche dans la vallée de l'ombre de la mort… »

— « Je ne crains aucun mal ». C'est poétique, oui.

— Il y a aussi celle avec un ruisseau entre des rochers. « Il me fait reposer dans de verts pâturages… »

— « Il me dirige près des eaux paisibles ». Oui. Mais juste maintenant…

— Du cuir, m'interrompt Pirkko. Noir.

Je jette un coup d'œil dans la cour à travers l'entrecroisement des madriers de la grange. Y a-t-il du mouvement ? J'attends encore un instant. Puis…

Krista.

Elle approche.

— Le cuir noir est très élégant, dis-je à voix basse avec un temps de retard. Mais j'ai…

— À la fois doux et solide, murmure Pirkko.

Je ne sais pas ce qui se passe au secrétariat de la paroisse, mais ce murmure sent le malentendu. Je prends soudain conscience de plusieurs choses : réunion après réunion, Pirkko s'assoit de plus en plus près de moi, elle vient me voir dans mon cabinet même quand la question pourrait être réglée par courriel, elle m'apporte de plus en plus souvent dans la salle de pause des pâtisseries qu'elle a confectionnées.

— Je dois absolument… dis-je à nouveau tout bas.

— Absolument quoi ? chuchote Pirkko.

Krista approche à grands pas, je dois raccrocher. Elle s'arrête au milieu de la cour et regarde autour d'elle.

Mes pensées s'entrechoquent. Il ne manquait plus que ça. Quel genre de signaux ai-je envoyés à Pirkko ? Je me rends compte que j'ai plaisanté avec elle, que nous jouons sur les mots, terminons au vol les phrases de l'autre. Ce sont des choses qui peuvent être mal interprétées. Chacun peut les comprendre à sa manière. Par moments, forcément, tout cela s'additionne et produit… des situations de ce genre. Je soupire.

L'heure du rendez-vous est dépassée de quelques minutes. Krista s'avance en direction du bâtiment principal, enfonce les mains dans les poches de sa doudoune. Elle a le souffle embué. Je me sens horriblement mal. Impossible de tomber plus bas. Rien de pire ne peut…

Krista porte la main à son oreille. Curieusement, je n'y prête aucune attention jusqu'à ce qu'un téléphone sonne dans ma poche. J'ai évidemment sur moi mes deux portables et celui qui sonne est celui de l'amant expéditeur de textos. Je devais le mettre en silencieux, mais juste à ce moment-là, Pirkko m'a appelé. Je fouille dans ma poche tout en observant Krista par l'interstice des madriers.

Elle a entendu la sonnerie.

Je regarde le ciel bleu, je lâche un juron.

Je pars en courant.

La sapinière, devant moi, se rapproche pas après pas. Je m'enfonce dans la neige.

« Hé ! » entends-je au loin dans la cour, derrière la grange. Krista crie. « Hé ! »

Je lève haut les pieds, je fonce.

« Hé ! » entends-je de nouveau. Chaque cri est un peu plus interrogatif que le précédent.

La grange me protège pour l'instant, je le sais. Mais aurai-je le temps d'atteindre les arbres avant que Krista ne la contourne ?

L'épaisse mer de sapins semble m'attendre, prête à me prendre dans ses bras. J'y plonge comme dans de l'eau. Les branches griffent ma doudoune tandis que je m'y enfonce. Je me protège le visage de mes mains gantées de moufles.

« Hé ! » entends-je plus près.

Krista a fait le tour de la grange, elle approche, elle se déplace plus vite que moi, car elle peut placer ses pas dans les miens. Bizarrement, je ne pensais pas qu'elle me suivrait dans la sapinière, mais elle y pénètre. Et me demande pourquoi je ne m'arrête pas, pourquoi je ne veux pas discuter.

Nous descendons la colline. La pente est de plus en plus abrupte, mais je sais où elle se termine. Au bord d'une route, droite, qui s'étend à perte de vue des deux côtés.

Je dévale le versant, en tentant de me dissimuler derrière les troncs. J'entends, plus haut, des questions parfaitement justifiées. Pourquoi est-ce que je ne m'arrête pas ? De quoi ai-je peur ? À quoi rime de donner rendez-vous à quelqu'un pour s'enfuir ensuite ? La ténacité de Krista joue contre moi. Je la comprends, bien sûr. Il n'est pas nécessaire d'être champion d'Europe d'empathie pour imaginer l'effet que cela fait de voir celui qui vous attend partir à toutes jambes.

Tout ce qui se passe est épouvantable, grotesque. Un instant plus tôt, nous étions heureux. Maintenant nous

nous fuyons et nous pourchassons dans la forêt. J'ai des crampes aux cuisses en arrivant sur la route. Elle est heureusement déserte. Je ne sais pas ce que je dirais si je rencontrais des villageois, alors que ma femme m'appelle et me court après dans la sapinière. La route se termine, à l'ouest, là où elle en croise une autre, menant au village et, à l'est, peut-être seulement en Sibérie. Au-dessous d'elle, la pente continue, tout aussi raide, jusqu'à un ruisseau bordé d'un champ. Vers l'ouest, je serai plus vite hors de vue. Je m'apprête à reprendre ma course quand j'entends Krista pousser un grand cri.

Suivi d'un silence.

2

Notre relation repose sur la confiance, le respect mutuel, l'équilibre naturel et spontané entre donner et recevoir. Nous avons un but commun, nos regards sont tournés dans la même direction. Nous sommes mari et femme, amants, meilleurs amis. Nous nous soutenons, nous nous réconfortons, nous nous réjouissons l'un pour l'autre. Nous sommes, en un mot, unis.

Mais.

Peut-être la mesure de tout cela sera-t-elle finalement prise par une journée d'hiver ensoleillée dans un village perdu de l'est de la Finlande, dans un bois où j'ai déloyalement entraîné ma femme enceinte d'un autre. Et à qui il vient clairement d'arriver quelque chose. Mais que puis-je faire ? Je ne peux pas retourner dans la sapinière, me trahir. Je réfléchis un instant et une idée me vient. Je repars en courant. Quand je suis assez loin, je sors mon propre téléphone de ma poche. Au bout d'un moment, Krista répond.

— Salut, dit-elle.

— Salut, chérie. Je voulais juste te demander s'il fallait que je passe faire des courses en rentrant. Je ne me rappelle plus tout ce qui manque, mais en tout cas du pain, des yaourts et des œufs.

Un silence.

— Du poisson, répond-elle ensuite. Peut-être du saumon.

— C'est vrai. Une soupe de poisson serait une bonne idée. Donc aussi des pommes de terre. Autre chose ?

— De la salade, poursuit Krista, et j'entends au son de sa voix qu'elle n'a pas la tête à dresser une liste de courses. Quelques tomates.

Je reste silencieux le temps qu'il me faudrait pour noter ses suggestions. Le stratagème fonctionne.

— Joel, je crois… Je crois que je me suis cassé la cheville.

Je fais de mon mieux pour avoir l'air surpris.

— Où ça ? Ou plutôt comment ?

Mon ton est peut-être finalement plus inquisitorial qu'étonné.

— Je ne sais pas si elle est cassée ou juste tordue, dit Krista, et j'entends à sa voix qu'elle a vraiment mal. Je ne peux pas marcher ni même m'appuyer dessus.

— Tu es à la maison ?

Une brève hésitation.

— Non.

— Où es-tu ?

— Dans la forêt.

— Dans la forêt ?

— Oui, confirme Krista. Il y a une sapinière derrière la ferme-musée de Teerilä, c'est là que je suis. Sur la pente au bas de laquelle coule ce ruisseau limpide, tu te rappelles, celui qu'on est restés à regarder, cet automne, parce que le courant était si fort.

— Comme une petite rivière. Je me rappelle.

Et c'est vrai. C'était une belle journée. Nous nous promenions ensemble, main dans la main. Les arbres flamboyaient peut-être pour la dernière fois, il y avait déjà un soupçon de gel dans la vivacité de l'air. Je sais que je dois poser la question suivante.

— Qu'est-ce que tu fais dans cette forêt ?

Krista s'est préparée à répondre.

— Je me promenais.

— Tu te promenais ?

— J'avais besoin d'air.

— Dans la poudreuse au beau milieu d'une sapinière ?

Est-ce que je le fais exprès ? Je la harcèle de questions alors que je connais les réponses. Et elles n'ont pas d'importance, seul compte l'interrogatoire : il me permet d'affirmer ma supériorité. Cela ressemble aux rares disputes que nous avons eues. Krista reste silencieuse. Puis elle reprend :

— Je commence à avoir froid.

Krista est assise à la place du mort, elle regarde droit devant elle. Je conduis. Nous nous mentons. Aussi terrible que cela soit, c'est facile. Ce n'est ni bien, ni juste, mais nos lèvres bougent comme si elles appartenaient au visage de quelqu'un d'autre. Le centre de santé est à quarante minutes de route.

Et mentir n'est même pas le pire. Chaque fois que Krista laisse échapper un cri ou un gémissement, j'ai l'impression que quelqu'un me saisit l'estomac dans son énorme poing et serre. C'est ma faute. Inutile de le nier. Je ne sais même pas si nous nous sommes vraiment regardés dans les yeux.

En même temps, j'ai l'impression que Krista voit que je ne suis pas aussi bouleversé ou inquiet que je le devrais. Je le suis pourtant, en un sens, et très profondément. Mais ça n'a aucun rapport avec son accident.

Je sais ce que je devrais en cet instant précis me demander, et demander à tous ceux qui m'entourent. Krista est enceinte, que se serait-il passé si elle s'était évanouie dans la neige ? Si elle était morte de froid dans la forêt, incapable de bouger ? Je suis obligé de poursuivre mon interrogatoire. J'essaie de trouver le bon angle d'attaque, apte à m'apporter une réponse qui me surprendrait peut-être. Je finis par le trouver.

— Il y avait d'autres traces de pas dans la neige, dis-je. Elles m'ont sauté aux yeux. Dans la sapinière.

Je ne vais pas jusqu'à lui jeter un regard, je me concentre sur ce que je vois du coin de l'œil. Elle tourne peut-être un peu le visage vers la vitre, de son côté.

— J'avais si mal à la cheville que je n'ai pas regardé autour de moi.

— Et avant ça ? Tu as vu quelqu'un dans la forêt ?

— Vu quelqu'un ?

— Je me demandais juste si tu aurais pu réclamer de l'aide à quelqu'un. S'il y avait quelqu'un dans les parages, avec ces traces toutes fraîches.

— Je n'ai vu personne, affirma Krista, et le ton de sa voix montre qu'elle y a réfléchi. De toute ma promenade. Dans la forêt, en tout cas. J'ai fait tout ça sur un coup de tête. J'avais sans doute vaguement l'intention de couper par la sapinière pour descendre jusqu'à la route. Et de retourner par là au village. Mais mon pied s'est pris dans quelque chose et je suis tombée.

— Je comprends. Descendre jusqu'à la route.

Du coin de l'œil, je perçois un mouvement. Krista tourne la tête vers moi.

— Jusqu'au ruisseau. Notre ruisseau.

Notre ruisseau… L'idée est souillée dès l'origine. Dans le ruisseau coule maintenant une eau noire. Krista se tait. Elle attend peut-être que je réagisse.

— Heureusement que tu es là, fis-je. Heureusement qu'il ne t'est rien arrivé de pire.

Elle me touche la main droite.
— Il ne se passe que de bonnes choses, avec toi.

Krista souffre d'une grave entorse. Il n'est toutefois pas nécessaire de l'opérer. Elle s'en tire avec un solide bandage, une attelle en plastique et des béquilles pour se déplacer.

Nous rentrons à la maison.

Nous continuons à nous mentir.

L'après-midi s'obscurcit, dans le ciel alternent le mordoré, le violet et le rouge sang. Puis toutes ses forces quittent le jour. Il s'endort au bord de la route, derrière les arbres, nous abandonne comme il l'a déjà fait, pour moi, environ treize mille fois. À la place, l'obscurité grandit et envahit bientôt tout.

Je vis soudain le pire moment de ma vie. Mais c'est sans doute ainsi, le plus souvent, que cela se passe. Rares sont ceux qui proclament : « Mercredi dans un mois, je fous tout en l'air. » C'est juste quelque chose qui vous tombe dessus. Indépendamment de ce en quoi on croyait ou pas.

Je me rappelle le joyeux après-midi de printemps où nous avons chargé une camionnette et quitté Helsinki pour Hurmevaara. Nous avons convenu, ensemble, que c'était encore une fois une nouvelle aventure commune qui commençait. Nous n'avons pas dit : prenons le canapé, la lampe, les livres et la table et allons droit en enfer.

C'est pourtant ce que nous avons fait.

Les pneus cloutés chuintent et la femme que j'aime me brise le cœur par sa seule présence.

3

Krista s'installe sur le canapé du salon. Je lui apporte une couverture et de quoi manger, je fais bouillir de l'eau pour le thé. Je veille à ce qu'elle ait à portée de main tout ce dont elle a besoin ou envie. Je sens qu'elle aimerait rester seule, qu'elle n'a pas vraiment, quelle qu'en soit la raison, la force de bavarder. Ce n'est ni très agréable ni très réconfortant, mais pour le moment ça me convient. Je prépare mon sac, je me rhabille pour sortir et j'y vais. Le froid s'est un peu accentué. Le village est désert. Je roule vers le nord dans la grand-rue endormie. Cela faisait des années que je n'avais pas ressenti une telle solitude.

Elle me rappelle comment tout a en fait commencé.

En Afghanistan.

J'ai marché sur une mine par une chaude journée.

Notre convoi avait quitté la base à l'aube. Le but était de rouler aussi longtemps qu'il ferait jour. Le soleil tapait, nous progressions lentement. Le réseau routier afghan est dans un triste état et une partie du trajet devait se faire sur de simples pistes. Nous nous trouvions dans une zone de montagne inhabitée, entre deux villages, quand notre véhicule de transport de troupes a eu un problème. La direction s'est mise à tirer à droite, de plus en plus fort. Nous avons dû nous arrêter.

Il était midi. La chaleur était brûlante, sans un souffle de vent. Nous avons essayé de nous mettre à l'ombre contre le flanc du blindé, mais sans succès. Je n'avais jamais vu un soleil aussi grand. Il était juste au-dessus de nous, tel un brasier rond et jaune. En quelques minutes, sa brûlure provoquait sur la peau un chatouillis insupportable, puis il commençait à la tendre et à la cuire, au point qu'on avait l'impression, à la fin, qu'il voulait vous l'arracher.

S'arrêter était particulièrement dangereux. Les bombes au bord des routes, les mines, les snipers et les embuscades étaient bien sûr une menace, même quand nous progressions rapidement. Mais si nous décidions de faire halte, ou que nous y étions contraints, il fallait encore y ajouter les frappes spontanées. Elles consistaient en un mélange de différents modes d'attaque mis en œuvre en un clin d'œil par une ou plusieurs personnes, qu'il était extrêmement difficile de contrer par du renseignement en amont ou même par une méticuleuse planification du trajet. L'occasion faisait le larron.

En mettant pied à terre, nous nous sommes placés de manière à pouvoir surveiller le plus largement possible les alentours. Nous nous sommes vite rendu compte que nous étions disposés là comme sur un plateau. Nous avions beau être entourés de montagnes et de rochers, ils ne nous offraient aucun abri.

Le commandant a tranché sans attendre. Le reste du convoi poursuivrait sa route, le véhicule en panne, un Pasi, resterait là avec son équipage. Nous étions naturellement d'accord, bien que nous devions rester seuls. Il était trop dangereux d'immobiliser tout le convoi.

Réparer le transport de troupes a pris du temps. Les mécaniciens travaillaient sous pression. Je gardais les yeux fixés sur les rochers, les recoins ombreux.

La première balle a traversé la tête du mécano le plus âgé. Le coup est parti de la direction dans laquelle nous allions, presque droit devant nous, plus haut dans la montagne.

Nous avons riposté. La montagne est restée indifférente à nos balles. Mais elles avaient un autre but. Nous devions protéger le mécanicien restant. C'était notre seul espoir. Peut-être aussi, avec de la chance, l'ennemi était-il seul. Les tirs nous visaient à intervalles relativement réguliers, ils venaient tous du même secteur, et ils étaient précis.

Un des soldats a été touché au bras. La blessure n'était pas mortelle. Mais elle a eu un effet fatal sur un de ses camarades.

Ce dernier s'est écarté du Pasi pour se ruer sur la route et foncer vers les rochers la surplombant. Il avait peut-être l'intention d'atteindre l'étroite faille qui coupait la paroi, pensant y trouver un passage.

Le tireur a accéléré la cadence. Les balles frappaient le sol autour du soldat. Je me suis élancé derrière lui. Ma réaction a été instinctive. À moins, comme j'y ai réfléchi plus tard, qu'elle n'ait aussi été professionnelle. J'étais parti en Afghanistan pour apporter tout le soutien, le réconfort et le secours que je pouvais offrir.

Je courais vite. J'ai rattrapé le soldat. Sa trajectoire n'était pas rectiligne, ni sa foulée très efficace. Je l'ai plaqué au sol, je lui ai dit que j'allais le mettre à l'abri des tirs. Il s'est débattu. Il a essayé de me frapper. Ses coups n'étaient que des gesticulations. Furieuses, mais imprécises. J'ai riposté par un direct bien ajusté, à la force décuplée par l'adrénaline.

J'ai chargé le soldat inconscient sur mes épaules, comme un grand sac, pour le ramener au Pasi. Tous les autres mitraillaient la montagne comme s'ils avaient voulu la réduire en pierraille. Leur feu bridait le tireur. Il n'était plus aussi précis, mais ses balles touchaient malgré tout le sol devant moi, et sans doute aussi derrière.

Le fossé bordant la route était abrupt, j'ai poussé le soldat vers le haut de la pente. Un autre homme s'est détaché de derrière le Pasi, s'est avancé à notre rencontre, lui a saisi les mains et a commencé à le traîner à l'abri. Je me tenais à quatre pattes. Une balle est passée à quelques centimètres à peine de mon flanc droit. Je me suis relevé, je me suis élancé.

Je ne me rappelle rien de l'explosion.

Dans mon souvenir suivant, je suis à l'intérieur du Pasi. Je n'entends rien, je vois flou. Je suis trempé de sang. Quelqu'un noue quelque chose autour de ma jambe gauche. Puis je perds à nouveau conscience.

J'ai été félicité pour avoir sauvé la vie du soldat. Il est venu en personne me remercier à l'hôpital militaire. Ma réaction a été neutre ; mon état me semblait à tous égards provisoire et surmontable, peut-être même assez vite.

Le soldat que j'avais sauvé était nettement plus jeune que moi, il s'apprêtait à rentrer chez lui. J'ai remarqué qu'il avait du mal à me fixer dans les yeux. Et à rester assis sur sa chaise. J'ai pensé que c'était dû à ce qui s'était passé. Il avait été pris de panique et eu un comportement stupide, et un autre avait dû le payer. Je lui ai dit que j'avais fait ce qu'il aurait aussi tenté s'il avait été à ma place. Il a regardé la table à côté du lit et m'a demandé si les médicaments qui étaient là étaient tous pour moi.

J'avais sauvé un toxico.

Je descends de ma voiture sur le parking du Hurme-Gym, et le souvenir de l'Afghanistan s'effiloche. La soirée est froide. La salle de sport se situe dans la zone industrielle de Hurmevaara. Malgré sa petite taille, celle-ci regorge d'activités. On y trouve de tout, depuis des pièces détachées de tracteur jusqu'à des accessoires pour sauna tels que des bouquets de branches de bouleau séché, qu'on livre aux habitants des grandes villes, avec d'autres produits étroitement liés au délitement du savoir pratique des jeunes adultes. Le Hurme-Gym est installé dans un ancien abattoir.

J'entre, et je passe de l'obscurité du monde extérieur à la clarté des néons.

Räystäinen m'attend. À part lui, il n'y a personne.

Le lieu est vaste et les appareils et postes d'haltérophilie sont largement espacés. Räystäinen porte des chaussures de salle blanches, un haut de survêtement noir et un pantalon de jogging gris. Le badge cousu sur sa poitrine s'orne d'une barre à disques lourdement chargée qui se tord, soulevée par une force invisible.

Räystäinen a l'air tendu, et je ne suis pas non plus particulièrement à l'aise. Je me rappelle la longue éraflure sur son bras, la douleur sur ma tempe, le cambrioleur dans la neige.

— C'est calme, dis-je en regardant autour de moi.

La salle est bien équipée. Les appareils sont nombreux. Les poids libres sont soigneusement rangés sur leurs supports. Il y a quelque chose, dans les barres nues et les machines immobiles, qui accentue l'impression de vide. Il manque aussi la musique. J'entends Räystäinen faire craquer ses jointures, et son téléphone, dans sa poche, tinter pour annoncer l'arrivée d'un message. Il y plonge la main tout en laissant son regard parcourir l'espace, sous le haut plafond.

— C'est le jour de l'aérobiose, dit-il, puis il tourne les yeux vers moi. C'est notre manière de cadencer l'entraînement.

Il jette un coup d'œil à son téléphone. Le message ne semble pas le réjouir. Son explication ne tient pas forcément non plus la route. Il est difficile d'imaginer que la salle ait été pleine hier et qu'aujourd'hui tous soient en train de skier ou de courir dehors.

— Et en ce qui nous concerne, c'est parfait. On va pouvoir faire tranquillement un petit bilan. Évaluer ta forme et se fixer des objectifs.

— Très bien, dis-je, alors que Räystäinen me tourne déjà le dos et m'invite à le suivre.

Nous commençons par des soulevés de terre. C'était mon exercice préféré quand je m'entraînais avec des poids. Il y a de ça déjà quelques années, mais je maîtrise encore la technique. Räystäinen est impressionné. Il me donne certes des conseils, mais son ton laisse penser qu'il espérait pouvoir adopter une attitude plus directive. L'atmosphère se détend un peu quand nous échangeons quelques considérations sur l'haltérophilie. Räystäinen a gardé sa veste de survêtement. Et son téléphone continue de signaler l'arrivée de nouveaux messages. Au bout d'un moment, il coupe le son.

— Je ne pensais pas que tu avais autant d'expérience, fait-il remarquer tandis que nous passons au développé couché. Je t'imaginais plus tourné vers les choses de l'esprit. Tu sais, comme si tu avais oublié ton corps pour te concentrer sur tout ce qui relève de l'âme, si c'est le bon mot, ou quelque chose de ce genre.

Räystäinen dit ça comme s'il parlait de Jésus. En même temps, il a l'air un peu déçu. De me voir venir à la salle de sport comme n'importe quel être humain, dans ma propre voiture, au lieu de marcher sur la neige, par exemple, ou de transformer les boissons protéinées en vin. Je n'ai pas l'intention de lui confesser tous mes péchés.

Nous nous échauffons un moment. Nous discutons de la technique du développé couché.

Je m'allonge sur le banc, je saisis la barre. Räystäinen se place derrière ma tête au cas où mon soulevé resterait sur ma poitrine ou à mi-chemin. Le but est de tester mes limites. Je serre les mains sur la barre et je retire celle-ci de son support. Son poids repose sur mes bras. C'est alors que Räystäinen se met à parler.

— Cette météorite vaut un million.

Il se tient au-dessus de moi, à l'envers. En une seconde, l'ambiance a changé.

— Ce n'est pas étonnant que quelqu'un ait essayé de s'introduire dans le musée. Ce million est une bonne raison.

Räystäinen approche ses mains de la barre. Il les place de manière à guider le sens de mes mouvements et m'empêcher de la remettre sur son support.

— Même en la divisant en plusieurs morceaux, il y a de quoi faire, poursuit-il. Tu as dit qu'il y avait deux cambrioleurs, mais je pense que même à trois ou quatre, la somme resterait confortable.

Je pose la barre sur ma poitrine, puis je commence à la lever. Elle est trop chargée. Je le sens tout de suite.

— Je pense à ça parce que… parce que fonder une famille, c'est difficile et coûteux. Le Saint-Esprit ne suffit pas.

— Hein ? réussis-je à grogner.

La barre ne bouge pas.

— J'ai cru comprendre que chez vous aussi, vous y travailliez.

Je rassemble toutes mes forces, en vain.

— Ça ne marche pas, suis-je obligé de crier.

— Chez nous non plus…

— La barre, dis-je entre mes dents.

— Si on associe...

— Non.

— Si on...

— Non.

Cette fois, j'ai parlé d'une voix forte.

— Non. Pas question. Non. Soulève.

Räystäinen place ses mains sous la barre. Mais il ne la lève pratiquement pas. Et mes muscles sont tétanisés. Pourquoi ne fait-il aucun effort ? Comme s'il y réfléchissait. Puis la barre commence à monter.

Je suis obligé de la pousser jusqu'en haut. L'aide de Räystäinen est minimale. Je me lève du banc et je me tourne pour le regarder. J'égalise mon souffle. Son expression a changé. Je n'arrive pas à l'interpréter. Il se contente de m'observer. J'ai un goût de métal dans la bouche, comme si j'avais mordu la barre.

Que puis-je lui révéler ?

Si je lui dis franchement que je suis au courant pour sa blessure, il comprendra que j'en sais plus que je n'en ai dit à la police – à supposer que l'entaille de son bras provienne bien de la fenêtre du musée. Que vient-il d'ailleurs de me suggérer ? Concrètement, rien. Il a juste parlé, peut-être pensé tout haut. Mais il m'a presque laissé la barre sur la poitrine. C'est en tout cas ce dont j'ai eu l'impression, bien que ce soit impossible à prouver.

Il avance soudain d'un pas vers moi. Je saisis en un clin d'œil un disque de cinq kilos rangé à côté de moi. Je ne sais pas à quoi je m'attends, mais en tout cas pas à entendre derrière moi la voix de Pirkko.

— Joel ! s'exclame-t-elle. Je ne savais pas que tu fréquentais la salle.

Je me retourne d'un bloc, le poids de cinq kilos à la main. Pirkko lui jette un coup d'œil, puis me regarde.

— Tu t'entraînes, dit-elle, sincèrement surprise. Et avec des poids libres.

Pendant la demi-heure qui suit, nous nous en tenons tous à nos rôles.

Räystäinen joue les coachs pleins d'enthousiasme. Moi l'élève qui se réintéresse au fitness. Pirkko fait semblant de ne s'occuper que de ses propres affaires, sans nous écouter ni nous regarder.

Räystäinen, en tant que professeur, est à la fois d'une rigueur surjouée et totalement absent. Il préférerait visiblement poursuivre son discours interrompu sur la météorite ou être ailleurs. À moins – et l'idée m'effleure tandis que je m'escrime sur l'appareil de tirage vertical et que je le vois soudain poser tour à tour les yeux sur moi et sur la pile de disques qui monte et descend – qu'il ne se demande comment me mettre cent kilos sur le cou. Mais je peux me tromper. Je suis fatigué, affamé. Les dernières vingt-quatre heures m'ont vidé de mon énergie, et maintenant je soulève des poids.

La mise en scène de Pirkko n'est guère plus convaincante. Le vaste espace ne fait que souligner sa proximité physique, et je ne peux m'empêcher de remarquer que c'est une sportive accomplie. Elle est un peu plus âgée que moi et travaille depuis déjà longtemps au secrétariat de la paroisse. Elle est divorcée et a un enfant adulte qui poursuit ses études à Helsinki. Elle est compétente et sympathique et je sais que je lui dois des excuses. J'ai mal géré ma communication. Je me suis montré égoïste et irréfléchi. Ce n'est franchement pas ce dont j'avais besoin pour me sentir mieux.

Nous terminons notre tournée des appareils.

Räystäinen a pris des notes dans son carnet. Il déclare d'un ton ferme qu'il va me préparer un programme d'entraînement complet et détaillé. Qui exige, pour être efficace, que j'adhère au club et que je commence par trois séances par semaine. Je le remercie, mais je ne promets rien. Sa frustration se lit sur son visage. Il semble aussi énervé, et cela s'entend à la façon dont il tapote sur son ordinateur, près de la caisse. C'est pourtant moi qui aurais de quoi m'énerver. Je suis épuisé. Je me tourne vers Pirkko. Elle est tout près, en train de travailler ses abdominaux, et ne regarde pas dans ma direction.

— À demain, Pirkko, dis-je d'une voix forte.

Elle interrompt son mouvement, reste en position basse, me regarde par en dessous.

— Super, lance-t-elle, c'est mon jour de jambes.

Il me faut un moment pour comprendre. Puis je secoue la tête.

— Non. Pas… ici.

— Ailleurs, alors ?

— Quoi ?

Encore une fois, j'ai du retard à l'allumage. Puis je saisis.

— Je voulais dire au bureau.

— Bien sûr, se reprend-elle. On s'occupera des psautiers.

Elle me fait un clin d'œil. L'effet est saisissant. Elle a la tête en bas, et de grands yeux bruns. Instinctivement, je jette un regard à Räystäinen, qui se tient à côté de moi. Il me fourre dans la main le papier qu'il vient d'imprimer – sûrement mon programme d'entraînement. Je suis sûr qu'il a remarqué l'œillade de Pirkko et j'ai l'impression qu'il attend ma réponse. Je n'en ai aucune.

Je plie le papier dans ma poche et je le remercie encore une fois pour tout. Puis je jette un dernier coup d'œil à la barre à disques qui repose au-dessus du banc et je tourne les talons.

4

À l'intérieur de la voiture, il fait agréablement froid. La fraîcheur du siège me fait le même effet qu'ouvrir les rideaux par un matin ensoleillé. À la fois tonique et apaisant. Je fais demi-tour et je jette un dernier regard en direction de la salle de sport. Près de la porte, le mur est percé d'une grande baie vitrée. Räystäinen se tient derrière, le contre-jour agrandit sa silhouette et floute son visage. Il lève la main. Le geste ressemble à une salutation. J'y réponds, puis je quitte le parking.

Je réfléchis aux événements qui viennent de se produire, aux propos de Räystäinen. Je n'ai jamais participé à une séance de musculation aussi surréaliste. Impossible de dire si j'en sais maintenant plus, ou un peu moins. Räystäinen est peut-être le cambrioleur, ou juste un gérant de salle de sport à bout de nerfs. Je ne le soupçonne quand même pas d'être l'amant de Krista. Ou si ?

Les messages qui faisaient tinter son téléphone me reviennent à l'esprit. Leur synchronisation était trop parfaite. Je suis allé droit de la maison à la salle de sport. Krista est restée seule pour la première fois depuis qu'elle s'est blessée, et je sais qu'elle veut toujours tout régler tout de suite. Le portable carillonnait comme s'il avait perdu la tête.

Krista essayait-elle de joindre son amant à son « ancien » numéro, autrement dit à celui qu'elle utilisait précédemment et non à celui que je lui ai communiqué aujourd'hui ? Räystäinen a-t-il étendu à d'autres que sa femme ses efforts pour fonder une famille ? Il est plein, à sa façon, de vigueur et de ténacité, d'obstination sans limites. Peut-être…

Un poison noir envahit tout ce qui touche à Krista et à son état actuel. Je serre le volant.

Le village s'est installé dans le soir d'hiver. De la fumée monte des cheminées, les rues sont vides. Les quelques millimètres de neige tombés dans la journée ont tout blanchi. J'avale une gorgée de la boisson énergétique protéinée que j'ai achetée à la salle de sport, le parfum de son essence de mangue emplit la voiture, et son goût, ma bouche. Je sors mon téléphone de la poche de ma doudoune. J'ai reçu un appel d'un numéro qui n'y est pas enregistré.

Je rappelle et je reconnais immédiatement la voix de mon interlocuteur. Il veut d'abord parler du sujet qu'il connaît le mieux : la fin du monde. Je lui dis que nous n'en avons pas le temps. Il réplique que pour être précis, nous n'avons pas besoin de temps, car celui-ci finira au même instant que le monde. Je n'ai pas la force d'argumenter. L'homme perçoit sans doute, au ton de ma voix, que j'espère qu'il va m'annoncer rapidement le véritable motif de son appel. Je dois avouer que quand il y vient, il me surprend.

Il a peut-être trouvé le parfum que je cherche.

Je me gare devant la station-service. Je dois de toute façon faire le plein, mais je suis aussi mieux réveillé qu'il y a cinq secondes.

— Je n'en suis pas tout à fait sûr, commence l'homme d'un ton hésitant.

— Vous n'êtes pas sûr du parfum ?

— Ça, si, mais je ne sais pas de qui il s'agit.

Nous avons le même problème, ne puis-je m'empêcher de penser.

— Pouvez-vous m'indiquer où ?

— C'est justement pour ça que j'appelle. J'étais en train de boire une bière. Peut-être devrions-nous aussi en parler. J'essaie de me tourner vers le Seigneur, mais la bière semble agir plus vite.

— Nous sommes humains, dis-je.

La station-service est déserte. Je reste garé devant la pompe. Ça ne gêne personne, à cette heure. À Helsinki, quelqu'un klaxonnerait déjà, ou empoignerait un démonte-pneu. Sous l'auvent, la lumière est jaune. La neige a l'air de laine de verre.

— Au bout de cinq pintes, le monde relâche son demi-Nelson, poursuit l'homme. Je sais que c'est mal, que c'est fuir...

— Je ne sais pas si c'est mal, énoncé-je, conscient d'interrompre sa réflexion. Mais l'existence est finalement quelque chose d'assez compliqué. Jésus a soupçonné Dieu de l'avoir abandonné. Jean de la Croix a parlé de la nuit obscure de l'âme. Luther a sombré dans le désespoir et l'antisémitisme.

L'homme reste silencieux.

— J'ai du mal à vous suivre, constate-t-il pour la seconde fois en deux jours.

— Peut-être faut-il tout simplement avoir confiance en la grâce de Dieu, peut-être englobe-t-elle tout. Vous disiez que vous aviez senti le parfum.

— Oui, se reprend l'homme. Au Golden Moon.

— Quand ?

Il marque un temps avant de répondre.

— J'en suis sorti il y a environ une heure. Je crois que je suis encore un peu sous l'effet de l'alcool. Ou plus exactement, il s'estompe. C'est le sentiment le plus affreux au monde. La phase descendante de l'ivresse est une invention de Satan.

— Il y a de ça, oui, dois-je concéder.

Nous raccrochons. Je descends de voiture, et je saisis le pistolet glacé de la pompe. Je fais le plein. Cela semble durer une éternité, et le froid n'est plus revigorant. Je remets le pistolet en place et je vais payer à l'intérieur. Quelques clients sont attablés dans la cafétéria. Le gérant de la station lit un magazine people déchiré, sur la couverture duquel un chanteur raconte qu'il a jeté son argent par les fenêtres.

Il lève à peine les yeux quand je règle avec ma carte après avoir aussi acheté du liquide lave-glace. Ça m'arrange. Mes pensées tournent autour des bars et des boîtes de nuit. Les gens se parfument certes souvent pour sortir le soir, mais il y a peut-être là un début de piste : le Golden Moon Night Club.

Rentré chez moi, je prends une douche.

J'ai dû longuement expliquer à Krista pourquoi j'ai voulu me remettre à la musculation précisément aujourd'hui. Je n'ai pas menti. J'ai juste dit que j'en avais eu assez de l'insistance de Räystäinen. C'est bien sûr vrai, en un sens. Un peu comme l'honnêteté sélective dont nous faisons plus généralement preuve l'un envers l'autre, en piochant de-ci de-là, avec de soigneuses omissions.

La jalousie me ronge. Elle progresse comme de la rouille, perfore et transperce. Quand la douleur atteint son paroxysme, j'ai l'impression que la seule façon de m'en sortir est de jouer mon propre rôle, de me distancier de ce qui se passe en moi. Car je crains, sinon, de tomber en pièces ou de m'effondrer sur moi-même.

Après la douche, je me sens un peu mieux. Pendant un instant. Puis mon regard tombe sur l'étagère de l'armoire de toilette où Krista range ses parfums. L'idée qui me vient est totalement insensée, mais je dois vérifier. J'attrape les flacons un à un et je les renifle tous. Aucun ne rappelle la senteur que je cherche.

Je ferme la porte de l'armoire et je vois mon visage dans le miroir. Je soupire et je réfléchis à ce que je vais faire maintenant. J'enfile une chemise propre et mon meilleur jean, je me coiffe avec du gel. J'essaie d'avoir l'air de moi-même. Ce n'est pas gagné d'avance.

Krista se repose sur le grand canapé du séjour, le pied droit sur un coussin. Chaque fois que je vois sa cheville blessée et le bandage qui l'entoure, mon cœur se serre. J'ai mal agi, je le sais. Et aussitôt après, une petite voix vengeresse au creux de mon oreille me dit que Krista n'est pas totalement innocente, c'est elle qui a lancé la machine, sans ce geste, personne ne se serait fait d'entorse. Cette voix est détestable. Elle m'autorise à mal agir. C'est un trait de caractère très humain, j'en suis conscient, un de nos attributs fondamentaux. Ce n'est pour autant ni juste, ni bien. Et cela modifie la façon dont je regarde Krista, le monde, tout.

— Ouah ! s'exclame-t-elle. J'ai cru voir entrer une vraie gravure de mode, un bel inconnu, et puis non, en fait, c'est mon mari !

Elle est allongée sous une grande couverture rouge, débordante de tendresse et de douceur. Ou plutôt, c'est ce que je penserais en temps normal. Je sais qu'elle est ma femme chérie, mais pour l'instant, je suis incapable de le ressentir.

La télévision est allumée. Des volontaires ont été emmenés dans une île paradisiaque pour médire les uns des autres. Ça a l'air facile.

— Tu vas surveiller la météorite, dit Krista d'un ton que je connais. Il va y avoir une suite.

Je pense à Räystäinen, au pilote de rallye et aux amis dont il a parlé. Je pense aussi au parfum.

— Oui.

— Tu seras seul au musée, n'est-ce pas ?

— J'espère.

J'essaie de plaisanter, mais Krista ne me suit pas. Sa mine est sincèrement perplexe.

— C'est pour ça que tu t'es aussi bien habillé et que tu as mis du gel dans tes cheveux ? Pour passer la nuit seul dans le musée d'un bled perdu ?

Je me suis mis sur mon trente-et-un parce que j'ai l'intention d'aller dans un bar à karaoké. Je ne peux pas le lui dire. La situation est extrêmement confuse. Je pourrais peut-être trouver une explication à mes actes, mais je décide de regarder les choses du point de vue de Krista. Je n'ai toutefois pas le temps de réagir avant qu'elle ne pose une autre question.

— Je n'ai pas à m'inquiéter, n'est-ce pas ?

— De quoi ?

Ma question est sincère.

Elle ne répond pas tout de suite.

— En général.

— Bien sûr que non. Le musée d'un bled perdu, tu l'as dit toi-même.

Krista me regarde.

— Sois prudent, là-bas, insiste-t-elle.

Je m'arrête sur ce dernier mot.

— Au musée ?

— Oui. Il y a eu un cambriolage la nuit dernière, au cas où tu l'aurais oublié.

— Je sais. Mais pourquoi penses-tu que je doive maintenant être prudent ?

Encore une fois, ma question est sincère.

Je me tiens au milieu du séjour. Malgré l'épais tapis, j'ai l'impression que le froid du sol pénètre par mes plantes de pied et remonte dans mes nerfs et mes muscles. La réponse de Krista se fait attendre bien trop longtemps.

— Il se peut que la météorite en intéresse d'autres, explique-t-elle en tentant de parler d'un ton détaché, mais sans tout à fait réussir. D'autres que celui qui s'est introduit au musée la nuit dernière.

Krista rajuste sa couverture. Je n'ai pas l'impression qu'elle en ait besoin. J'attends un instant.

— Il y avait deux cambrioleurs, fais-je remarquer. Je te l'ai raconté ce matin.

— C'est ce que je voulais dire. Sois prudent.

— Promis. Tu as raison. Un million d'euros peut en tenter d'autres. C'est une grosse somme.

Krista tourne le visage vers la télévision, dans ses yeux défilent des reflets de l'écran. Le bleu du ciel et de la mer, le vert de la jungle.

— Ça rembourserait plusieurs fois un crédit immobilier, ajoute-t-elle en cherchant de nouveau à adopter un ton léger, sans encore une fois y parvenir. Si on achetait par exemple une petite maison en Provence. Comme on en a quelquefois parlé.

Je combats la pensée qui s'insinue dans mon esprit. Elle est terrible.

L'idée contre laquelle j'essaie de lutter est que la grossesse-surprise de Krista et la tentative de vol de la météorite sont liées. Ma femme est mêlée à cet embrouillamini. Personne ne m'oblige à l'envisager, personne ne le prétend, pas même moi. Mais cela semble soudain logique.

Le scénario pourrait être plus ou moins le suivant : Krista et son amant se sont rencontrés. Ils se font maintenant confiance. L'amant lui parle d'une possibilité de brusque enrichissement. Elle réagit avec enthousiasme, soit parce qu'elle est sous son emprise, soit parce qu'elle a découvert un nouvel aspect d'elle-même.

Non.

Non, me dis-je. *C'est de la jalousie pure. Et la jalousie est de la folie. Cette dernière la nourrit, comme de l'essence versée sur son feu noir. Soupçonne plutôt Krista d'attendre des quadruplés, tous de père différent. La huitième merveille du monde de la biologie et de la physiologie est advenue et voilà le résultat : quatre enfants de quatre hommes du village. Même ça, c'est plus raisonnable que de soupçonner ta femme d'être une cambrioleuse, en plus du reste.*

5

Le Golden Moon Night Club est installé dans la rue principale de Hurmevaara, dans un long bâtiment bas où il cohabite avec trois autres établissements : un magasin d'accessoires d'automobiles, un cabinet de kinésithérapie et un producteur de champignons. C'est bien sûr aussi une boîte de nuit, mais, malgré son nom, il ouvre ses portes dès le matin. Sa Happy Hour dure six heures, de neuf heures du matin à trois heures de l'après-midi. Je suis quelquefois passé devant sa terrasse dans la journée, en été, pendant cet « heureux moment ». Le bonheur que j'ai pu y voir m'a semblé éphémère et plutôt chaotique. D'un autre côté, qui suis-je pour en juger. Je ne suis pas expert dans ce domaine, comme je l'ai douloureusement constaté ces derniers temps.

Le programme du soir commence à dix-neuf heures. C'est un mélange varié de karaoké, de spectacles d'artistes de passage et d'événements organisés par les villageois : musique, fêtes, concours de culture générale.

Quelques voitures sont garées sur le parking, dont deux que je connais. Le Golden Moon Night Club n'est pas un lieu à la mode, et il n'est ni vaste ni sobrement décoré. Par son espace confiné et son éclairage, il ressemble à un sauna. Avec des meubles en bois sombre, une faible lumière jaunâtre, des box aux hautes parois. Le comptoir fait face à la porte, la petite piste de danse et la scène se trouvent derrière. Les box sont alignés des deux côtés comme des compartiments de train.

Je me dirige droit vers le fond, laissant derrière moi le tintement des machines à sous, à l'entrée.

Le barman est aussi coiffeur-barbier. Je lui ai demandé une fois si combiner son travail de nuit et ses coupes de cheveux du matin était difficile. Non, m'a répondu le mince quinquagénaire, quand on a écouté toute la soirée des gens soûls, se saisir de quelque chose de tranchant pour l'approcher d'une carotide est un vrai plaisir.

Je lui commande une pinte de bière locale. Tandis que je la paie, je regarde autour de moi. L'air est saturé d'odeurs de cigarette électronique, de sueur, d'alcool et de hot-dog peut-être avalé à l'instant. Mais pas de lourd parfum.

Lea Laven chante. Dans les haut-parleurs. La scène est vide.

Turunmaa et Jokinen sont assis dans l'avant-dernier box, aux places côté salle. J'ai vu leurs voitures sur le parking. En m'approchant, j'ai la surprise de découvrir qu'ils sont quatre à la table. Toute l'équipe de surveillance de la météorite du comité communal. Turunmaa, Jokinen, Himanka et Räystäinen. Leurs saluts sont sans enthousiasme. J'ai interrompu quelque chose, je le vois et je le sens.

— Joel, propose ensuite Turunmaa. Prends-toi une chaise.

Je pose mon verre tout en les regardant à tour de rôle. Je vais chercher au bord de la piste de danse une grossière chaise en métal, je m'assieds au bout de la table. Il y a là, d'après un rapide calcul, la moitié des clients du night-club.

— Tu ne devrais pas être au musée ? demande Turunmaa, tandis que le quatuor me fixe.

— J'y allais. Je viens de soulever assez de fonte, avec Räystäinen, pour avoir besoin d'une bière avant mon tour de garde.

C'est la vérité.

Räystäinen ne confirme ni n'infirme. Jokinen boit une gorgée de sa pinte, sa corpulente silhouette tend le tissu de son jean et de sa chemise bleue. Turunmaa a gardé son blouson de cuir. Son visage taillé dans la pierre est impénétrable, toujours égal à lui-même. Himanka roule une cigarette, ses doigts sont d'une agilité étonnante. Il est âgé, mais apparemment pas complètement en bout de course. Personne ne semble disposé à parler.

Je me lance :

— Vous êtes là simplement pour prendre du bon temps ? Ou il se passe quelque chose...

— On boit juste une bière, répond Turunmaa, et il jette un coup d'œil aux autres.

— Bien sûr, dis-je.

Nous restons un moment silencieux.

— Tu ne devrais pas être au musée ? s'étonne Himanka.

Je ne sais pas ce qu'il a entendu quand j'ai expliqué tout à l'heure pourquoi je me trouvais au bar. J'élève la voix.

— J'y allais.

Himanka hoche la tête. Sa cigarette est prête. Il la porte à ses lèvres.

— Pourquoi est-ce que tu as pris tous les tours de garde ? demande soudain Jokinen.

Turunmaa et Räystäinen le regardent. C'est de ça qu'ils parlaient.

— Vous aviez des empêchements, Skype, le foot, des occupations...

J'évite de mentionner l'histoire de la bonne période du mois.

— Oui, hier, assène Räystäinen.

Il a l'air de mener un combat intérieur, ses traits sont tendus, son regard nerveux.

— Et aujourd'hui vous buvez une bière, dis-je. Ça ne me dérange pas d'être au musée. Je ne crois pas que je dormirais très bien, de toute façon.

— Qu'est-ce qui te rend insomniaque ? demande Turunmaa. Le cambriolage ?

Je scrute son visage, aussi impénétrable que les grandes forêts dont il est propriétaire.

— Sans doute le stress, prétends-je.

Je veux détourner la conversation du cambriolage.

— Et qu'est-ce qui te stresse ? s'enquiert Himanka.

Voilà maintenant qu'il entend.

— C'est peut-être quelque chose de personnel, avance Jokinen, principalement à l'intention de Himanka, mais aussi clairement à la mienne.

Sa remarque est arrivée si incidemment que je n'ai pas eu le temps de m'y préparer. Je réagis aussitôt, tout en reposant ma chope de bière.

— Non, pas du tout, fis-je d'un ton plus sec que je ne le voudrais.

Jokinen hausse les épaules. Sa chemise trop serrée souligne tous les mouvements de son torse.

— Une femme et une belle-mère, commente Turunmaa, c'est ce qu'il y a de pire.

— Ce n'est pas l'expérience que j'ai, affirmé-je.

— Moi non plus, admet-il. Ou plus maintenant. Ma femme est partie, ma belle-mère est morte. Tout le monde y a trouvé son compte.

— Ce n'est pas exactement ce que je voulais dire.

— Être seul de garde, reprend Turunmaa, ramenant la conversation à son sujet initial, c'est aussi une source de stress. Tu as sûrement réfléchi à une tactique, pour la nuit.

— Une tactique ?

— On peut dormir quand on est de garde, si on sait ce qu'on fait, et comment, intervient Himanka.

Il entend apparemment quand il veut. Il n'a pas encore allumé sa cigarette et la tient entre ses doigts, l'utilise comme une baguette de maître d'école.

— Pendant la guerre de positions, en certains endroits, on n'était pas assez nombreux. On était obligés de dormir et de monter la garde en même temps. Les Russes n'arrêtaient pas d'essayer d'enfoncer les lignes. On a appris à dormir les yeux ouverts. Ou parfois les yeux fermés, mais en même temps parfaitement réveillés. C'est vrai qu'au bout de quelques mois, ça finissait par porter sur le système. J'ai même oublié mon propre prénom. Mais aucune importance. On n'en fait rien, d'un prénom, pendant la guerre.

Je regarde Himanka avec plus d'attention. La peau de son visage est fine comme du papier, presque translucide. Ses joues sont parcourues, en plus de rides profondes, d'un réseau de ridules pareil à une toile d'araignée. La fin de la guerre de positions remonte en gros à soixante-quinze ans. S'il avait la vingtaine quand il était sur le front, il a maintenant largement plus de quatre-vingt-dix ans, peut-être même près de cent. Ça explique qu'il entende mal, mais pas qu'il fume, ni qu'il ait les doigts si agiles.

— Nous sommes quand même loin de la guerre de positions, dis-je. J'espère.

— Tu as besoin de nourriture, fait remarquer Jokinen.

— Nous n'avions pas grand-chose à manger, se remémore Himanka.

— Je pourrais t'apporter un en-cas, propose Jokinen en me faisant un signe de tête.

— La soupe était de l'eau pure, poursuit Himanka. Quelques pommes de terre pour toute la compagnie.

— Et si tu as besoin de renfort, l'interrompt Turunmaa, je n'ai rien en jeu ce soir. Barcelone joue demain, j'ai misé quelques billets de mille sur Messi.

— Je vous ferai des sandwiches, promet Jokinen. Il se trouve que j'ai reçu de la viande fraîchement salée…

— Après un entraînement physique, on a besoin de repos, déclare Räystäinen.

C'est la première fois qu'il ouvre la bouche. Les autres se taisent. Je ne sais pas s'il leur a parlé de notre séance de musculation, de sa nature exacte, de la façon dont je me suis préparé à le frapper avec un poids de cinq kilos.

— Les muscles se développent au repos.

— Quoi ? demande Himanka.

— Des protéines, acquiesce Jokinen. J'ai du yaourt local tout frais, venu directement d'une ferme que je connais. J'en apporterai aussi. Et du fromage blanc maison…

— Non, dis-je.

Ça m'a échappé si brusquement que la conversation s'interrompt. Ils me regardent.

— Merci… pour tout. Je n'ai besoin de rien. Je fais ça très volontiers.

Himanka remet sa cigarette dans sa bouche. L'expression de Turunmaa n'a pas changé d'un iota. Räystäinen fait glisser sa pinte sur la surface de la table. Jokinen hausse à nouveau les épaules, prend une gorgée de bière.

— Il n'y aura donc au musée que toi et un million d'euros, constate Turunmaa. Seuls toute la nuit. Tu monteras la garde stressé et épuisé par une séance de musculation.

Sa voix n'exprime aucune sympathie. Il s'agit plutôt d'une prophétie. Je me rends compte que je n'ai pas encore touché à ma bière. Je saisis mon verre. Ma main tremble, et je n'y peux rien. Tout semble s'associer dans ce mouvement incontrôlé : l'effort physique, cette conversation, mon état d'esprit général.

— Tu as l'intention de rester assis à cette table dans le hall ? demande Räystäinen, me prenant par surprise.

— Comment ça ? dis-je après avoir réussi à avaler ma gorgée de bière froide.

Il me regarde par en dessous.

— Rester assis est déconseillé après des exercices pour le dos.

— Je marcherai, promets-je.

— Des rondes régulières ? suggère Turunmaa. Disons toutes les heures ?

— Le mieux, déclare Räystäinen avec un hochement de tête dans ma direction, serait que tu fasses des étirements toutes les cinquante minutes, par exemple.

— Mieux vaut feinter, intervient Himanka, la régularité doit être irrégulière.

Il entend de nouveau et je comprends maintenant que sa prétendue surdité est tactique.

La conversation a pris un tour qui éveille en moi de multiples inquiétudes. Des soupçons que je ne nourrissais pas il y a encore dix minutes. Je pose mon verre sur la table, je cherche les mots justes, quand j'entends des pas rapides dans mon dos.

Quelqu'un, sorti de l'arrière-salle, traverse la piste de danse sur des talons aiguilles, juste derrière moi, soulevant un courant d'air. J'ouvre la bouche pour parler, j'inspire par le nez. Et je reste muet.

Le parfum. Je le reconnaîtrais n'importe où.

Le quatuor me regarde, visiblement dans l'expectative. Je dois y aller. Si les talons aiguilles et le parfum continuent jusque dans la rue, je dois pouvoir les suivre.

— Je crois que j'ai oublié ma carte bancaire sur le comptoir, prétends-je.

Je me lève et je jette un coup d'œil en direction de la porte. Personne ne la franchit. Je regarde à nouveau les quatre hommes, je pense à leurs questions, leurs conseils, leurs allusions.

— Personne ne cambriolera le musée cette nuit, dis-je.

Mes mots sonnent comme je veux qu'ils sonnent : comme un serment.

Ils ne répondent rien. Je leur tourne le dos et je me dirige vers le comptoir.

Je croise en chemin le barbier du village. Sa journée de barman est apparemment terminée. J'arrive au comptoir, où une femme brune est occupée à lire la presse people du jour.

Je me poste au coin du bar de manière à ce que l'on ne me voie pas de la salle. Je sais que je prends un risque. Si le quatuor me surprend à tourner autour d'une femme qui n'est pas la mienne, de nouvelles questions et hypothèses surgiront. Je sens son parfum. J'ai un verre presque plein, je n'ai pas l'intention de renouveler ma commande. Je l'observe.

Est-ce elle qui m'a frappé avec la lampe torche ?

Est-ce elle qui était étendue face dans la neige devant le chalet ?

Elle est assise sur un tabouret de bar, la jambe droite croisée sur la gauche. Elle est mince, musclée. Sa silhouette évoque fortement celle d'une ex-sportive de haut niveau. Elle est vêtue d'un pull rouge moulant à manches longues. Ses longs cheveux noirs ombragent son visage et m'empêchent de voir s'il porte les traces des coups dont j'ai été témoin. Elle arbore un pantalon en skaï brillant et des bottines noires à talons hauts. Sur le comptoir, à portée de sa main, reposent un paquet de Marlboro blanc ouvert et une tasse de café. Elle a à peu près mon âge. Si mes conclusions sont exactes, elle veut la météorite et je suis pour elle un obstacle.

Elle lève les yeux de son journal, les tourne en direction des fenêtres, puis remarque qu'il y a quelqu'un au comptoir. J'essaie de scruter son visage, d'observer sa réaction à ma vue.

Elle est simple.

— Je vous sers quelque chose ? demande-t-elle.

Je secoue la tête, soulève ma pinte à demi pleine.

— Non, merci.

Et c'est tout. Elle se plonge à nouveau dans son journal. Il est parfaitement possible qu'elle ne sache pas que c'est moi qu'elle a frappé. Il se peut aussi qu'elle n'y soit pour rien. C'est peut-être elle qui a brisé la vitrine et emporté l'obus, que celui qui s'est fait exploser lui aurait ensuite pris. Il est même possible qu'elle ignore que j'étais de garde.

Mais il n'y a pas à se tromper sur son parfum. C'est le même, jusqu'à la moindre nuance, il flotte dans l'air et vous enveloppe de manière identique.

Je commande un whisky.

Elle se lève de son tabouret, se déplace en souplesse. Son corps est mince, ses cuisses, galbées. Elle me sert ma boisson, m'annonce le prix. En lui donnant ma carte bancaire, je vois son visage de près. Sous l'épais maquillage, il se peut qu'il y ait une ecchymose au-dessus et à côté de l'œil gauche. Ses lèvres sont peut-être enflées, mais ça se discute. Elles brillent d'un rouge vif. Elle pose ma carte et le ticket de caisse sur le comptoir. Je me lance :

— Il y a quelque chose d'intéressant dans le journal ?

Elle me regarde. Ses yeux sont verts, l'épais mascara noir souligne leur éclat.

— Quel journal ? demande-t-elle.

Son ton est franc.

— Celui que vous lisiez, dis-je en montrant le tabloïd plié sur le comptoir.

Elle garde les yeux fixés sur moi.

— Non, fait-elle.

Il s'écoule quelques secondes avant qu'elle reprenne.

— Je ne savais pas que les pasteurs fréquentaient les bars.

Elle sait donc qui je suis. Elle se tient à un mètre de moi, sa voix est douce, avec un soupçon de cigarette. Peut-être sourit-elle un peu. Avant que son sourire naissant ne disparaisse totalement, je tends la main par-dessus le comptoir.

— Je m'appelle Joel.

— Karoliina.

Nous nous serrons la main. J'essaie de jeter un coup d'œil à la sienne, de vérifier si elle est égratignée. Karoliina la retire rapidement.

— Nous avons déménagé à Hurmevaara il y a un peu plus de deux ans, poursuis-je. Je suis venu ici deux ou trois fois à l'occasion d'événements organisés par les habitants du village. Ce soir, j'ai eu envie d'une bière. Et apparemment aussi d'un whisky.

— C'est une soirée spéciale ? demande-t-elle.

Oui, me dis-je, *nous faisons enfin connaissance : tu m'as frappé à la tête, je sais ce que tu veux.*

— J'ai en tout cas une nuit sans sommeil devant moi.

Je vois qu'elle m'écoute.

— Je surveille la météorite au musée.

Rien ne change dans l'expression de son visage.

— Un caillou d'un million d'euros.

— Ça a l'air passionnant, réagit-elle. Est-ce qu'il n'y a pas eu un cambriolage, dans ce musée ?

— Si. Mais ces imbéciles ont emporté un obus. Il y avait un million d'euros à côté, mais ils étaient là pour un vieil obus.

Karoliina se tait.

— Vous vous rendez compte, avec une somme pareille à portée de main, quelqu'un a préféré un vieux truc malodorant…

— Un parfait crétin, déclare Karoliina.

Le ton est péremptoire, dépourvu de tout doute. Elle jette un coup d'œil en direction de la salle. Il y a une ouverture dans le mur et, de là où elle est, elle voit probablement le quatuor.

— Il n'y a que ça dans ce village, ajoute-t-elle, et elle me regarde à nouveau. Un ramassis d'idiots.

— Est-ce que vous avez toujours…

— … vécu ici ? Oui. Je sais de quoi je parle. Un vrai club. On a rassemblé ici les hommes les plus stupides de tout l'est de la Finlande. Bienvenue.

— Merci. Je m'y sens comme chez moi.

Karoliina sourit, elle réfléchit visiblement à quelque chose.

— Pourquoi êtes-vous là ?

— Je suis pasteur. Je vais où on a besoin de moi.

— Et on a besoin de vous à Hurmevaara ?

— J'essaie de croire à la providence. Au fait qu'il y a une raison à ma présence ici ou là.

— Vraiment ?

— On ne s'en rend parfois compte qu'a posteriori. Certaines choses doivent être ce qu'elles sont pour que d'autres se produisent.

— Vous dites que vous essayez d'y croire. Est-ce que ça ne fait pas partie, en quelque sorte, des avantages en nature du métier, de croire à toutes sortes de trucs ?

— Je ne crois pas à toutes sortes de trucs.

— Dieu et le reste.

— Je ne sais pas ce que « le reste » recouvre. Je ne pense pas y croire, en tout cas.

— Jésus et les autres. Est-ce que vous n'êtes pas supposé y croire ?

— Pas plus que vous. Tout repose sur le libre arbitre.

— Vous ne parlez pas comme un pasteur.

— Comment un pasteur devrait-il parler ?

— Le précédent titulaire du poste ramenait toujours toutes les conversations à Dieu et à Jésus, dit Karoliina. Quand je le croisais au supermarché, si je disais bonjour, le risotto au foie de veau est en promo, il répondait Dieu nous a donné cette belle journée, grâce soit rendue à Jésus pour ce risotto à prix cassé.

— Votre conversation devait sans doute s'arrêter là.

— On ne peut même pas appeler ça une conversation. Grâce soit rendue à Jésus… Il marchait sur l'eau ?

Il y a maintenant de l'électricité, de l'intérêt, dans son regard et dans son expression.

— C'est ce qu'on raconte.

— Est-ce que c'est vrai ?

— Je n'y étais pas.

— Effectivement. Vous êtes un peu jeune.

Je bois une gorgée de whisky. J'avale avec lenteur, pensif. L'alcool me brûle agréablement la bouche. Karoliina suit des yeux le trajet du verre, de mes lèvres au comptoir.

— Et vous surveillez la météorite au musée ?

Je lèche une goutte de whisky sur ma lèvre supérieure.

— Seul, oui, réponds-je ensuite. Jusqu'à ce qu'elle s'envole pour Londres.

Nous nous regardons dans les yeux.

— Il y a peut-être une raison à cela, alors, dit-elle.

— Peut-être.

— Un autre whisky ? demande-t-elle.

Mon verre est vide.

— Ce ne serait pas raisonnable. La nuit sera longue.

Karoliina ouvre la bouche, jette un coup d'œil en direction des fenêtres. C'est la première fois que quelque chose en elle frémit, change sur son visage. Un gros 4 x 4, qui ne m'est pas inconnu, s'engage sur le parking. Il est neuf et de marque allemande. Il se gare, l'arrière tourné vers la devanture. Les portières s'ouvrent. J'aperçois le passager. Je n'ai jamais vu d'homme aussi grand.

Karoliina prend mon verre de whisky vide et va le poser dans l'évier. Je me surprends à penser que j'aurais très volontiers continué à parler – y compris de théologie – avec cette femme. La seule et unique raison en est qu'il s'agit de la tentative de cambriolage, de mon enquête, me reprends-je aussitôt, sans trop savoir si je crois à mes propres arguments. Karoliina se tourne vers moi.

— Passez plus souvent, dit-elle. Ou est-ce qu'il faut s'attendre, quand on déplace la pierre, à ne trouver personne ?

— Je ne suis heureusement pas encore dans un linceul, réponds-je. Et contrairement à Lui, je reviendrai à coup sûr.

Karoliina se tient à environ cinq mètres. Elle sourit. Je regarde ses cheveux noirs, ses yeux verts. Il y a des ombres sur son visage, mais peut-être est-ce dû à la distance et à son épais maquillage.

— Quand ? demande-t-elle.

Je n'ai pas le temps de répondre.

La porte s'ouvre.

Les arrivants parlent russe entre eux, à voix basse. Ils passent derrière moi, s'installent au bar devant Karoliina.

Le géant se penche par-dessus le comptoir, l'embrasse sur les joues et, juste au moment où je pense qu'il va se reculer, pose aussi sa bouche sur ses lèvres. Les baisers sont longs, aussi bien à l'aune russe qu'à l'aune européenne.

Je ne distingue pas le visage de Karoliina, mais plutôt celui du géant. On y lit de la joie et un désir non dissimulé, comme on n'en voit en général que chez les jeunes gens. Il tend les mains vers le corps de Karoliina, mais elle s'est déjà détachée de lui et a fait un pas en arrière, discret mais séparateur.

L'homme a des cheveux châtains frisés, la peau du visage très pâle. Il porte une doudoune noire qui grossit encore sa silhouette. Vu sa taille et sa carrure, ce doit être un ex-basketteur. Ex, parce qu'il a mon âge ou un peu plus.

Son camarade est nettement plus âgé. Des cheveux gris argenté, des poches sous les yeux et une peau flasque, ridée. Un costume-cravate, un maintien calculé. À première vue, directeur général, entraîneur de hockey ou présentateur de journal télévisé. S'il fallait avancer une hypothèse raisonnée sur la dynamique interne du tandem, je dirais que c'est lui qui prend les décisions et que le géant se charge de les exécuter. Mais je n'en sais bien sûr rien.

Karoliina leur sert le même whisky qu'à moi. Le géant lui parle en anglais, et je distingue un mot par-ci, par-là. Belle, toi, nous. Je n'entends pas ce qu'elle répond. Son langage corporel indique qu'elle se tient sur la défensive, bien qu'elle lui ait fait don de la moitié de son rouge à lèvres.

Le plus âgé des deux hommes, en revanche, ne dit pas un mot. Il fait semblant de ne rien remarquer de ce qui se passe autour de lui, mais il est mauvais comédien. Son regard se promène méthodiquement d'une cible à une autre, et s'attarde un instant sur moi.

Je jette un coup d'œil à l'extérieur. Il a recommencé à neiger. Je termine ma bière et je pose mon verre sur le comptoir. Alors que je m'apprête à partir, Turunmaa tourne le coin du mur et se dirige vers le bar, apparemment pour renouveler sa consommation. Il est surpris de me voir.

— Joel, dit-il pour la seconde fois de la soirée. Je te croyais parti au musée.

Bien que ses paroles ne visent sans doute pas un large public et qu'il ne parle en général pas particulièrement fort, sa voix est ferme et sonore. Elle porte loin et perce le brouhaha des conversations. Sa dernière phrase les fait taire sur toute la longueur du bar.

Les Russes tournent leur regard vers lui, puis vers moi. Celui de Karoliina se pose d'abord sur moi, puis sur les Russes, puis de nouveau sur moi. Et celui de Turunmaa, d'abord fixé sur moi, passe de Karoliina aux Russes avant de revenir à son point de départ. Le résultat final est que tous ont les yeux braqués sur moi. Et se taisent.

Si j'étais le moins du monde enclin à la paranoïa, je verrais dans la situation cent ressorts différents, cent visées différentes, cent secrets différents. Je ne suis pas parano, mais je les constate quand même.

6

La neige tombe du ciel aussi droit qu'il est sans doute possible. Il n'y a pas un souffle de vent. J'ai encore le goût du whisky sur le palais. Je marche dans le froid sec sur la piste piétonne qui longe la route principale, il fait moins vingt, la poudreuse ne forme qu'un mince matelas sur la vieille neige tassée. L'image de Karoliina refuse de s'effacer de mon esprit et je dois me répéter que je suis marié et heureux en ménage. Un instant plus tard, je me pose la question : *le suis-je ?* Suis-je réellement heureux ? Peut-on parler de bonheur quand on est marié avec une femme devenue soudain une inconnue, enceinte d'un autre ?

Des bribes de ma visite au Golden Moon tournent dans mon cerveau. À certains moments, j'ai l'impression que toutes les conversations, toutes les voix s'entremêlent. À d'autres, qu'il y a entre les lignes bien plus de choses que ce qui a pu être dit. Et parfois, tout n'est que chaos, faux-semblant sur faux-semblant.

Il n'est pas facile de ranger en catégories bien nettes ce dont je suis certain et ce que je crois savoir. Mes pensées gravitent autour de deux pôles : Krista et la météorite. Qui s'associent même au sein de quelques enchaînements d'idées.

Tandis que je traverse le village d'un bon pas, je jette par hasard un coup d'œil à la vitrine d'un local commercial vide. Dans le reflet, j'aperçois les flocons qui tombent, le sol neigeux éclairé sur quelques mètres, et moi-même. Quelque chose dans cette vision m'arrête. Il n'y a de moi dans la vitre qu'une image en partie fragmentée.

Curieusement, je pense à mon père. Il était pasteur, et c'est pour ça que je le suis aussi. C'est vrai, en un sens. Mais ce n'est pas toute la vérité.

Mon père était sûr de tout. Il présentait comme certain et définitif tout ce qui avait trait à son métier. L'au-delà était aussi réel que la ville de Tampere. La Bible était à prendre au pied de la lettre. À l'exception des lapidations, bûchers et massacres les plus extrêmes. Même s'il y avait aussi en eux une vérité cachée. Cachée aux autres, mais pas à lui, pour qui tout était clair. Cette attitude s'étendait au reste de l'existence. Il savait tout sur la conduite automobile et le hockey sur glace, l'architecture et les relations humaines. Il avait toujours raison, jamais tort. Il était convaincu de tout savoir, et par conséquent de ne pas pouvoir se tromper. Je ne me rappelle plus à quel moment c'est devenu insupportable à mes oreilles. Cette assurance inébranlable.

Mon père m'est aussi venu à l'esprit pour une autre raison. Ses certitudes impliquaient que tout le bien advenait grâce à lui et à Dieu, qui était de son côté, tandis que tout le mal était à imputer aux autres. Et ceux-ci ne lui causaient qu'une longue série de déceptions. Il passait sa vie à se lamenter de leur malignité et de leurs erreurs, à s'en affliger et même à les en accuser. Quand il rentrait du travail, il se plaignait des agissements des gens. Quand il regardait la télévision, il maudissait leur stupidité. Quand il conversait avec ses proches, il corrigeait leurs paroles et leurs actes. Il souffrait. Et cette souffrance venait de sa totale absence de doute. Je trouvais ça odieux. Ça menait droit au désespoir.

Pour ma part, je doutais. Et c'est pour cela que je suis devenu pasteur.

Ce sont finalement ses certitudes qui ont tué mon père. Il était sûr de savoir quand la glace était solide. Il est parti à la pêche sur la mer gelée par un matin de printemps et a été rejeté sur le rivage l'été suivant.

Je regarde mon reflet dans la vitrine. L'image floue, avec tous ses fragments manquants, lui ressemble un peu. J'ai le temps de penser qu'il y a bien sûr en moi quelque chose de lui, mais je...

J'entends une voiture solitaire approcher. Et je vois bientôt dans la vitrine du local commercial le reflet d'un 4 × 4. Il ralentit et stoppe derrière moi. Je me retourne.

Il s'est arrêté dans l'ombre, entre deux lampadaires. Aucun des deux faisceaux lumineux ne parvient tout à fait à l'éclairer.

Nous restons ainsi un moment. J'exhale de la vapeur blanche, la voiture, des gaz d'échappement.

La vitre avant gauche s'abaisse. Le conducteur est apparemment seul dans la voiture. C'est le plus âgé des deux Russes que j'ai vus au bar.

Il me fait signe d'approcher. Je regarde autour de moi. Personne. Je n'entends aucun véhicule, ni voiture, ni moto, ni motoneige. Ça n'a rien d'inhabituel à Hurmevaara. Parfois, le silence est si total qu'on se prend à douter de ses propres sens. Je m'approche du 4 × 4, sur mes gardes, prêt à agir si nécessaire. Le conducteur est assis au volant, les mains croisées sur les genoux. Il porte un pardessus sur son costume.

— Bonsoir, dit-il dans un anglais parfait.

— Bonsoir, réponds-je.

— Belle soirée d'hiver. Puis-je vous déposer quelque part ?

Le musée n'est qu'à cinq cents mètres.

— Merci, dis-je. Mais je vais plutôt marcher. Je suis presque arrivé.

Éclairé par le tableau de bord et par la faible lumière jaunâtre du lampadaire, le visage de l'homme paraît encore plus ridé, plus officiel. Je ne peux m'empêcher de penser à un présentateur de journal télévisé fatigué. De sa voiture s'échappent des bouffées d'après-rasage et une tenace odeur de tabac, bien qu'il ne soit pas en train de fumer.

— Vous êtes pasteur, n'est-ce pas ?

Je ne vois que le léger éclat de ses yeux, pas leur couleur.

— Oui.

— Vous écoutez les gens ? Leurs soucis ?

— Parfois.

— J'en ai un.

Nous en avons tous, ai-je envie de répliquer, *c'est ce qui nous rend humains. Un homme sans souci est un homme sans conscience.*

— Je reçois à l'église…

— Maintenant.

Je secoue la tête.

— Je serai là demain matin à…

Il secoue à son tour la tête.

— J'ai besoin de parler, maintenant.

Je jette un nouveau coup d'œil à la ronde. Toujours personne. Puis je me rappelle ce à quoi je pensais tout à l'heure. À mon père et à moi. À ce que je suis, et pourquoi. Je dois aider les gens. C'est ma mission. Et puis : cinq cents mètres. On peut bien faire un demi-kilomètre, même assis sur des pierres brûlantes. Je saisis la poignée de la portière. À peine suis-je monté dans le 4 × 4 qu'il démarre.

— Je vais au musée, dis-je.

— Je sais, répond l'homme.

Il accélère rapidement jusqu'à dépasser la limite autorisée. Il me tend la main droite.

— Grigori, dit-il.

— Joel.

Le geste ne présente aucune difficulté, la voiture a une boîte automatique, Grigori n'a pas besoin de sa main droite. Peut-être est-ce pour cela qu'il semble pendant un moment ne pas vouloir lâcher la mienne.

— Est-ce que nous pourrions parler dans un endroit un peu plus tranquille ?

Avant même que j'aie le temps de répondre, Grigori tourne sur une route secondaire.

— Qu'est-ce qui vous tracasse ?

Il semble réfléchir.

— J'ai l'impression que ce n'est qu'un petit souci. Et que nous pourrions le partager.

Je reste silencieux. Les maisons se font plus rares. Nous dépassons un joggeur solitaire. Grigori conduit vite. Il sait peut-être que la police est à Joensuu, à des dizaines de kilomètres. Nous arrivons à un croisement. Presque sans ralentir, Grigori tourne à gauche. En haut d'une montée plus raide que les autres, nous bifurquons vers la ferme-musée de Teerilä.

Grigori a raison. C'est un endroit tranquille. À la fois proche et loin du village. On le rejoint en quelques minutes, mais on y est seul, personne n'habite à proximité.

Grigori se gare, éteint le moteur, croise à nouveau les mains sur ses genoux, tourne la tête vers moi. Il fait tout cela très lentement, désireux de toute évidence de souligner à quel point il est calme.

— Pasteur, dit-il. C'est une belle chose.

Je ne sais pas quel métier il exerce et je ne peux donc pas lui retourner la politesse. D'un autre côté, je ne crois pas qu'il ait particulièrement besoin de mon approbation.

— Un travail nécessaire, poursuit-il. À bien des égards. Tellement de souffrance. Les âmes sont si déchirées de nos jours.

— Je ne suis pas certain que ça ne date que de nos jours, dis-je. Peut-être le déchirement de l'âme a-t-il commencé…

— Quand Adam et Ève ont été chassés du paradis.

Je ne réponds rien.

— Oui, reprend Grigori.

Il a dû remarquer mon léger étonnement.

— Et c'est particulièrement approprié à la situation. Dieu leur a tout donné, ils n'avaient qu'à accepter le cadeau, le recevoir et en prendre soin. On ne leur demandait rien d'autre. Tout était gratuit. Il fallait juste accepter ce qui s'offrait à eux. Mais non. La leçon de cette histoire, une des leçons, car il y en a bien sûr plusieurs, comme vous le savez, est qu'il est parfois plus sage de ne rien faire que de se précipiter tête baissée vers le pommier, par exemple.

La discordance est forte entre le personnage et ses paroles. Un entraîneur de hockey qui médite sur la Bible. Quand je suis tout à fait certain qu'il a fini de parler, je prends à mon tour la parole.

— C'est ce qui vous préoccupe ? Le péché ?

Il se tourne légèrement sur son siège, me fait face.

— En un sens, répond-il. Mon ami, je vous offre le paradis.

— Le paradis ?

— Oui. Le paradis sur terre, bien sûr. Et vous n'avez rien à faire. Ou plus exactement, je vous offre le paradis à condition que vous ne fassiez rien. Que vous vous absteniez de faire quoi que ce soit.

Nous restons assis en silence. L'air dans le 4 × 4 s'est épaissi. Grigori me regarde dans les yeux. Les siens sont bleus et humides.

— Cette nuit au musée, continue-t-il d'une voix douce et aimable, vous avez juste à laisser la porte ouverte pendant que vous allez fumer une cigarette.

Je lui rends son regard.

— Je ne fume pas, dis-je d'un ton volontairement neutre et poli.

— Dix mille euros, insiste Grigori. Pour une cigarette. N'importe qui peut fumer une cigarette. Et à combien de personnes offre-t-on dix mille euros pour en fumer une seule et unique ?

— Dix mille euros ?

Grigori sourit. Ça ne lui va pas. Son sourire découvre de grandes dents jaunes, et le reste aussi s'accorde mal avec son visage.

— Oui, confirme-t-il. Tout de suite. J'ai là…

Il porte la main à sa poche intérieure. J'interromps son geste par une question.

— Et en cas d'accoutumance ?

— Pardon ?

— Je fume une cigarette, dis-je. Je m'aperçois que j'aime ça. J'en fume une deuxième. Une troisième. Je deviens accro. Bientôt je fume un paquet par jour. Le paquet coûte dix euros. En moins de trois ans, ma rémunération est partie en fumée. Dans le pire des cas, j'ai les poumons en mauvais état et bientôt aussi des dettes.

Grigori remue le menton, fait la moue, réfléchit.

— Vous voulez plus d'argent ? Est-ce que la pauvreté n'est pas une vertu ? Demandez-vous ce que ferait notre Sauveur.

— Difficile de l'imaginer la clope au bec dans la cour du Musée militaire. Il fait certes des miracles, mais soyons réalistes, c'est très peu probable.

La main de Grigori est restée à l'intérieur de son manteau. Il ne sourit plus.

— Si ça ne vous ennuie pas, reprends-je, je dois aller au musée. Je peux faire le chemin à pied, si ce n'est pas votre direction. Vous pouvez aussi me déposer là où vous m'avez fait monter. Tout me va.

Grigori se tait.

— Vous ne voulez pas plus d'argent, dit-il ensuite.

C'est une constatation, pas une question.

— Je ne veux pas d'argent du tout.

Il n'a pas l'air vraiment déçu, mais quelque chose dans son expression montre qu'il pense avoir été mal compris.

— Vous ne voulez donc pas non plus du paradis.

Ce n'est encore une fois pas une question.

— Je n'ai peut-être pas envie de croire le serpent.

Grigori se laisse aller contre le dossier de son siège. Son changement de position modifie aussi sa façon de me regarder.

— Vous êtes le pasteur d'un village perdu, constate-t-il, et sa voix n'est plus aussi aimable qu'auparavant.

— C'est vrai.

— Vous n'avez aucun pouvoir.

— Je n'en ai que faire.

— Je n'ai aucun besoin de vous payer. Je peux simplement prendre ce que je veux. Si je veux la météorite, il me suffit de la prendre.

— Je ne crois pas.

Il me fixe.

— Qui va m'en empêcher ?

— Le pasteur d'un village perdu, dis-je.

Il tourne la tête, regarde droit devant lui. La neige a cessé de tomber. Sur le capot de la voiture reposent de gros flocons solitaires.

Grigori me surprend par sa rapidité.

Le revolver est en acier brillant, sans doute un Smith & Wesson .375. Il l'a sorti de son manteau, de la poche même d'où il se préparait à tirer son portefeuille. Ce qui pose la question de savoir si ce dernier existait vraiment. Je n'ai pas le temps d'y réfléchir plus longtemps. J'ai le canon de l'arme sur la tempe, Grigori me l'enfonce presque dans le crâne. Je sens le poids du métal, la force et la détermination de son geste.

— Dehors, ordonne-t-il. Lentement.

Au ralenti, je pose la main droite sur la poignée de la portière. J'actionne la serrure. De la main gauche, je détache ma ceinture de sécurité, qui s'enroule dans son boîtier. La portière s'ouvre. L'atmosphère dans le 4 × 4 s'allège, la température baisse. Grigori presse le revolver contre ma tête. J'ai l'impression que le canon me perce la peau.

— Descends lentement, dit-il. Fais un pas en avant.

J'obéis. Je descends posément de la voiture, je fais un pas en direction du bâtiment principal de la ferme de Teerilä. Une lampe solitaire, en haut d'un poteau, éclaire toute la cour.

Je comprends maintenant ce que Grigori a l'intention de faire. Il me suit de près, passe d'un siège à l'autre et se laisse tomber dehors sur mes talons. Il parvient ainsi à garder le canon de son arme collé à moi. Ce n'est visiblement pas la première fois qu'il fait ça.

Je me tiens dans la nuit glacée, le revolver pointé dans mon dos.

— Avance, commande Grigori.

Je m'écarte de quelques pas de la voiture, puis il m'ordonne de m'arrêter. Il est toujours très près de moi, mais ne me touche plus.

— Tourne-toi.

Je commence à pivoter vers la droite. Au bout d'un quart de tour, je fais mine de trébucher, comme si j'allais tomber sur mon flanc droit. Je me retourne vers la gauche, je me baisse encore plus bas et je me rue sur Grigori.

La feinte fonctionne.

Il tire une fois vers l'endroit où je devrais être. Je suis presque sur lui. Il a cependant eu le temps de reculer très légèrement. Je saisis sa main armée au moment où il commence à pivoter. Nous effectuons un demi-tour – et le coup part.

La balle m'aurait touché à la poitrine si je n'avais pas bondi pour lui agripper le bras. Et quand le projectile sort du canon de l'arme, celle-ci est pointée sur le torse de Grigori.

Un grand éventail rouge foncé jaillit de son dos sur la neige fraîche.

Il meurt sur le coup. Il tombe à terre sans un bruit tandis que le revolver glisse à cinquante centimètres de lui sur le sol glacé. Étendu sur le dos, il regarde droit vers le ciel, ses yeux bleus grands ouverts. Une forte odeur de poudre flotte dans l'air pur et froid.

Je lui tâte le pouls. Rien. J'écarte le haut de son manteau. La veste de son costume est trouée. Il n'y a pas beaucoup de sang. La balle lui a transpercé le cœur, qui a aussitôt cessé de battre. Je me redresse.

Mes pensées se bousculent, me submergent. Je me rends compte que je pense surtout, du fond du cœur, et totalement à l'improviste, à Krista. À mon immense amour pour elle. À l'importance primordiale qu'elle revêt à mes yeux. Elle est tout ce qui compte.

Je respire profondément.

Je lève les yeux vers les étoiles. Elles sont si brillantes qu'elles ont l'air d'être reliées par des filaments. Je cligne des yeux, les filaments se rompent. L'univers se dilate à une vitesse croissante. Je suis de toute évidence en état de choc. Je ramène mon regard vers le sol. Autour de moi, il y a la nuit, la forêt, les collines enneigées…

Et, au loin, la silhouette d'un promeneur sur l'un des chemins de traverse qui mènent à la ferme-musée.

7

Je réfléchis une seconde, une seconde et demie.

Je revois le visage de Krista. Elle est tout pour moi. Cette pensée est aussi claire que les étoiles qui brillent au-dessus de ma tête.

Je saisis Grigori par les aisselles. Je le traîne jusqu'à la voiture, je le redresse pour le hisser à l'intérieur par la portière ouverte. Je ferme le zip de son pardessus et je boucle sa ceinture de sécurité. Il regarde droit devant lui, les yeux fixes. Je me dépêche d'enrouler une fois et demie son écharpe noire autour de l'appuie-tête. Assis à la place du passager, il a l'air d'en être un. On ne dirait pas qu'il vient de se tirer une balle en plein cœur. Je ramasse de ma main gantée l'arme tombée à terre, avant de recouvrir les traces de sang dans la neige. Je fourre le revolver dans la poche de Grigori. Il porte ses empreintes, il l'avait en main, il lui appartient.

Quelque chose clignote sur la console centrale. Un téléphone, qui reçoit un message. En haut de son grand écran brille une barre bleue : il partage sa localisation.

Je jette à nouveau un coup d'œil vers le chemin de traverse en contrebas. C'est bien ça, le promeneur se dirige vers la ferme-musée. La route plonge heureusement encore un peu avant d'escalader la colline. Le relief me dissimule. Je me dis que j'ai encore quelques secondes pour passer côté conducteur, grimper à bord, démarrer et quitter les lieux. J'aurai ensuite le temps de réfléchir à la situation...

Mais non. Je n'ai même pas ces quelques secondes. Je vois déjà un bonnet de laine pointer au sommet de la colline. Le promeneur marche vite. Je me rue vers le 4 × 4. Avant de me glisser au volant, je jette un dernier regard vers le chemin. J'aperçois le haut d'une tête, puis un visage. J'ai croisé l'arrivant pour la dernière fois ce matin : impossible de rouler dans sa direction sans qu'il me reconnaisse. D'un bond, je me jette au sol à l'arrière de la voiture.

Il était moins une. J'entends des pas. Ils sont lourds et déterminés. On frappe à la vitre côté passager. Grigori ne répond bien sûr pas. Les pas font le tour du 4 × 4. Un moment s'écoule. Je ne sais pas ce qui se passe dehors. Puis la portière côté conducteur s'ouvre. Une voix familière résonne.

— Grigori, dit Tarvainen. Mon ami. J'ai vu ta voiture prendre cette direction. Je suis content de te trouver.

Le ton de sa voix et le rythme de son anglais trahissent l'état d'ébriété avancé dans lequel il s'est méthodiquement mis. Il grimpe dans la voiture côté conducteur. J'aperçois une portion de l'arrière de son crâne.

— J'ai réfléchi longuement. Je t'invite ici, je te promets un million. Nous allons fonder ensemble une écurie de rallye. Je vais revenir au sommet. Mais tout d'un coup, tu ne veux plus. Je me demande ce qui ne va pas. Et puis je comprends. Tu n'y crois pas, et je dois chercher un moyen de te convaincre. J'ai trouvé. Je vais te montrer. Je vais te montrer comment je conduis.

J'entends Tarvainen dévisser un bouchon et boire à grandes lampées. Il grogne, souffle. Je sens une odeur d'alcool, en plus de celle, mélange de station-service et de tonnes d'ail, qu'il dégage en général.

— Vodka ? demande-t-il en proposant la bouteille à Grigori.

Celui-ci doit répondre.

Je tends le bras droit au maximum entre le siège et la portière, en prenant soin de garder ma main cachée. Je tâtonne pour trouver l'extrémité de l'écharpe de Grigori. Elle est heureusement extensible. Je la tire doucement sur le côté, une fois, deux fois. Je cherche à ce que le mouvement soit le plus proche possible d'une dénégation de la tête.

— Tu n'es pas bavard, dit Tarvainen. Je le sais. C'est Leonid qui parle. Toi, tu prends les décisions.

Il revisse le bouchon. La bouteille tombe avec un bruit sec dans la console centrale, le 4 × 4 démarre. Le crâne de Tarvainen disparaît.

— Je vais te montrer, répète-t-il.

Il parle si fort que j'ai l'impression qu'il me crie à l'oreille.

— Te montrer comment on conduit une voiture. Puis tu décideras. C'est comme ça que ça doit se passer. Ça te va ?

Je tends de nouveau le bras. J'essaie de réfléchir aux choix qui s'offrent à moi. Et si je refuse ? Ou plutôt, si Grigori refuse ? Je ne crois pas que Tarvainen renoncera. Il poursuivra la conversation, avec des questions embarrassantes et des réponses encore plus compliquées. La virée en voiture est peut-être malgré tout un moindre mal. C'est un pas en avant. Il le faut. Je le fais pour Krista : je tire dans le sens de la longueur sur l'écharpe élastique de Grigori. Elle ramène sa tête dans sa position initiale. Il la hoche énergiquement. Deux fois.

— Oui ! braille Tarvainen, et son cri ressemble à celui de supporters dont l'équipe favorite vient de marquer un but.

— Cinq, quatre, trois, deux, un.

Le moteur monte en régime. Tarvainen fait quelque chose avec son pied, j'entends un choc sourd, la voiture bondit en avant.

L'ex-champion de rallye est peut-être trop soûl pour distinguer un mort d'un vivant, mais il sait conduire. C'est clair dès la première minute.

Même pour moi qui suis couché par terre.

J'entends et je sens le crépitement de la neige et de la glace qui giclent sous la voiture. Il est facile de conclure que la vitesse dépasse largement la limite autorisée. Par moments, nous glissons quasiment de travers, mais presque sans ralentir. Et ensuite… nous volons.

Les pneus du 4 × 4 quittent le sol, le moteur hurle. Je sens l'apesanteur. Puis toute la carrosserie vibre et ferraille quand la voiture retombe sur la route et que Tarvainen appuie sur le champignon. Je l'entends jouer avec l'accélérateur et le frein comme s'il frappait un sac de boxe.

Je cale mes pieds contre la portière, je m'agrippe aux rails sous les sièges. Aussi fort que possible.

Tarvainen crie.

— Accroche-toi, Grigori. Ce n'est qu'un tour de chauffe. Pour la mécanique. Et le conducteur.

Le moteur geint, hurle carrément.

La vitesse augmente.

La voiture se met à trembler comme jamais je ne l'aurais cru possible. Elle doit être à l'extrême limite de ses capacités. Je suppose que les performances du 4 × 4 allemand sont déjà honorables à la base, mais quand on lâche vraiment les chevaux, la vitesse maximale doit atteindre des sommets suicidaires sur les petites routes de Hurmevaara.

— On est à mi-chemin, indique Tarvainen. Après, tu pourras décider.

Il a donc encore l'intention de demander quelque chose à Grigori. L'essentiel est que nous ne foncions pas droit contre une paroi rocheuse ou dans la forêt. Le bruit, au niveau du sol de la voiture, me déchire les oreilles. Alors que je suis prêt à demander grâce, le 4 × 4 se transforme en avion. Le vol est long. Tandis qu'il se poursuit, Tarvainen hurle, par-dessus le vrombissement du moteur :

— Grigori, la météorite est mon million. En plus du tien. Notre projet initial. Une écurie internationale de rallye.

L'atterrissage ressemble à une explosion. Tarvainen enfonce l'accélérateur. Je me dis que nous en sommes à la seconde moitié du parcours. Je le supporterai jusqu'au bout, si la voiture tient. Si Tarvainen n'est pas pris d'une de ces lubies qui traversent par millions les cerveaux imbibés d'alcool. Le 4 × 4 vole de nouveau.

— Ne dis rien, mon ami. On va bientôt toper là. Encore un petit...

Le vol est aussi long que le précédent. Je sens jusque dans mes reins le douloureux impact de l'atterrissage.

— Surprise ! crie Tarvainen.

C'est malgré tout possible : la voiture accélère. Le châssis tremble, la neige et les éclats de glace frappent si fort le dessous de la caisse que tout mon corps en perçoit l'impact. Je m'accroche, je suis incapable de parler. Et je serais de toute façon inaudible, car je ne peux pas me lever. Le 4 × 4 file dans un espace intermédiaire entre la terre et le ciel. Pendant un moment, il ne se passe rien d'autre.

Puis Tarvainen accélère, freine, fait quelque chose avec ses mains, j'entends des coups du côté de la console centrale. Et la voiture se met à tourner comme une toupie. Je me cale de mon mieux, bras et jambes écartés.

On se croirait dans un robot mixeur. Le 4 × 4 virevolte, le monde aussi. Le moteur hurle. Tarvainen le fait monter en régime, le pousse au maximum, puis ralentit les tours, recommence. La toupie continue. Mais nous restons sur la route.

Puis la vitesse diminue. Régulièrement, jusqu'à ce que nous glissions paresseusement comme un patineur de fond après une course. Et enfin nous nous arrêtons. J'ai mal aux bras et j'ai la tête lourde, mais je suis en vie. Le silence règne dans la voiture. Au bout d'un moment, j'entends Tarvainen dévisser le bouchon de sa bouteille. Il rejette la tête en arrière, prend une grande gorgée et soupire.

— Champion du monde, dit-il.

Je ne sais pas s'il fait référence à ce qui vient de se passer ou au futur, à l'avenir qu'il était visiblement en train de construire avec Grigori. Mais dans lequel, pour une raison ou une autre, une faille est apparue. Je suis dans un tel état de choc que la situation m'échappe. Tarvainen dit quelque chose, sur le siège avant, et le répète peu après. Il propose de nouveau la bouteille à Grigori. Je tends la main, et je la retire au dernier moment.

L'écharpe de Grigori a disparu.

Les secousses l'ont sans doute détachée, et la tête de Grigori est tombée sur sa poitrine. Le cri de Tarvainen confirme ma théorie. Il hurle de terreur et demande pardon. Quelques mots alcoolisés m'éclairent. Il a peur d'avoir provoqué le décès de son ami par sa folle démonstration de conduite. Une crise cardiaque, une attaque. Pour lui, cela ressemble évidemment à une nouvelle erreur fatale.

Du genre de celle qui l'a précipité dans un torrent de montagne avec son copilote. Ce dernier s'est noyé, lui a survécu – il y a un dieu pour les ivrognes.

La portière s'ouvre. Tarvainen se jette hors de la voiture et part aussitôt en courant. Ses pas s'éloignent.

J'essaie de sortir par la portière arrière, mais la sécurité enfant est enclenchée. Je suis obligé de me redresser, de me glisser entre les sièges pour passer côté conducteur. Je ne jette même pas un coup d'œil à Grigori.

À peine suis-je dehors que je suis pris de nausées. Je vomis tout ce qui est en moi. Je ne me rappelle pas quand j'ai pu me sentir moralement et physiquement aussi mal, ni quand j'aurais connu des spasmes aussi violents et prolongés. Peut-être à l'hôpital militaire en Afghanistan.

Je reste encore un instant les coudes appuyés sur les genoux. Puis je m'écarte de quelques pas de la voiture et je regarde autour de moi. Il me faut un moment pour reconnaître le croisement en T et le panneau routier.

Nous sommes à deux kilomètres du centre de Hurmevaara. Je ne vois Tarvainen nulle part. Il a disparu dans la nuit glacée.

La voiture est au beau milieu du carrefour désert. Devant elle se dresse une haute paroi. De profondes traces de pneus témoignent de notre glissade. Tarvainen a arrêté le 4 × 4 à un mètre, un mètre cinquante à peine, de la paroi. Bel exploit, indubitablement. Je n'ai pas la force de l'admirer plus que ça. Je vomis de nouveau.

Je ne sais que faire. Je n'ai pas de plan. Je n'en avais déjà pas avant. Je me rends compte que je n'en ai jusque-là jamais eu besoin. Il m'a suffi de faire confiance à la vie et à la providence, quoi que cela puisse signifier en ce qui me concerne. Mais dans cette situation, dans ma position actuelle, j'ai besoin d'une ligne d'action claire. Il ne semble pas en exister. Rien ne prépare à ça. Sans parler de…

Krista.

C'est à elle que je pensais quand j'ai cru mourir dans cette voiture. C'est de la perdre que j'ai eu le plus peur. Tout, sauf elle, semble mouvant, suspect. Je l'aime. Je veux passer ma vie avec elle.

L'idée est pour le moins étrange, car elle est toujours enceinte d'un autre, et moi, paumé à un carrefour avec un mort.

8

L'endroit culmine un peu au-dessus du reste du paysage, la paroi rocheuse ne protège que contre le vent d'est. La bise s'est mise à souffler du nord et, dans cette région de Finlande, la nuit, elle est d'un froid mordant. Mon bonnet et mes gants ont disparu. Je prends l'épaisse écharpe rouge que je porte autour du cou et je m'en enveloppe la tête et le visage, en laissant une petite fente pour les yeux.

Pour arriver à Hurmevaara, par cette nuit polaire de janvier, la police de Joensuu mettra au moins trois quarts d'heure, et je n'ai aucune envie de rester assis dans la voiture avec Grigori.

Je sors mon téléphone de ma poche. Je ne sais pas ce que je vais dire, par quoi commencer. Je vais peut-être juste annoncer le résultat visible : un 4 × 4, un mort. Une fois la police sur place, je détaillerai les événements, séquence par séquence, je raconterai ce qui s'est passé : le coup de feu tiré par Grigori lui-même, le rallye automobile, Tarvainen. Je sais, d'après mon expérience militaire, à quoi ressemble à première vue une situation dans laquelle, à la suite d'une divergence de vues entre deux personnes, l'une d'elles a été tuée par balle.

La première pensée qui vient à l'esprit n'est pas qu'elle s'est suicidée.

Et pourtant.

Je n'ai pas le choix.

Dans la bise glacée, je fais le tour du 4 × 4, tout en composant le numéro de la police. J'arrive côté passager, j'ouvre la portière. Au même moment, je me retourne, car j'ai entendu une voiture. Elle approche si vite que j'éloigne le téléphone de mon oreille.

En une demi-seconde, il se passe beaucoup de choses.

Je ne reconnais pas la voiture, et je ne distingue pas sa plaque d'immatriculation. Elle roule pleins phares. Je vois malgré tout qu'il n'y a à bord que le conducteur. C'est le géant. Je jette un coup d'œil à Grigori. Mal maintenu par sa ceinture de sécurité, il a basculé sur son siège et pend maintenant à moitié hors du 4 × 4 dans une position grotesque, la tête en bas. Ses cheveux gris frôlent la route enneigée. Les phares de la voiture se reflètent dans ses yeux ouverts, éveillant un étrange sentiment de no man's land entre la vie et la mort.

La demi-seconde est vite écoulée.

Le géant bondit hors de sa voiture. Je ne suis même pas sûr qu'elle soit à l'arrêt. Il crie le nom de son camarade. Je regarde ce dernier, qui glisse de plus en plus bas.

L'Afghanistan m'a privé de beaucoup de choses. Mais il m'a aussi enseigné à conserver ma capacité d'action en toutes circonstances. Quand le géant sort un couteau de sa botte, tout ce que j'ai appris se cristallise. Je sais quoi faire.

Je cours.

De l'autre côté du champ qui longe la route, il y en a une autre, qui mène droit au village. J'espère avoir la force de courir plus vite que cet homme gigantesque, qui me paraît aussi un peu pataud.

Même sur la piste tracée par les motoneiges, la neige est par endroits profonde. Le géant me suit. Il crie, jure de me tuer. Promet de m'écorcher vif avec son couteau.

Et il n'est pas pataud.

J'ai beau accélérer, la distance qui nous sépare reste la même. L'écart semble même diminuer. Les étoiles au-dessus de nous sont si brillantes et baignent le monde enneigé d'une lumière si tranchée que j'ai l'impression de courir dans une radiographie.

Le champ est plus grand que je ne le pensais. Ma pratique assidue du jogging m'est cependant utile. Je sais respirer, et, malgré les crampes que je commence à sentir dans mes jambes, je suis capable de continuer.

Le géant est animé d'une rage pure. Et ça s'entend. Il court vite, mais il a la force de crier. Dans un sens, c'est une bonne chose, car il ne laisse planer aucun doute sur ses intentions. Il hurle que j'ai tué son ami et que je paierai au centuple chacune de ses blessures.

J'arrive à la route qui descend vers le village. Je cours, tout en me félicitant d'avoir par chance enroulé mon écharpe autour de ma tête. Je parviens ainsi, dans ma fuite, à rester anonyme. J'ai du mal à respirer, mes poumons n'ont pas assez d'oxygène. Ma gorge me brûle. Mes bras aussi commencent à se raidir. La pente se fait plus abrupte. Les premières maisons ne sont plus qu'à quelques centaines de mètres. Je tourne la tête pour voir à quelle distance est mon poursuivant.

C'est une erreur.

Je glisse.

J'atterris à plat dos sur la route, si violemment que mes poumons se vident du peu d'air qui leur restait. Je réussis à me remettre debout. Je repars en courant, bien que je n'aie plus du tout d'oxygène, que mon coccyx irradie de douleur et que mes jambes ne se meuvent plus que comme des blocs de béton. J'entends le géant arriver. Ses foulées résonnent, longues et lourdes.

Je dois juste…

J'aperçois entre les arbres les lumières de la station-service. Je repense à son arrière-cour, il me vient une idée. J'y place tous mes espoirs. Je dépasse une première maison, aux fenêtres éteintes. Puis d'autres.

Je tourne dans la rue suivante. La neige a transformé les haies en murs. Mais je ne suis pas en mesure d'augmenter suffisamment mon avance pour pouvoir me cacher derrière, et mes traces de pas me trahiraient de toute façon. Le géant me talonne obstinément. Il ne crie plus. Peut-être manque-t-il d'air lui aussi.

Nous prenons un nouveau virage. Le dernier, j'espère.

La route monte en pente douce, les maisons restent derrière nous. La haute enseigne de la station-service brille telle une lune guidant mes pas. Nous courons comme deux athlètes conservant le même écart dans l'attente du sprint final. Sauf que le géant ne peut pas savoir quand il interviendra. Ni à quoi il ressemblera.

Derrière la station-service s'étend un vaste terrain en partie utilisé par des mécaniciens amateurs, où tout un bric-à-brac voisine avec de vieux autocars, motoneiges, tracteurs, pelleteuses et autres véhicules. Je parviendrai peut-être à égarer mon poursuivant, à prendre de l'avance et à fuir en contournant la station-service jusqu'à la route principale qui traverse le village et, de là, vers chez moi.

Je saute sur le bas-côté, je m'enfonce dans la neige. La lueur jaune du mât publicitaire de la station-service, qui se dresse plus haut que le bâtiment, éclaire jusqu'à l'arrière-cour. Je patauge droit vers l'un des autocars, je le contourne par l'avant, je longe son flanc en direction de la station-service. Je fais de même avec l'autocar suivant. Mes empreintes se mêlent à d'autres. Je cours à moitié, avec en point de mire le mât publicitaire. J'atteins bientôt l'arrière de la station-service. Une lampe, au mur, brille comme un soleil. Je suis arrivé là si vite que je n'ai même pas réfléchi à la suite.

J'ai face à moi deux portes basculantes. Elles sont fermées, mais la porte ordinaire, à côté, s'ouvre quand je tourne la poignée. Je jette un œil à l'intérieur.

L'atelier est vide, aussi bien de véhicules que de toute présence humaine. Il est plongé dans la pénombre. De la lumière filtre par les vitres des portes basculantes et par une porte entrouverte, au fond. C'est sans doute par là qu'on accède au reste de la station-service et à la boutique. J'ai mal au dos, je n'ai plus la force de courir. Je dois entrer.

La fosse mécanique encadrée de rails, large d'un bon mètre et profonde de deux, se dessine tel un canyon dans le clair-obscur de l'atelier. Elle est bordée sur sa gauche par un espace de circulation d'un mètre de large environ, et sur sa droite par une zone libre mesurant quelque deux mètres de plus. Vient ensuite un second canyon, celui d'une autre fosse.

L'atelier est totalement silencieux. Je longe la première fosse par la gauche, en direction de la porte du fond. Elle donne dans une pièce servant de réserve et de salle de repos, avec en face une autre porte. Celle-là est grande ouverte et me révèle le dos du gérant de la station-service. Je vois aussi la moitié de ses larges fesses blanches, car il est assis sur un tabouret haut derrière la caisse de la boutique, et son jean a glissé vers le bas. Je m'écarte de la porte.

Retour à la case départ.

Alors que je reviens vers la porte de derrière, elle s'ouvre. Le géant entre dans l'atelier, s'arrête. Il fait tourner son couteau entre ses doigts. Le geste a de l'allure. Il est aussi totalement inutile, car je suis déjà bien assez impressionné.

J'ai toujours mon écharpe autour de la tête et une épaisse doudoune noire sur le dos. Mon poursuivant n'a aucun moyen de me reconnaître. Quand j'ai quitté le Golden Moon, je n'ai mis mon manteau qu'arrivé à la porte, en même temps que mon écharpe, qui était dans ma manche.

L'homme a l'air d'évaluer la situation. Peut-être sourit-il. À moins que ce ne soient les ombres qui jouent sur son visage. La lame du couteau est fine et l'acier étincelle quand la lumière filtrant de l'extérieur l'éclabousse. Je me rapproche de l'espace entre les fosses. Le géant se met en mouvement.

C'est là qu'elle me frappe.

La révélation.

L'atelier semble changer de forme, grandir en hauteur et en largeur. J'ai l'impression que toutes mes récentes pensées liées à Krista emplissent l'espace de leur éclat. Comme si ce lieu imprégné d'odeurs de graisse, d'essence et de métal était la plus belle des cathédrales, baignée des doux rayons dorés du soleil couchant, débordante de chaleur et de lumière. Ses murs épais d'un mètre me protègent du vent et de l'ennemi, et j'y suis totalement à l'abri.

Cette cathédrale est en moi.

Je ne fuis plus.

Je me tiens debout là.

Ma respiration se calme. Mes muscles se détendent. Je m'emplis d'une force nouvelle.

Je n'ai rien à craindre. Le contraire de la peur, comme je le sais parfaitement, n'est pas le courage. C'est la confiance. Et la confiance est une foi. Mais quel moment étrange pour retrouver sa foi perdue.

L'homme approche. Il est si près que je vois son visage. Il a l'air déstabilisé. Nous nous tenons des deux côtés d'une fosse, avec entre nous un vide noir d'un mètre de large. Je peux imaginer la situation de son point de vue. Celui qu'il pourchassait a cessé de fuir et se tourne pour l'affronter, les bras ballants, relâchés.

Le géant attaque. Il saute par-dessus le canyon, vise mon torse avec son couteau. Emporté par son élan, il rate à moitié son atterrissage et bascule vers l'avant. Je saisis sa main armée et je la tords.

L'homme gémit, lâche le couteau. Il perd l'équilibre. Ses pieds cherchent un point d'appui. Sans le trouver. Je continue de lui tordre le bras, d'utiliser son énergie cinétique. Il est dans la situation d'un coureur ayant trop accéléré dans la descente qui ne peut plus s'arrêter.

Il fonce la tête la première, tend sa main libre devant lui pour parer sa chute sur le sol de l'atelier – qui à cet endroit n'existe pas.

Le géant se précipite dans la fosse comme s'il plongeait dans un lac. Sa vitesse est vertigineuse, sa ruée sauvage. J'entends un choc sourd, un second. Puis plus rien. J'attends un moment, avant de m'approcher du bord.

L'homme est étendu sur le dos. Je me penche. Je perçois des signes de vie : une respiration, des râles et des gémissements issus des limbes de l'inconscience.

Je regagne la porte de derrière, je sors.

Mon haleine fait de la buée. Le silence règne. Les étoiles brillent.

Je prends la direction du musée.

9

Pourquoi le musée ? Parce que c'est le plus logique. Parce que c'est ma mission. Parce que c'est ce qui fera avancer mes deux enquêtes.

Après ce que j'ai vécu dans l'atelier de mécanique de la station-service, tout m'apparaît sous un nouveau jour. Je suis physiquement à bout, psychiquement éreinté et en état de choc, mais cela faisait longtemps que je n'avais pas eu les idées aussi claires.

Voici maintenant ce que je vois :

Grigori voulait la météorite. Le géant et lui sont venus à Hurmevaara à l'invitation de Tarvainen. Je savais déjà que le pilote de rallye convoitait la météorite et ce qu'il a dit à Grigori dans le 4 × 4 le confirme. Ses propos permettent aussi de conclure qu'ils ont eu des divergences de vues et ont peut-être agi chacun de leur côté. C'est en tout cas ce qu'ont fait les Russes, comme je le sais depuis ma rencontre avec Grigori. Et le géant doit toujours vouloir, même seul, s'emparer de la météorite.

Il ne va sans doute pas rester longtemps étendu dans la fosse. C'est une chose dont il va selon toute vraisemblance vouloir aussi se venger, en plus de la mort de son ami. Il va me traquer. Sauf qu'il ne sait pas qui je suis. Ou si ? Grigori lui a-t-il confié, au Golden Moon, qu'il allait m'emboîter le pas ? C'est possible.

D'un autre côté...

D'un autre côté, Tarvainen a dit de Grigori qu'il n'était pas bavard. Peut-être a-t-il juste annoncé qu'il allait faire un tour et serait vite revenu ? Cela semble logique, d'autant plus qu'il me considérait comme un cas facile : si l'affaire ne se réglait pas grâce à un pot-de-vin, il lui suffisait de se débarrasser de moi. Un autre élément plaide en faveur de son silence : son savoir-faire. Ce n'était pas la première fois qu'il maniait une arme. C'était un professionnel. Et un professionnel ne parle pas de ce qu'il a l'intention de faire, il agit. Le géant a l'air du même acabit.

Je ne me laisserai plus marcher sur les pieds.

Qu'il veuille ou non la météorite, il ne l'aura pas.

Pas plus que Turunmaa, Räystäinen, Jokinen ou Himanka.

Je ne sais que penser d'eux. Räystäinen a essayé, à la salle de sport, soit de s'en prendre à moi, soit de me faire passer un message. J'hésite encore entre les deux. Il a sur le bras une longue estafilade, comme en avait le cambrioleur étendu dans la neige. Les questions et les insinuations du quatuor laissent toutes penser que le fait que je surveille la météorite leur pose un problème. Mais pourquoi ? Parce que je suis un obstacle ? Ou que je n'approuve pas leurs plans ? Ou que je les contrains à les réviser ?

Et pourquoi ont-ils tous, d'une manière ou d'une autre, fait allusion à ma vie conjugale ? Ils ont, chacun à leur façon, émis sur Krista des commentaires qui prouvent qu'ils ont évoqué le sujet entre eux. Mais pourquoi auraient-ils parlé de Krista ? Savent-ils quelque chose que j'ignore ? Quelque chose sur son état actuel ? Sur ce qui s'est passé, en général ?

Et, question primordiale : l'un d'eux est-il l'homme que je cherche ?

Il se dégage bien sûr de Turunmaa une certaine séduction brute, il parle d'une voix grave et rauque et possède pour un million et demi de forêts. Jokinen sait exactement quels fruits, fromages ou bonbons Krista préfère et les livre lui-même à domicile. Avec les abdominaux de Räystäinen, on pourrait casser un mur de briques, et il y a dans sa ténacité quelque chose de l'éternelle concentration d'un skieur de fond. Himanka est le joker du jeu de cartes : il n'est pas ce dont il a l'air, il étonne par ses manières juvéniles et, quand il veut, sa vive intelligence. En ce qui concerne Krista, Himanka est certainement un candidat peu crédible, mais qu'en est-il de la météorite ? La vie lui a beaucoup pris, et il peut penser avoir droit, pour ses vieux jours, à plus d'opulence.

Après avoir passé en revue les membres du quatuor, je suis obligé d'envisager l'idée peut-être la plus insupportable. Et s'ils étaient tous au courant pour Krista ? Et si, en plus de ces quatre-là, bon nombre d'autres connaissaient la situation domestique du pasteur et de sa femme enceinte ? Et si tout le village savait ?

Voilà ce que fait la jalousie. Elle fait dérailler vos pensées. Tout est hors de proportions. Je ne crois pas vraiment, à bien y réfléchir, qu'il y ait beaucoup de gens qui s'intéressent à l'état de mon mariage. Je pense que mon secret en est toujours un.

Dans la petite cuisine des locaux du personnel du Musée militaire, je m'attable devant les plats à emporter que j'ai achetés au grill du village. Par précaution, j'en ai pris deux : saucisses-frites et double hamburger. Je mange le tout, arrosé d'un litre de lait écrémé froid. Il y a au mur une pendule dont les aiguilles en plastique marron ont l'air de tourner de plus en plus lentement. Je fais du café, j'en avale deux grandes tasses. Ça me réveille un peu. Mais les aiguilles se traînent de plus en plus… Et finissent par s'arrêter.

Krista et moi marchons côte à côte dans la grand-rue du village. Elle a passé la main sous mon bras. La journée est si chaude que c'en est pénible. Le soleil brille haut dans le ciel, il tape juste au-dessus de nous, nous ne projetons aucune ombre. C'est une des rares journées de canicule de ces latitudes. Il y a un problème avec l'asphalte, mes semelles s'y collent, j'ai du mal à avancer. Krista, curieusement, a l'air plus à l'aise. Elle avance sans peine, à légers pas aériens. Je regarde autour de moi et je prends peur.

C'est comme si nous courions un marathon : des spectateurs se pressent des deux côtés de la rue. Et ils me sont familiers. Ce sont des villageois, il y en a parmi eux que j'ai vus ce soir et d'autres que je connais par ailleurs ; il y a aussi des visages que j'ai déjà croisés, mais auxquels je ne sais pas associer de nom. Je me tourne à nouveau vers Krista, mais elle m'a dépassé. Elle progresse vite. Elle est d'abord à quelques mètres devant moi, puis à dix, et enfin quinze. Mais ce n'est pas le pire. Ma frayeur redouble.

Krista est nue. J'essaie de crier. Elle ne m'entend pas, et je suis maintenant incapable de bouger les pieds. L'asphalte est comme un chaudron de colle dans lequel je serais tombé. Je baisse les yeux et je me rends compte que moi aussi je suis nu. Je ne vois plus Krista devant moi, elle a disparu je ne sais où.

La route est droite et l'air cristallin. Les villageois crient des conseils.

Lève le pied gauche !

Tombe en avant !

Marche sur les mains !

Juste au moment où mes forces vont me lâcher, il se met à pleuvoir. À seaux, si fort que l'eau pèse sur mes épaules comme si elle était solide. La pluie durcit l'asphalte. Il ne colle plus. Marcher est de nouveau facile.

Mais je ne reconnais plus la rue. Je n'entends plus de conseils autour de moi. Je regarde à droite, puis à gauche. Les villageois ont disparu. Le village aussi. Je suis seul sur une route déserte.

La pluie devient froide. Elle cingle, fouette. Soudain un bâtiment en béton se dresse devant moi. Ce n'est pas une habitation, plutôt une sorte d'entrepôt ou d'usine. Les murs luisent sous la pluie. La route se termine là. Au même moment, j'entends la voix de Krista. Elle est en conversation avec quelqu'un. Son interlocuteur parle à voix basse et je ne distingue pas ses mots. Je sais seulement qu'il s'agit d'un homme et qu'il s'adresse à elle. Je ne la vois pas. J'essaie de crier son nom, mais aucun son ne sort de ma gorge.

Il y a une porte. Je ne sais pas pourquoi je ne l'ai pas remarquée plus tôt. Je l'ouvre à la volée et je me rue à l'intérieur. Dans le bâtiment, il fait froid. Je me dis que c'est dû aux murs de béton, à la pluie, à l'obscurité. Le sol aussi est en béton. Il est recouvert d'une pellicule d'eau de quelques millimètres. Mes pas font flic flac. Je m'oriente par rapport à la voix de Krista. Le bâtiment est plus grand qu'il n'en a l'air. J'ai l'impression de ne pas du tout avancer. Le mur du fond s'éloigne. De même que les voix de Krista et de l'inconnu, comme si ce dernier l'entraînait à l'écart. Je ne distingue pas leurs paroles.

Il y a quelque chose devant moi. Je lève les bras, je sens une chaîne, puis un crochet. Un croc de boucher. *Étrange*, me dis-je. Je ne sais pas ce que Krista peut faire dans un abattoir.

Puis j'entends sa voix. Elle est tout près. Et la voilà, ma femme, dos à moi. J'avance. L'eau clapote sous mes pieds. Krista parle avec un homme. Je réalise qu'il s'agit du père de l'enfant. Je ne le vois pas, il se cache derrière elle, bouge au même rythme, reste invisible. Quand j'arrive à son niveau, il ne reste plus trace de lui. Je ne comprends pas comment il a pu quitter les lieux aussi vite.

Je lève la main, je m'apprête à la poser sur l'épaule de Krista quand quelque chose siffle à mon oreille. Le croc de boucher la saisit, l'emporte. Elle n'est plus là. J'ouvre la bouche, je m'arrête.

Devant moi s'ouvre une fosse, un trou noir dans le sol en béton. Le géant gît au fond, il a l'air mort. Je regarde son visage. Il ouvre brusquement les yeux. Je prends peur et je me retourne.

Je sursaute à nouveau.

La serveuse du Golden Moon, Karoliina, se tient devant moi. Son visage est impénétrable. Elle porte la même tenue qu'avant, inattendue dans un abattoir, dans un environnement froid, minéral, humide, où des crocs de boucher se balancent et emportent des gens avec eux.

Est-ce un bleu que je distingue sur son visage ? A-t-elle le coin de l'œil enflé, ou est-ce autre chose ? Sourit-elle un peu ?

Ses lèvres s'arquent. Je souris moi aussi. Quand je vais enfin réussir à articuler un mot, elle lève soudain la main.

Son poing fermé, plus rapide que l'éclair, me vise droit au visage. Elle dit quelque chose. Je ne l'entends pas, car le coup m'atteint en pleine face. Je vacille, je tombe…

De ma chaise, à moitié. Je me réveille aussitôt. Je réussis à reprendre l'équilibre et je me retrouve debout quasiment au moment même où je comprends que je ne dors plus et que je suis dans la petite cuisine du personnel du Musée militaire. J'ai devant moi, sur la table, une tasse de café, et dans la bouche un goût de hamburger. Il est minuit passé. L'instant charnière entre le rêve et la réalité a fui en une seconde.

10

Avant d'entrer, je balaie la neige de notre perron. Dans l'obscurité silencieuse du matin, je vois de la lumière dans la cuisine de la maison d'en face – la voisine est en train de prendre son petit déjeuner. Elle lit le journal, assise à la table ; au-dessus de sa tête, le globe d'une lampe aux reflets rouges semble flotter dans l'espace. La neige balayée s'envole, forme dans l'air de petits tourbillons muets.

Une fois à l'intérieur, je range ma doudoune et mes chaussures d'hiver dans le vestiaire du sas d'entrée, je franchis la porte du vestibule, je la referme derrière moi et je m'arrête.

Je suis de retour à la maison.

J'ai l'impression d'avoir été absent des années. D'avoir parcouru des milliers de kilomètres. Après toutes les épreuves, je suis de retour à la maison. Là où se trouve aussi Krista. C'était ici que je me rendais, ici que je voulais être, plus que tout au monde.

Pendant un instant, je reste là, dans le vestibule. Le séjour s'ouvre à gauche. À droite, un escalier en bois monte en colimaçon à l'étage. Droit devant, il y a la cuisine. L'odeur de la maison, son atmosphère propre. Pareille à nulle autre. Le silence est total. Krista dort apparemment encore, en haut dans notre chambre. Les images des récents événements se bousculent dans mon esprit. Je m'en suis sorti vivant. J'ai pu rentrer à la maison.

Je ferme les yeux, j'inspire profondément. Je recommence. Je retrouve la gratitude, la chaleur, la clarté et l'assurance que j'ai éprouvées dans l'atelier de la station-service.

Je me rappelle que j'étais décidé à serrer Krista dans mes bras dès que j'arriverais à la maison, mais je peux aussi attendre. Je peux juste… être de retour. J'aurai bien le temps de dire à Krista que je l'aime. Que tout est pardonné. Je peux attendre. Je suis en avance, de près de deux heures.

J'ai de nouveau faim, une faim de loup. Je me prépare six œufs au plat, je fais griller deux tranches de pain de seigle. J'empile les œufs dessus, je les saupoudre de sel de mer et de poivre noir, et j'avale le tout. Mon café est meilleur que celui de cette nuit. Et plus revigorant. Me restaurer ne suffit bien sûr pas à effacer le fait que tous mes muscles me font mal et que beaucoup de choses sont, pour parler poliment, en suspens. Je n'ai pas la force de réfléchir davantage. Je me concentre sur l'instant présent.

J'en ai le loisir pendant peut-être trente secondes, avant d'entendre frapper à la porte d'entrée.

Quelqu'un tape au carreau, alors qu'il y a à côté de la porte une sonnette avec, dessous, une petite étiquette sur laquelle il est écrit sonnette. Tous les visiteurs ont su jusque-là l'utiliser. L'arrivant gratte maintenant à la vitre avec le bout des doigts. Le geste a quelque chose d'intime, de familier. D'encore plus éloigné d'un coup de sonnette qu'un tambourinement de jointures.

Je consulte la pendule murale. Sept heures et demie.

Pourquoi l'arrivant ne sonne-t-il pas ? Je ne vois qu'une

petite partie du sas d'entrée, et pas du tout la porte. Je me lève de table, je me déplace avec prudence. Je passe par l'autre porte de la cuisine pour aller dans le séjour, je me baisse et je m'approche de la fenêtre. Je risque un œil vers la gauche.

Vue de la rue, notre porte d'entrée se trouve à l'arrière de la maison. Un homme se tient sur le perron, de dos. Je le reconnais. Le bien-être que j'éprouvais il y a un instant s'évapore.

Je me redresse, je vais à la fenêtre côté rue du séjour. Je ne vois rien, dehors, qui sorte de l'ordinaire, ni silhouettes, ni mouvements. Juste la rue déserte et les maisons encerclées de neige qui la bordent. Je me dirige vers la porte. Le parquet grince sous mes pieds. Je ne laisse pas à Jokinen le temps de se préparer à se retrouver nez à nez avec moi. J'ouvre d'un coup la porte et je me concentre sur sa réaction. Son hésitation ne dure que quelques dixièmes de seconde. Puis le patron de la supérette sourit, ou en tout cas essaie.

— Bonjour, dit-il en agitant le sac en papier qu'il tient à la main. Livraison à domicile.

Il porte un blouson de sport et, dessous, une chemise bleue. Il en a changé depuis hier soir. Celle-ci a des rayures rouges sur le bord intérieur du col. Mais elle le boudine autant que toutes les autres. Il sent l'après-rasage, à plein nez. Ses cheveux blonds coupés court sont fraîchement coiffés au gel. Ils brillent, peut-être encore humides.

— Entre, dis-je.

— Hein ? lâche-t-il, puis il rectifie aussi bien sa posture que son expression.

— Non, non. J'apportais juste…

— Je viens de faire du café.

Nous nous regardons. Il est clair qu'il souhaite quitter les lieux au plus vite. C'est précisément ce qui rend sa visite intéressante. Tout comme le fait que le sac qu'il tient n'est pas un sac de courses plein à ras bord, mais un petit sac en papier à peine rempli, et que la voiture dans l'allée de la maison est son propre véhicule et non la camionnette de la supérette dans laquelle il fait en général sa tournée du village. De toute évidence, ce n'est pas une livraison ordinaire. Mais il ne peut pas non plus reculer sans une bonne raison.

— Juste une tasse, alors, accepte-t-il.

Le sac en papier crisse dans le silence matinal de la maison tandis que je fais asseoir Jokinen à la table et que je sors du placard une tasse et une soucoupe. Je me tiens derrière lui. Il pose le sac à ses pieds. Je lui explique pourquoi je suis déjà là, alors que mon tour de garde ne se termine officiellement qu'à neuf heures, comme il le sait très bien. Le gardien est arrivé tôt au travail, de même que l'agent d'entretien.

— Bien sûr, acquiesce Jokinen.

La question ne fait visiblement pas partie de ses principaux soucis.

— Qu'est-ce qu'il y a dans ce sac ?

— Où ça ?

— Dans ce sac de livraison.

Jokinen regarde à ses pieds comme s'il se rappelait seulement maintenant avoir apporté quelque chose.

— Ah oui, ça. Quelques chocolats belges et des biscuits italiens.

— Ça a l'air bon. Je pensais que les livraisons concernaient des quantités un peu plus importantes. Et peut-être plutôt des produits alimentaires de base.

Jokinen ne répond rien. Le café a fini de passer. Je m'assieds à la table et je remplis nos tasses. Le regard du patron de la supérette erre de la fenêtre, à sa gauche, au journal plié près de lui.

— Tu commences tôt ta journée, dis-je.

— Le service au client est important, de nos jours.

Jokinen hoche la tête, verse en même temps du lait dans son café. Sa main est presque ferme. Je remarque juste un léger tremblement à la fin de son geste.

— La priorité donnée à ses besoins. Les services sont la clé, si on veut s'en sortir. Mais c'est dur de toute façon, toujours sur le fil du rasoir. Il faut aller chez le client. La montagne va à Moïse... La montagne est à Moïse, Moïse va... Je ne sais plus dans quel sens ça marche...

Jokinen est clairement décontenancé par son propre flot de paroles. Il a quelque chose sur le cœur, qui lui pèse. J'ai vu et entendu ça des milliers de fois.

— Il y a un proverbe qui atteste que si la montagne ne va pas à Moïse, Moïse ira à la montagne, et, d'après la Bible, il y est bien allé, réponds-je. Et à part ça, quelles nouvelles ? Tu vas toujours à la pêche ?

Jokinen me regarde. Peut-être est-il surpris.

— Oui, il y a pas mal de sandres, en ce moment, dans le lac Hurmejärvi. On a même fait quelques ouvertures dans la glace pour poser des filets. Plus grandes que nos trous habituels.

— Je pourrais venir, un jour.

— Pêcher à la ligne ?

— À la ligne ou au filet, peu importe.

Jokinen n'a pas l'air enthousiaste. Il ne dit rien, porte juste sa tasse à ses lèvres.

— Je pensais que ça vous faciliterait la vie si je prenais tous les tours de garde de nuit.

Ma constatation semble l'étonner. Il me regarde par-dessus sa tasse, puis la repose sur la soucoupe. Rien n'est plus silencieux qu'une maison en bois par un matin d'hiver. Le cliquetis de la porcelaine sonne comme un orchestre au creux de l'oreille.

— Mais hier soir, j'ai eu l'impression que ça vous déplaisait, pour une raison ou une autre. Tu peux me dire pourquoi ?

— Je n'ai rien remarqué.

Jokinen se redresse, se cale plus confortablement sur sa chaise.

— J'espère que ce n'est pas parce que vous n'avez pas confiance dans ma capacité de surveiller la météorite.

— Non.

Jokinen secoue la tête, puis la hoche.

— Ou plutôt si. Nous avons confiance. Elle est certainement… en sûreté.

— Ravi de l'entendre, dis-je, et je m'appuie sur mes coudes pour me pencher vers le patron de la supérette.

La météorite est une chose, mais le sujet ne m'intéresse pas plus que ça. En même temps, je constate que monte en moi le sentiment froid et visqueux que je commence à bien connaître. Qui apporte à qui que ce soit, avant l'aube, des biscuits et des chocolats ? Et surtout, pourquoi ?

— Je me suis assuré qu'il y avait du monde au musée quand je suis parti. J'ai effectivement pu m'en aller un peu plus tôt que prévu. Très précisément deux heures plus tôt. Je n'ai même pas encore réveillé Krista.

Je laisse ma dernière phrase en suspens. Jokinen réfléchit à sa réponse, ou mélange peut-être tout simplement son lait dans son café. Il se tait, regarde le tourbillon dans sa tasse.

— Tu veux que je la réveille ?

Il lève les yeux.

— Inutile, dit-il rapidement.

— Mais tu lui as apporté des chocolats belges et des biscuits italiens.

Je ne suis pas fier de mon ton glacial, de ma façon de souligner chaque mot. Ce n'est pas dans mes habitudes.

— Je peux les laisser là, dit Jokinen avec un signe de tête en direction du sac en papier. Ce n'est pas grand-chose, juste un petit... Si ça peut faire plaisir... Je ne veux pas déranger.

Tu ne veux pas déranger ? C'est pour ça que tu grattes à la porte avec tes bonbecs dès sept heures et demie du matin ? Je dois me calmer.

— Tu veux que je lui transmette un message ?

Jokinen avale sa dernière goutte de café. Il se prépare à partir, fait mine de se lever de sa chaise sans vraiment encore passer à l'acte.

— Dis-lui que c'est de ma part... avec les salutations du patron de la supérette.

Jokinen est déjà presque debout.

— Quel genre ? reprends-je.

— Hein ?

— Quel genre de salutations dois-je lui transmettre ? Je sais que c'est de la part du patron de la supérette.

Je ne suis pas d'humeur à plaisanter, loin de là. Il s'en rend sûrement compte. Il a l'air d'hésiter.

— Gourmandes ?

Nous nous regardons dans les yeux.

— Je transmettrai à Krista tes salutations gourmandes, conclus-je.

Jokinen cède le premier. Il se tourne, se dirige vers la porte. Le parquet grince. Il sort sans regarder derrière lui. J'entends sa voiture démarrer dans la rue et s'éloigner.

11

Dans la Rome impériale, on écartelait les chrétiens en les attachant à quatre chevaux qu'on lançait au galop. Quand ils prenaient de la vitesse, les cordes se tendaient. J'ai l'impression qu'il m'arrive un peu la même chose, avec mes pensées dans le rôle des chevaux.

Je marche dans la rue en direction du Golden Moon Night Club, le souffle embué. La neige matinale scintille, je serre à nouveau un téléphone dans ma main. Celui avec lequel je n'envoie que certains messages, et à une seule personne.

Et ce n'est pas facile à avouer.

La jalousie ne vous fait pas seulement perdre le sens commun, c'est aussi une maladie évolutive. Je me trouve de toute évidence maintenant dans la phase où je pense – secrètement, inconsciemment, dans le plus sombre et le plus profond recoin de mon esprit – que j'ai le droit de regarder un peu autour de moi, tout en sachant que pour un jaloux, cela revient souvent à projeter un meurtre, ou au moins un sérieux coup de canif dans son contrat de mariage. Et en poussant plus loin cette logique autojustificative : si Krista a fait, au sens propre, plus intime connaissance avec des habitants du village, pourquoi n'y serais-je pas moi aussi autorisé ?

C'est de la folie pure, je le sais. Je peux citer mille exemples d'individus dont la vie a été totalement gâchée parce qu'ils ont entrepris de se venger des injustices qu'ils avaient subies. Sans surprise, car, le plus souvent, ces injustices étaient imaginaires. Il est difficile de guérir la folie par une maladie mentale.

Je passe devant mon lieu de travail.

L'église a l'air inaccessible, comme jetée au milieu d'un champ de neige. Elle est entourée de grands pins et, derrière eux, d'épais sapins. Le centre paroissial, un peu à l'ouest, est encore plongé dans l'ombre. Les rayons du soleil levant soulignent la distance entre l'église et la haute et mince croix métallique qui se dresse à côté d'elle. Je me suis souvent interrogé sur sa solidité et, ce matin, elle semble plus fragile que jamais, tendue vers le nouveau jour, solitaire, vulnérable.

Le muret en pierre du cimetière est recouvert de neige. Je jette un coup d'œil au parking commun à l'église, au cimetière et au secrétariat de la paroisse. Une voiture y est garée, dans le coin le plus reculé. Je reconnais la marque et le modèle, une Volkswagen Jetta, mais j'ignore à qui elle appartient. Le soleil se reflète sur ses vitres, impossible de voir s'il y a quelqu'un à l'intérieur.

Je tente d'écrire un message. J'ai l'intention d'essayer une dernière fois. Je sais que je suis en train d'accumuler les choses à me faire pardonner, mais ce n'est pas mon seul conflit intérieur. J'ai l'impression que toute ma vie n'est que contradictions. Entre les arbres recouverts de neige, les rayons du soleil levant cisaillent la pénombre, qui se déchire, cède. On ne peut pas en dire autant de mon esprit.

Un peu avant d'arriver au parking du Golden Moon, je m'arrête et je relis ce que j'ai écrit.

Mon amour. Je te demande pardon de m'être enfui. Quand je t'ai vue, j'ai été pris de panique. Tu suscites en moi tellement de sentiments. Sur le moment, c'en était trop pour moi. S'il te plaît, accorde-moi une nouvelle chance. Pourras-tu me pardonner ?

J'envoie le message, je laisse tomber le téléphone dans ma poche et je jette un dernier coup d'œil aux fenêtres sombres du night club. Le bar n'est pas tenu, le matin, par le coiffeur du village, car c'est le moment de la journée le plus propice aux coupes de cheveux.

Mais pourquoi revenir au Golden Moon ?

Parce que c'est un contrepied, une offensive à laquelle mon adversaire – car j'en ai un, ou même plusieurs – ne s'attend pas. C'est ce qui est au cœur de toutes les batailles et campagnes victorieuses : la surprise. Et parce que je dois revenir où j'en étais et reprendre mes enquêtes. Et bien sûr aussi parce que...

La version officielle, celle que je me répète en poussant la porte encore un peu coincée à cette heure matinale du Golden Moon Night Club, est que la fréquentation de Karoliina est intimement liée à mes enquêtes et aux soupçons qu'elles m'ont amené à concevoir. Quand je l'aperçois derrière le bar, mon cœur bat aussitôt plus fort, et je suis parcouru par une onde qui non seulement me réchauffe, mais renforce mon sentiment d'être en vie. Je tente de me persuader que c'est dû à la situation, au stress, et plus généralement au fait que c'est peut-être elle qui m'a assommé.

Elle est occupée à servir une bière pression à un homme d'une quarantaine d'années appuyé des deux mains au comptoir. Les cheveux de ce dernier, châtain foncé, se dressent en désordre comme si une petite bombe avait éclaté dans sa tête, et il porte un costume dont on voit qu'il ne l'a quitté ni pour dormir, ni pour se battre. Il semble à bout de forces. Son nœud de cravate est étonnamment droit et bien ajusté. Comme s'il avait décidé de se reprendre en main et commencé par là, avant de laisser tomber pour tout le reste. Karoliina pose la pinte devant lui. Il la saisit et en descend la moitié d'une traite. Karoliina tourne légèrement la tête vers moi, mais ne quitte pas la caisse du regard.

— Et pour vous ?

— Je ne sais pas, à vrai dire.

Elle lève les yeux, pivote.

— Cher pasteur, dit-elle en repoussant ses cheveux de son visage. Ou faut-il vous appeler monsieur le pasteur ?

— Joel suffit. Et on peut se tutoyer.

Karoliina s'approche. Je me suis installé au même endroit qu'hier, au bout du bar. Le Golden Moon n'est pas un lieu bien éclairé, même en plein jour. On vit ici dans une perpétuelle pénombre, on boit de la bière au petit déjeuner, les cheveux en pétard, et la barmaid porte un jean troué et déchiré, un pull noir à col roulé et un épais maquillage avec du rouge à lèvres grenat. Ses cheveux longs, plus noirs que noirs, ombragent son visage, où sa bouche brille telle une lanterne. Quand elle s'arrête devant moi, je ne constate aucun changement par rapport à hier dans son visage ou son comportement. Si elle a participé d'une manière ou d'une autre à ce qui s'est passé, elle n'en laisse rien paraître.

— Je pensais que c'étaient juste des paroles en l'air, déclare-t-elle.

— À quel sujet ?

— Quand tu as dit que tu reviendrais.

— Je tiens mes promesses, réponds-je, et je fixe ses yeux verts.

Du côté de la salle, des éclats de voix retentissent, ça se chamaille à propos des villes où ont eu lieu les Jeux olympiques des années cinquante et soixante. Beaucoup, à Hurmevaara, semblent commencer la journée par autre chose que du porridge ou du yaourt.

— Tu n'as pas trop dû dormir, si tu as passé la nuit au musée, dit Karoliina.

Ce n'est pas une question.

— Et maintenant tu es là, poursuit-elle.

— Toi aussi.

Elle reste silencieuse. Peut-être réfléchit-elle.

— Tu veux quelque chose à boire ?

Qu'est-ce qui est le moins louche : qu'un pasteur vienne boire une bière dans un bar, tôt le matin, ou qu'il y vienne et ne commande rien à boire ? La réponse ne demande pas grande réflexion. Quand Karoliina m'apporte ma pinte, je m'en empare, mais je n'y trempe même pas les lèvres.

— C'était comment, au musée ? demande-t-elle.

— Tranquille. Je me suis presque senti seul.

— Presque ?

— Surtout en comparaison de l'autre nuit, où j'ai eu de la compagnie et de l'action.

— On dirait que ça te manque.

— Ça dépend de l'action, dis-je sincèrement. Et bien sûr de la compagnie.

Karoliina prend son paquet de cigarettes sur le plan de travail.

— Ça fait quel effet d'être là-bas à côté d'un million d'euros ? demande-t-elle.

— Je n'y pense pas.

— Pourquoi y es-tu, alors ?

Bonne question, et légitime.

— Pour des motifs personnels.

— Qui sont ?

Je hausse les épaules.

— Personnels.

Karoliina sort une cigarette du paquet. Sans l'allumer, elle la tient entre l'index et le majeur comme si elle la fumait.

— Rien à voir, donc, avec le fait que Dieu t'aurait parlé et t'aurait ordonné de surveiller la météorite.

— J'ai vu un buisson ardent devant le musée. C'est là que j'ai su ce que je devais faire.

Elle sourit peut-être un peu. Mais s'il s'agit d'un sourire, il a vite disparu. Elle me fixe d'un regard intense.

— Est-ce que je peux te poser une question ? demande-t-elle.

— Bien sûr.

— Est-ce que c'est ce que tu veux de la vie ?

— Quoi, précisément ?

Karoliina pointe de sa cigarette ma pinte inentamée.

— Tu es à Hurmevaara, assis à boire une bière à neuf heures du matin.

Elle détache chaque mot. Je sens qu'elle n'en aime aucun.

— Non, dis-je. Non.

— Personne ne boit de la bière à neuf heures du matin s'il peut faire autre chose.

— C'est sûrement vrai.

— Personne ne reste un seul jour de plus à Hurmevaara s'il peut être ailleurs.

Je reste silencieux. Karoliina a touché un point sensible, parmi de nombreux autres que je n'avais même pas remarqués dans le tourbillon de ces derniers jours. La présence de la nature et le charme de ce petit village ont perdu pour moi beaucoup de leur attrait. Il y a bien sûr plusieurs raisons à cela. Le pittoresque et la pureté de l'air ont indubitablement été pollués. Karoliina se penche vers moi.

— As-tu pensé à quel point il serait facile de changer les choses ?

— Je ne sais pas si ce serait si facile.

— Mais tu veux que ça change ?

— Oui.
— Alors c'est simple.
— Et pourquoi ?
— Parce que je vois que tu en as la volonté, dit-elle. Et parce que je peux t'aider. La question…

Le quadragénaire, au bar, réclame une nouvelle bière en agitant son verre vide. Il a l'air étonnamment ragaillardi. Karoliina retourne à l'autre bout du comptoir, jette un coup d'œil par-dessus son épaule. Nous nous regardons dans les yeux. Elle sert son client, encaisse, revient.

— Tu disais que tu pouvais m'aider ? reprends-je.

Elle ne répond pas tout de suite. Elle se penche au-dessus du plan de travail, pose les mains sur le comptoir devant moi. Elle est plus près que jamais. Et oui, son parfum m'est familier. Familier et agréable.

— J'allais dire que la question est sans doute de savoir comment nous pouvons nous entraider. Mais je ne sais pas si je peux te faire confiance. Tu es pasteur.
— Ça me rend indigne de confiance ?

Nous parlons doucement, à voix basse. Un seul cran au-dessous, nous chuchoterions.

— Tu ne voleras point, dit Karoliina. Est-ce que ce n'est pas un des commandements ?
— Le septième.
— Et vous respectez ces règles à la lettre, dans votre secteur ?
— Je n'oserais pas me prononcer pour les autres.
— Mais toi ?

Il y a de la malice, ou peut-être de la sincérité, dans les yeux verts de Karoliina. Difficile à dire.

— Où veux-tu en venir ?
— J'attends ta réponse, rétorque-t-elle.

Elle se penche encore plus près. Si près que soutenir son regard me fait mal.

— Je m'efforce de respecter certains principes généralement jugés bons. Mais pour répondre plus précisément, je devrais savoir ce que nous allons faire.

— Je suis heureuse de t'entendre dire que nous allons faire quelque chose ensemble.

Nous sommes si près l'un de l'autre que je sens sa chaleur. L'instant est déterminant. Puis le quadragénaire la hèle de nouveau. Sa voix a retrouvé de la profondeur. La bière lui accordé le pardon, donné l'onction. Il se peut même que sa cravate se desserre bientôt. Karoliina ne me quitte pas des yeux. Puis elle tourne la tête et crie « j'arrive ! ».

Au moment où son mouvement fait voleter ses cheveux, je le vois.

Le bleu.

Il est plus haut et plus loin sur la tempe que je ne le pensais, mais il est là. Sous le fond de teint, la peau est encore légèrement enflée. Puis Karoliina me fixe à nouveau. J'entends la porte d'entrée s'ouvrir derrière moi tandis qu'un courant d'air froid me parcourt le bas du dos. Un gros rire d'homme retentit, des bottes d'hiver secouent la neige qui y colle.

— Tu sais où me trouver, murmure Karoliina, le regard toujours rivé au mien.

Ses lèvres forment un baiser, le soufflent vers moi. Puis elle pivote et se dirige vers l'autre bout du bar, sans se retourner. Elle n'en a pas besoin. Elle sait que je la suis des yeux.

C'est un élément important de cette mise en scène.

12

Le ciel étincelle, la neige scintille, le soleil encaustique la surface du monde. En passant devant le cimetière, j'aperçois du coin de l'œil le miroitement des pierres tombales. Arrivé au parking, je constate que la voiture qui se trouvait à l'emplacement le plus éloigné n'est plus là.

Je n'y accorderais pas plus d'attention que cela s'il n'y avait une enveloppe scotchée à la vitre de la porte d'entrée. Marron, de format A5. Le coin supérieur gauche est un peu froissé et il n'y a pas de timbre. Un nom y est en revanche écrit.

JOEL HUHTA, PASTEUR

Le texte a été tracé avec un gros feutre noir, en capitales. Pour le reste, l'enveloppe est vierge. Pas d'adresse plus précise, pas d'expéditeur. Juste mon nom et ma profession.

Je me retourne et scrute les alentours. Aucune présence humaine dans le matin d'hiver. Quelque part au loin passe une voiture. La Volkswagen bleu clair aperçue tout à l'heure, garée seule au fond du parking, me revient à l'esprit. Il m'a semblé que c'était une Passat, ou une Jetta.

Je décolle les extrémités du ruban adhésif de la vitre. Je jette un dernier coup d'œil derrière moi et j'entre. Le secrétariat est vide et silencieux. J'ouvre aussitôt l'enveloppe.

Elle est si bien fermée que je suis obligé de la déchirer. Son papier est fragile, elle n'est pas neuve. Elle contient une feuille A4 pliée en deux que je m'empresse d'ouvrir. Le texte, apparemment imprimé sur une imprimante domestique, est en Times New Roman tout à fait ordinaire. Il est bref, rédigé en capitales.

RESTE LOIN DU MUSÉE.
DERNIER AVERTISSEMENT.
OBÉIS !

Je retourne le papier, mais rien d'autre n'y figure. Ce serait d'ailleurs inutile. Le message est limpide. Je replie la feuille et je la remets dans l'enveloppe. Je jette une nouvelle fois un coup d'œil dehors, mais sans résultat. La neige scintille, personne ne se promène avec l'air d'avoir à l'instant scotché une lettre de menace à la porte du centre paroissial.

Je trouve Pirkko derrière son ordinateur. Elle a entendu mes pas, mais semble malgré tout surprise, comme essoufflée. Sur l'écran, devant elle, ne s'affiche que le bureau. Personne ne regarde un simple bureau d'ordinateur. Elle vient de quitter un site ou une application.

— Est-ce que quelqu'un est venu ici ?

— Comment ça ? demande-t-elle.

Elle est, d'une certaine manière… non, pas effrayée, mais quelque chose d'approchant. Ses pommettes ont rosi.

— Le secrétariat de la paroisse est ouvert, dis-je. Nous recevons du public.

— Oui, bien sûr. Enfin non.

— Tu n'as vu personne, ni rien entendu ?

Pirkko secoue la tête.

— Personne, assure-t-elle, et elle a vraiment l'air de fouiller dans sa mémoire. Ni rien. Et comme ton rendez-vous suivant a été annulé, l'heure qui vient va sans doute aussi être assez tranquille.

— Très bien, dis-je, sans rien trouver d'autre à demander, sauf bien sûr... Pirkko, tout va bien ?

Ses yeux bruns me fixent.

— Merveilleusement bien.

La cafetière glougloute et je suis en train de relire la lettre. Je n'y vois rien de plus que la première fois – par rapport aux derniers événements, elle me semble se classer parmi les soucis mineurs. Je jette l'enveloppe sur la table et je me rends aux toilettes. Quand j'ai fini, je me passe sur le visage un peu d'eau tiède, vivifiante et curative. Alors que je me sèche avec des serviettes en papier rêches, face au miroir, j'entends une voix derrière la porte.

— Joel ?

— Oui ?

— Le créneau libre a été pris. Tu as un client.

— J'arrive, dis-je.

Je m'essuie une dernière fois. J'ai l'air d'être le même qu'il y a deux ou trois jours. Mais je ne le suis plus. Il y a des explosions qui laissent des traces physiques, et d'autres qui ne se voient pas de l'extérieur.

— Il attend dans le couloir devant ton cabinet, précise Pirkko derrière la porte.

— Merci.

— Il...

Je me penche pour boire de l'eau froide directement au robinet et je n'entends pas la fin. Je me redresse, j'inspire. Je porte toujours ma doudoune, mon écharpe autour du cou, mon bonnet sur la tête. Je fourre ce dernier dans ma poche, j'ôte mon manteau, je glisse l'écharpe dans sa manche et je le plie sur mon bras.

Quand je sors des toilettes, Pirkko a disparu. La salle de pause est vide et silencieuse à l'exception des soupirs et des glouglous de la cafetière. En m'engageant dans le couloir, je me sens à peu près normal.

Mais je constate vite que je me trouve dans une impasse. Littéralement.

Derrière moi, le couloir se termine par une fenêtre de la hauteur du mur. Devant, il continue jusque dans le hall. Mais cela ne m'est d'aucun secours. Et les nombreuses portes qui donnent sur le couloir ne m'aident pas non plus. Elles sont trop loin. La seule que je puisse franchir est celle de mon cabinet, la première à ma gauche. En face d'elle est installée une chaise. Sur laquelle est assis l'homme le plus grand que j'aie jamais vu. Pendant un fugitif instant, je songe à plonger à travers la baie vitrée, à fuir dans la neige. Mais ce genre de choses ne réussit sans mort d'homme que dans les films.

Le géant a le bras gauche en écharpe. Il lit un journal. J'observe son profil, tout en dissimulant ma doudoune dans mon dos. L'homme tourne la tête presque au rythme de mes pas. Je me répète ce que je sais. Il n'a pas pu voir mon visage. Ses yeux se rivent aux miens.

— Pasteur ? demande-t-il en anglais.

— Oui, dis-je avec un geste en direction de mon cabinet. Bienvenue.

Il se lève, me précède. J'entre après lui, je referme la porte et, d'un même mouvement, je vais droit à la penderie. Je fourre ma doudoune à l'intérieur et je la ferme avec précaution, en silence. Sans que j'aie besoin de l'y inviter, l'homme se dirige vers le coin salon.

Nous nous asseyons.

Je n'avais pas fait très attention, jusque-là, à la forme des sièges, sorte de compromis entre le fauteuil et la chaise.

L'homme remplit tout l'espace entre les accoudoirs. Il est loin d'être obèse, ou même corpulent, mais son tour de taille est légèrement supérieur à la dimension du siège, et il donne ainsi l'impression d'en déborder. Il a aussi un peu de mal à caser son bras blessé. Quand il lui trouve enfin un angle favorable par rapport à son corps et au fauteuil, il soupire comme s'il avait terminé son travail et me regarde.

Dehors, le ciel bleu et la neige blanche se reflètent l'un l'autre et inondent la pièce de lumière. Le Sauveur, sur le mur derrière le géant, scintille presque.

— Vous vous demandez sûrement pourquoi je suis là, commence-t-il.

Ses grands yeux gris me fixent. Son visage est peut-être encore plus pâle qu'hier. Son anglais est excellent. Il a un fort accent, mais parle avec un grand naturel.

— Chacun a sa raison de venir…

— Je veux dire que je suis orthodoxe.

— Dans ce sens, bien sûr…

— Je ne suis pas un très bon orthodoxe.

— Rares sans doute sont…

— Et vous ne l'êtes pas non plus, me coupe-t-il. Mais la Bible est la même, n'est-ce pas ?

Je réfléchis un instant à ma réponse. Je suis sûr que l'homme m'interrompra quoi que je dise.

— Oui. C'est la même.

— Je n'ai pas le temps de me rendre dans ma paroisse d'origine. Elle est de l'autre côté de la frontière.

— Bien sûr.

— Vous êtes tenu au secret, n'est-ce pas ?

Je hoche la tête.

— Rien de ce que vous direz ne sortira d'ici.

L'homme reste un instant silencieux avant de continuer.

— Mon ami est mort.

Il me lance un regard lourd. J'essaie de voir si ses yeux en disent plus que ses paroles. Apparemment non.

— Je suis désolé.

— Il a été assassiné.

— Ce… ce n'est pas possible.

Il hoche la tête. La balance plusieurs fois, doucement.

— Hélas si, dit-il. Ici. Dans ce village. Quelqu'un l'a assassiné. Lâchement. Vous vous rappelez peut-être mon ami ?

Avant que j'aie le temps de dire quoi que ce soit, il reprend.

— Il était au bar, hier. Comme vous. Il est sorti un instant, ou du moins c'est ce que je croyais. J'étais occupé, je n'ai pas pu l'accompagner. Et de toute façon, je savais où il allait. Nous restions… toujours en contact, quand nous étions… en mission. Il n'est pas revenu. Je lui ai envoyé des messages. Pas de réponse. Ça ne lui ressemblait pas. Je suis parti voir si tout allait bien. Et je l'ai trouvé.

La pièce baigne toujours dans une pâle clarté hivernale. Je respire à peine, puis plus du tout.

— Quelqu'un lui a tiré dessus, poursuit l'homme. Droit dans le cœur. Une balle. Ça suffit quand on sait ce qu'on fait, qu'on transperce le cœur. Comme un professionnel.

— Un professionnel ?

— Quelqu'un qui a déjà utilisé une arme, précise-t-il, et il tourne la tête, plisse les yeux pour regarder dehors, puis me fixe à nouveau.

— Sans doute pas le pasteur du village.

Je ne perçois aucun sous-entendu dans sa voix. J'attends, j'emplis lentement mes poumons d'air.

— Il est d'ici, dit le géant. Le tireur est d'ici.

— De Hurmevaara ?

— De ce satané village glacial, acquiesce l'homme, et il baisse la voix. On… on se croirait en Sibérie.

Rien ne se passe comme prévu. Rien n'est clair. C'est comme… un Kamtchatka miniature, avec l'isolement, la mort. Une petite Sibérie. Voilà ce que c'est.

Je ne dis rien. Je suis aujourd'hui capable de partager cette vision de Hurmevaara.

— Je vais le trouver.

— Le tueur ?

— Oui. Je le reconnaîtrai. Il était… il se prenait pour un commando. Il était masqué. Mais je le reconnaîtrai. Quand je le trouverai…

L'homme n'a l'air ni menaçant ni assoiffé de vengeance, mais sûr de lui.

— Et où votre ami…

Il secoue la tête.

— Je l'ai enterré dans la neige, dit-il. Provisoirement. Je le ramènerai à la maison quand j'aurai fini de tout régler ici.

— Bien sûr.

Impossible, dans le cadre d'un entretien pastoral, de lui demander directement quel genre d'affaires il a à régler. Je poursuis donc :

— Et cet événement a éveillé en vous le désir de parler à un prêtre.

L'homme braque de nouveau ses yeux gris sur moi.

— Cet événement a éveillé en moi un désir de vengeance.

— Et vous voulez en parler.

— Je veux le venger.

— Pourquoi alors…

— Grigori était comme un père pour moi. Je n'en ai jamais eu. Il existe bien sûr un homme qui m'a engendré, mais ça ne veut pas dire un père. Un père, c'est autre chose. C'est quelqu'un qui protège, instruit. Grigori m'a tout appris. Tout. C'était mon père, même s'il ne l'était pas.

Je me tais.

— Nous sommes venus ici pour des raisons professionnelles, poursuit l'homme. Nous devions régler une affaire et ensuite rentrer chez nous. Puis je suis tombé amoureux et Grigori a été assassiné.

— Vous êtes tombé amoureux ?

— Elle s'appelle Karoliina. C'est la plus belle femme que j'aie jamais rencontrée.

— Elle a un rapport avec vos affaires professionnelles ?

La question, totalement déplacée, est partie trop vite.

— Peut-être, répond le géant au bout d'un long moment.

Son expression est indéchiffrable. Nous restons assis quelques instants en silence.

— Que feriez-vous si quelqu'un assassinait votre père ? reprend-il.

— Mon père s'est noyé, dis-je en évitant sciemment de répondre à la question dans l'espoir d'orienter la conversation vers un terrain plus neutre. Il y a de cela des années.

— Il était marin ?

— Pasteur.

Le géant médite un instant.

— Dans l'Église orthodoxe, les prêtres ne se marient pas, fait-il remarquer. Et ils n'ont pas d'enfants.

— Je sais. Nous avons des coutumes un peu différentes.

— Étonnant. Mais en effet. Vous portez une alliance au doigt. Les pasteurs ont le droit de se marier et d'avoir des enfants ?

— Oui.

— Autant qu'ils veulent ?

— Le nombre n'est pas limité.

— Vous avez une femme. Et des enfants ?

— Non… Enfin, c'est encore en…

— Aaahh ! soupire l'homme comme s'il avait goûté à quelque chose de délicieux. La mise en route. C'est le meilleur. Le résultat, pas tant que ça. À moins qu'on aime les enfants. Dans ce cas, on veut naturellement qu'il ne leur arrive jamais rien de mal. Ni à eux ni à soi. Ni à leur mère.

Le meurtre, les enfants, puis une menace voilée. La direction prise par la conversation n'est pas celle que je souhaitais. Et en plus, je suis face à un homme qui veut se venger sur moi de la mort de son ami.

— J'ai quelque chose à confesser, lâche-t-il. J'ai tué trois hommes.

Son regard est froid et gris comme de l'acier. Je n'ai pas l'intention de lui dire que le secret professionnel ne couvre pas les crimes de sang.

— Jusqu'ici, poursuit-il.

Le Sauveur brille sur le mur. Son flanc droit reflète la lumière extérieure, la dirige vers moi. Aucun bruit, nulle part dans le bâtiment, ne trouble le silence.

— Vous voyez sûrement ce que je veux dire, ajoute le géant. Quand je trouverai le meurtrier de Grigori… Vous comprenez.

— Je crois comprendre.

— Je veux demander pardon.

— Pour quoi exactement ?

— Pour ce que j'ai l'intention de faire.

— À l'avance ?

— Oui, confirme-t-il en jetant un coup d'œil au plafond de la pièce. Au ciel. Là-haut. À Lui.

— Je ne sais pas si ça fonctionne comme ça, dis-je.

— Et pourquoi pas ? Si nous nous repentons et demandons pardon pour nos péchés, nous sommes pardonnés. Quelle importance a l'ordre dans lequel ça se passe ? Si le péché est mon domaine et le pardon le Sien, qui suis-je pour aller Lui donner des conseils ?

Je n'ai pas la réponse, et je reste donc à attendre en silence. Mon cœur me frappe les côtes comme une masse un mur, manquant les briser.

— Je vous remercie, dit soudain l'homme.

Le temps imparti à l'entretien est loin d'être écoulé. Je m'efforce de rester calme.

— Je vous en prie, réponds-je.

— Cette conversation m'a fait du bien. J'ai l'impression que nous nous comprenons.

Il se lève en faisant attention à son avant-bras en écharpe. De l'autre main, il rajuste la sangle, derrière sa nuque.

— Je me suis blessé, explique-t-il. Ou plus exactement, on m'a attaqué. En traître.

— Ce n'est pas… très agréable.

Un petit sourire, presque imperceptible, se dessine sur ses lèvres.

— Mon assaillant a eu de la chance, dit-il. Je n'étais pas encore sérieux.

Tu n'étais pas sérieux, ne puis-je m'empêcher de songer, *quand tu me pourchassais dans les champs avec un couteau à la main !* Tandis qu'il prend la direction de la sortie, je me lève et je recule de quelques pas, augmentant la distance entre nous. Il est déjà presque à la porte quand il s'arrête brusquement, et tourne la tête vers la penderie.

Elle s'est entrouverte.

Voit-il la même chose que moi ? La manche noire d'une doudoune, d'où dépasse un petit bout d'écharpe rouge ?

Je réagis à la seconde. L'homme est toujours de dos. Je fais deux pas de côté et j'attrape sur le mur la croix en cuivre et en acier. Elle est lourde, aiguisée sur les bords. Je serre les doigts, elle se love dans ma main comme une batte de base-ball. Quand le géant amorce un demi-tour, je la cache dans mon dos.

Il se tient à la porte, à l'autre bout de la pièce, et me regarde. Il ne me voit qu'à contre-jour.

— J'allais oublier, dit-il.

J'attends.

— Je m'appelle Leonid.

13

Les dernières lueurs du jour disparaissent derrière les arbres, se figent à l'horizon. La pièce, si lumineuse un instant plus tôt, est plongée dans la pénombre. Rien n'est plus aussi clair et net qu'il y a encore quelques heures. L'obscurité qui s'étend uniformément adoucit les contours, donne plus de profondeur aux ombres.

Le Sauveur est de retour sur le mur. Il ne brille plus, son flanc a perdu ses reflets. Il semble épuisé. Son visage assombri est tourné vers le bas.

J'ai eu au cours de la journée deux entretiens pastoraux et une conversation professionnelle, par téléphone. Mon supérieur, à Joensuu, m'a rappelé la réunion qui doit avoir lieu à propos – je le cite – de l'évolution des descriptions de poste, et m'a invité à réfléchir aux aspects de mon travail qui auraient pu me surprendre ainsi qu'aux défis particuliers que j'aurais pu rencontrer. J'ai promis d'y penser et il m'a encouragé à en établir la liste afin de contribuer à la priorisation des stratégies de ciblage les plus essentielles du point de vue de la dynamique des ressources. Je ne m'y suis pas encore mis.

Les entretiens pastoraux se sont déroulés selon le scénario habituel. Les problèmes des gens sont graves, mais en grande partie identiques, avec des variations étonnamment peu nombreuses ; la vie est difficile et semble souvent dénuée de sens. Mais, comme j'ai pu m'en rendre compte au fil des ans, les écouter est malgré tout un privilège. J'en apprends sans cesse sur moi-même et, pendant ces conversations, je n'ai pas le temps de penser à mes propres problèmes. Après chaque entrevue, je me sens plus reconnaissant, que ce soit pour ma vie dans son ensemble ou pour certaines choses en particulier.

Tout cela est très généralement parlant.

Aujourd'hui, il semble en aller autrement, ou du moins me sens-je différent de ce que j'étais ce matin encore.

Le centre paroissial est désert. Pirkko est partie, elle a fermé à clé derrière elle. Je suis assis dans un fauteuil et j'assemble les pièces du puzzle.

Je ne peux m'empêcher de regarder la croix, au mur. Face à un danger imminent, je l'ai saisie. Je n'avais pas peur, j'étais prêt, je ne sais à quoi. Peut-être à tout. Je me rappelle ce que j'ai éprouvé, tôt ce matin, en rentrant à la maison. Un sentiment mêlé d'espoir, une plus grande clarté. Puis tout s'est obscurci – très vite. Tandis que j'essaie de faire le tri dans mes pensées, je réentends une voix surprenante. C'est celle de Leonid.

C'était mon père, même s'il ne l'était pas.

Il y a Krista et il y a la météorite.

Je n'arrive pas à croire qu'il puisse y avoir un lien entre les deux. Ce n'est tout simplement pas possible. Krista est… juste enceinte. Le dire paraît être le maximum dont je sois capable en ce moment. Et c'est déjà beaucoup. Elle porte en elle un enfant, m'en considère comme le père. Et aussi sombre ou même paranoïaque que soit ma vision des choses, Krista, de son point de vue, est en train de me faire le plus grand cadeau possible. Je jette un nouveau coup d'œil au téléphone avec lequel je lui ai envoyé un message. Pas de réponse.

Une pénombre encore plus profonde envahit la pièce quand le soleil disparaît définitivement derrière les arbres. Comme si les sapins avaient poussé de plusieurs mètres en quelques minutes. Sous la croix, les joints du mur de brique s'effacent, ne laissant plus subsister qu'une surface lisse et claire.

Ensuite : la météorite.

Elle est au Musée militaire pour encore deux nuits.

La liste des personnes qui la convoitent semble s'allonger à mesure que le temps s'amenuise. Je n'ai aucun doute en ce qui concerne Leonid. Il la veut. Karoliina aussi, et elle est apparemment disposée à coopérer avec moi – le gardien de nuit – pour l'obtenir. Leonid est amoureux de Karoliina. Ce qui soulève plusieurs questions.

L'utilise-t-elle pour se procurer la météorite ? Si oui, pourquoi veut-elle aussi m'entraîner dans son plan ? Mais si elle ne l'utilise pas, pourquoi accepte-t-elle ses avances alors qu'elle n'a aucune attirance pour lui ? Je me rappelle comment elle a esquivé son contact, comment elle s'est vite et bien essuyé le visage avec une serviette après ses baisers. Il y a, quoi qu'il en soit, un lien entre eux, et tous deux sont intéressés par le corps céleste conservé au Musée militaire.

Je ne sais pas qui est l'auteur – ou qui sont les auteurs – de la lettre de menace. Je pense au quatuor formé par Jokinen, Turunmaa, Räystäinen et Himanka, que je peux tous imaginer en visiteurs nocturnes du musée. Mais je n'arrive pas à les cerner plus précisément et, même après avoir lu la lettre plusieurs fois, je suis incapable d'associer l'un ou l'autre d'entre eux à son style ou à l'affaire en général. J'ai l'impression de les connaître trop bien pour les imaginer en train de me menacer, et trop mal pour savoir ce qui les motive réellement. Il en va d'ailleurs de même pour tous ceux que je connais, y compris ma propre femme. Je ne connais même pas les gens que je connais.

Encore deux nuits.

On m'a menacé, on m'a enjoint de rester loin du musée. On m'a pour ainsi dire promis que la météorite serait volée. D'une manière ou d'une autre. Tout se passera cette nuit ou la suivante. Et au même instant, la pensée me traverse pour la première fois l'esprit : je vais être père, et je suis peut-être en danger. Il s'agit en fait de deux pensées distinctes, mais qui s'associent.

Je ressens quelque chose que je n'ai jamais éprouvé auparavant. Peut-être est-ce la grâce de Dieu. Ou le cadeau que Krista est en train de me faire, de nous faire. Ou peut-être les deux ne font-ils qu'un.

La pièce est presque plongée dans le noir. Je regarde la croix sur le mur. On dirait que le Sauveur a légèrement redressé la tête.

Je me lève.

Je sais ce que j'ai à faire.

Hurmevaara.

Un axe principal, quelques voies secondaires, et des dizaines de petites routes sinueuses qui s'enfoncent toutes de plus en plus profondément dans des forêts sans fin et se terminent net devant un mur de sapins ou un début de sentier, ou rétrécissent peu à peu jusqu'à s'évanouir aux abords d'un chalet abandonné. À peine plus de mille habitants. La neige tombe en novembre, finit de fondre en mai. L'été arrive toujours par surprise, vous éblouit, vous brûle la peau, rayonne un mois ou deux et disparaît. Tout replonge dans le noir. Par moments, les sombres soirs d'hiver, on a l'impression que croire à l'été est une pure question de foi. Rien, autour de nous, ne laisse penser qu'une telle chose puisse jamais advenir, ni même exister.

Pourtant nous continuons. Dans l'obscurité, souvent loin de notre point de départ.

Je marche sur une petite route, je ne sais pas pourquoi je songe à tout cela maintenant. Peut-être en partie parce que je me dis depuis quelques jours – inconsciemment, sans le formuler – que rien de ce genre n'aurait pu arriver ailleurs. Mais ce n'est pas vrai. Où que nous allions, nos actes nous suivent, et avec eux leurs conséquences.

La télévision est allumée dans le séjour, Krista est dans la cuisine. Les avocats d'une série juridique américaine parlent au canapé vide. Je prends la télécommande sur la table basse et j'éteins le poste. Un instant plus tard, j'entends la voix de Krista.

— Bonsoir, chéri, crie-t-elle.

— Bonsoir, dis-je à mon reflet dans la fenêtre du séjour.

Krista a posé son pied blessé sur une chaise et est assise de biais devant la table. Elle prépare une tarte aux airelles, ses doigts brillent comme s'ils avaient trempé dans du sang. Elle sourit, lève le visage, comme elle en a l'habitude, pour un baiser confiant, plein de tendresse. Ses lèvres sont douces et familières.

— Comment s'est passée ta journée ? demande-t-elle tandis que je fais le tour de la table et que je tire une chaise pour m'asseoir.

— J'ai eu de tout.

Une boîte de chocolats belges est posée à l'autre bout de la table.

— Je m'en suis quand même tiré vivant. Et toi ?

— J'ai traduit dix pages, dit Krista en répartissant les airelles sur le fond de tarte. Et j'ai regardé les commentaires de l'éditeur sur un autre manuscrit. Je ne l'envie pas. Difficile d'imaginer quoi que ce soit de plus horrible que de relire quatre ou cinq fois le même texte, qui n'est même pas encore un livre, donc, mais un manuscrit bourré de fautes. Qui peut supporter ça ?

— Je ne sais pas. Les gens ne sont pas tous pareils.

— Quand je discute avec des éditeurs, ils me racontent tous qu'ils reçoivent des centaines ou des milliers de manuscrits qu'ils doivent lire en même temps qu'ils gèrent ces cinq tours de manège, tous à différents stades, avec une vingtaine d'auteurs différents. Si j'étais éditrice, je haïrais sûrement par moments l'écriture, les livres et la littérature en général.

— Peut-être haïssons-nous tous parfois ce que nous aimons.

Krista s'immobilise, ses mains restent en l'air, du jus d'airelles coule de ses doigts telles des gouttes de sang. Peut-être est-ce dû à la manière dont j'ai parlé, au ton de ma voix. Nous nous regardons dans les yeux, et je songe qu'il m'a fallu sept ans pour en arriver là, face à ma femme, ici et maintenant, et faire ce que j'ai à faire.

Car il ne s'agit pas de moi.

Contrairement à ce que les gens semblent s'imaginer aujourd'hui, la vie et le monde ne me doivent rien. C'est l'inverse. Il est de mon devoir de leur donner tout ce dont je suis capable, le meilleur de moi-même.

— Krista, je dois te demander pardon.

Ce n'est pas une question de sentiments, mais d'actes. Les sentiments ne nous informent pas toujours sur la réalité, sur ce qu'il faudrait vraiment faire et sur ce qui, en général, serait le plus sage. Sans compter que chacun de nous éprouve à chaque instant quelque chose. Si Beethoven, Henry Ford ou Josephine Cochrane avaient passé leurs journées à se demander ce qu'ils ressentaient, nous n'aurions ni symphonies, ni voitures, ni lave-vaisselle.

Peu importe que je sois jaloux, blessé, furieux, assoiffé de vengeance, désespéré.

C'est à cela qu'on me jugera.

Krista reste silencieuse tandis que j'entreprends de raconter mon histoire depuis le début. Elle en a déjà entendu une partie, mais j'ai maintenant l'intention de tout rapporter exactement comme ça s'est passé. Je commence par la chaleur brûlante de l'Afghanistan. J'en arrive à l'hôpital militaire et au vol de retour. Je suis rapatrié, mais je dois encore rester à l'hôpital. J'évoque ensuite les opérations qui, les unes après les autres, réussissent et échouent. Réussissent, dans la mesure où je reste en vie et parfaitement valide. Échouent, dans la mesure où…

— Krista, je ne peux pas avoir d'enfants.

Ces yeux verts, dont l'éclat m'a séduit. Ils me regardent d'une façon à laquelle je ne m'attendais pas. Je ne sais pas pourquoi, j'avais en tête l'image stéréotypée de Krista ouvrant la bouche de stupéfaction, le souffle coupé, faisant – littéralement – des yeux grands comme des soucoupes.

Rien de cela ne se produit.

Elle me fixe d'un regard pénétrant. Plutôt que d'écarquiller les yeux, elle les plisse légèrement. Sa bouche reste close, l'expression générale de son visage se durcit. Elle se penche en avant, incline la tête, me scrute un peu plus intensément, sourcils froncés. Je ne sais comment interpréter son expression. Il se peut que je n'aie jamais rien vu de tel.

L'instant est à la fois bref et long.

Il paraît long, compte tenu de toutes les pensées qui m'assaillent, mais ne dure sans doute que quelques secondes muettes. J'ai le temps de songer que j'ai maintenant raconté ce que j'étais venu raconter et que je suis libéré de mes secrets. J'ai le temps de songer à l'avenir, ce qui est bien sûr parfaitement absurde. Je ne sais pas ce qui va se passer, mais j'espère m'en sortir, d'une façon ou d'une autre, si Krista fait ses bagages et s'en va ou m'ordonne de rassembler mes affaires et de déménager, si elle se met en colère ou reste muette ou commence par ne pas me croire. Je peux sans peine lui fournir une pile de certificats médicaux ressemblant plus à des sentences qu'à des bilans de santé.

Je me demande aussi ce que je ferais au cas où il ne se passerait rien ; si Krista continuait juste à préparer sa tarte aux airelles et si nous nous mettions à parler de listes de courses, de cinéma, de promenades à ski ou de nos familles respectives.

La mine de Krista ne cesse de s'assombrir. Elle me fixe d'un regard si intense et insistant que je vais bientôt devoir m'y dérober. Ses mains ont bougé, ses doigts ont trouvé les bords du moule à tarte, ils le maintiennent en place sur la table. À moins que ce ne soit le moule qui garde ses mains en place. Les petits diamants de son alliance scintillent. Dehors, il fait moins vingt et la nuit est totale, je le sais sans même avoir à vérifier, et dans la fenêtre se reflète la lampe suspendue au-dessus de la table.

Il semblerait que les tournants et événements irréversibles de la vie soient intrinsèquement caractérisés par un mélange de quotidien et d'extrême étrangeté. Comme un paysage ordinaire où se poserait un vaisseau spatial. Comme maintenant : un soir de janvier, une tarte aux airelles, une conversation banale sur les activités de la journée et, là-dessus, un aveu qui change tout.

Krista se penche encore un peu plus en avant. Je me dis qu'elle veut parler et je prends ce geste comme un message, une invitation. Je m'incline vers elle, nos visages sont à un mètre tout au plus l'un de l'autre. Elle n'a encore rien dit. D'un autre côté, il ne s'est écoulé que quelques secondes depuis que j'ai fait l'annonce qui va modifier pour toujours le cours de nos vies. Peut-être pèse-t-elle ses mots, prépare-t-elle une question. Elle doit en avoir.

Mais non.

Elle a une réponse.

Krista vomit sur la tarte aux airelles, d'un jet, comme si elle relâchait un petit animal de sa cage. Elle essaie de se lever, son pied blessé heurte le sol. Elle pousse un cri de douleur et vomit de nouveau, cette fois par terre. Elle s'appuie sur la table. Je suis déjà debout, je me précipite vers elle, je la prends par les aisselles et je lui dis que je vais l'aider à aller jusqu'aux toilettes.

— Les nausées..., réussit-elle à souffler. Les nausées de...

Bien sûr, me dis-je en la soutenant, *les nausées de grossesse.* Nous arrivons à la porte des toilettes, je l'aide à s'agenouiller devant la cuvette. À partir de là, elle peut se débrouiller, et préfère rester seule. Elle me chasse d'un geste de la main, laisse échapper de profonds râles. Je recule tout en vérifiant d'un dernier regard qu'elle va bien, en dehors des vomissements.

Puis je referme la porte et je reste un moment planté dans le vestibule. Ce n'est d'aucune utilité pour personne. Je retourne dans la cuisine et je commence à nettoyer. En quelques minutes, le sac poubelle est plein et prêt à être jeté. J'entends Krista continuer de vomir dans les toilettes. Le bruit me déchire le cœur.

14

Après plusieurs nuits étoilées, le ciel s'est éteint. Il n'y a de lumière qu'autour des lampadaires qui jalonnent mon chemin tandis que je me dirige vers le Musée militaire en tirant mon bonnet sur mes oreilles. Quand j'ai demandé à Krista, à travers la porte des toilettes, si elle voulait que je reste à la maison, sa réponse épuisée a été non, pas la peine.

Peut-être la laisser tranquille est-il finalement ce que j'avais de mieux à faire. Je ne pouvais pas continuer à me confesser, à parler de morts, de courses-poursuites, de lettres de menace et d'explosions. Je ne sais pas si j'en aurai jamais l'occasion. Je suis entré dans l'inconnu, je ne foule plus...

Un sol familier.

Lorsque mes pieds touchent à nouveau la neige, je tends l'oreille. J'étais tellement plongé dans mes pensées que je ne me rendais pas compte de ce que je percevais. Mes enjambées suivantes confirment ce que j'ai perçu. Mes pas ont un écho. Sauf qu'il ne s'agit pas d'un écho. Je continue ma route.

La rue est mal éclairée, il reste de grandes plages d'ombre entre les faisceaux lumineux des lampadaires. Le carrefour suivant, où je dois tourner à droite, est à cent mètres environ. En me concentrant, j'entends clairement des pas. Quelqu'un marche au même rythme que moi. J'en suis certain. Et pour le vérifier, j'enlève mes moufles, je sors mon téléphone de ma poche, je m'arrête et je porte l'appareil à mon oreille. Mon but n'est pas d'appeler qui que ce soit, mais d'écouter. Plus aucun bruit.

Quand je me remets en mouvement, deux séries de pas résonnent à nouveau dans le silence de la nuit glacée. Quelqu'un me suit. Le carrefour approche. J'accélère l'allure, et je perçois un léger décalage, le temps de quelques foulées ; puis mon suiveur parvient à s'adapter à mon rythme et notre progression continue en stéréo.

J'arrive au carrefour. Je m'apprête à prendre à droite, par la rue éclairée qui conduit au Musée militaire. Aucune des trois autres voies n'a de lampadaires. À chaque angle du croisement se dresse une maison. Le coin de celle que je m'apprête à contourner est plongé dans l'obscurité. Dans la clarté jaunâtre de l'éclairage public, ses fenêtres dessinent des trous noirs recouverts d'une fine pellicule de glace brillante. Dès que son mur me cache, je m'arrête, je pirouette et je jette un coup d'œil dans la rue d'où je viens.

Et là, dans la zone d'ombre entre deux lampadaires, je distingue une silhouette. Elle s'est arrêtée. Bien sûr, mon suiveur entend mes pas comme moi les siens. Mais difficile de dire quoi que ce soit de précis à son propos. La distance est trop grande, l'obscurité noie les détails.

Je peux malgré tout noter quelques points. En évaluant la silhouette par rapport au paysage, grâce à l'échelle que me donnent la maison voisine et l'arrière d'une voiture qui dépasse d'une congère, de l'autre côté de la route, je suis en mesure d'affirmer au moins une chose. Il ne s'agit pas de Leonid, ce n'est pas un géant. Mon suiveur a l'air d'une personne de taille normale, habillée de vêtements d'hiver de couleur sombre. Je repars. J'aperçois bientôt entre les arbres les lumières extérieures du Musée militaire. J'entends de nouveau les pas, plus loin derrière moi, mais ils ne cherchent plus à se confondre avec les miens. En traversant la route principale, je regarde des deux côtés. Pas la moindre voiture. Tandis que je poursuis mon chemin, je me retourne de temps à autre. Mon suiveur s'est laissé distancer. Je le vois pourtant toujours, bien qu'il reste dans l'ombre.

Quelques minutes plus tard, j'ouvre avec mes clés la porte du Musée militaire. Le gardien de service est encore là, dans les locaux du personnel. C'est un agriculteur, bénévole dans l'équipe qui fait tourner l'établissement. Quand je lui pose la question, il m'assure n'avoir rien remarqué de particulier de toute la journée, puis il me demande ce qu'il en est de mon côté. Je lui réponds que je n'ai rien noté de plus louche que d'habitude, ces derniers temps. Il bâille, récupère dans l'égouttoir à vaisselle les tupperwares qu'il a lavés après son déjeuner, les empile les uns dans les autres, met son manteau et s'en va. Une fois seul, je retourne dans le hall, j'éteins les lumières et je regarde dehors. Personne.

Il est près de minuit quand du bruit survient du côté de la porte principale du musée. Je me trouve alors dans la salle de la météorite. Dans le musée désert, les sons portent comme à la surface d'un lac. Le moindre craquement ou grincement se répercute jusqu'à l'autre bout du bâtiment. *Et voilà*, me dis-je en me précipitant vers le hall. Arrivé à son seuil, je m'arrête.

Il y a quelqu'un à la porte principale ; soudain, un choc sourd, suivi d'un second. L'arrivant ne se comporte cependant pas comme un cambrioleur. Ou en tout cas pas comme un cambrioleur expérimenté. Il fait beaucoup trop de bruit. Puis j'entends un cliquetis métallique que je suis certain de connaître. Je pénètre dans le hall, je me dirige vers la porte. Je repère aussitôt les béquilles dont j'ai entendu le cliquetis et je reconnais facilement Krista, bien que son visage soit dans l'ombre.

Elle est venue en voiture. J'ouvre la porte du musée. Ses nausées sont passées, m'annonce-t-elle, elle a un peu mangé et sa cheville a étonnamment bien supporté la conduite. Je sens, à sa voix, que ce n'est pas l'essentiel, elle n'est pas venue ici en pleine nuit pour me dire qu'elle est de nouveau capable de conduire. Elle ne semble pas non plus avoir besoin de mon aide, à moins qu'elle n'en veuille tout simplement pas. Elle utilise avec aisance ses béquilles, passe devant moi et s'arrête au milieu du hall.

— Est-ce qu'il y a un endroit où on pourrait parler tranquillement ?

— Si tu veux, et si ça ne te demande pas trop d'efforts, on peut aller là, il y a un canapé un peu plus loin.

Krista n'hésite pas. Le canapé se trouve dans la salle de la météorite. Il est disposé de manière à ce qu'on puisse s'y installer pour contempler la vitrine où elle est exposée. Je n'allume pas l'éclairage général, juste le projecteur braqué sur la météorite. C'est en même temps une mesure de précaution : dans cette lumière, il est impossible de voir toute la salle de l'extérieur. Krista s'assied sur le canapé, moi aussi, pas tout à fait contre elle. Je reste, instinctivement, à une distance courtoise.

— C'est donc ça, dit-elle avec un signe de tête en direction de la météorite. Le million d'euros.

— Elle les vaut peut-être, oui.

— Beaucoup le croient.

— C'est vrai.

— Les gens sont apparemment prêts à croire tout et n'importe quoi.

— Ça aussi, c'est vrai.

Nous restons silencieux. Puis Krista se lance.

— Joel, je t'aime.

— Je...

— Attends, me coupe-t-elle tout de suite. Laisse-moi parler.

Elle se redresse et fixe le centre de la salle.

— Tu es si courageux ! Tu es la personne la plus courageuse que je connaisse, Joel. Tu n'as peur de rien ni de personne.

— J'ai eu peur pendant plus de deux ans.

Elle secoue la tête.

— Je ne sais pas si c'est vrai. Et de toute façon c'est fini.

Je me tais.

— Je ne suis pas aussi courageuse, déclare Krista. Je n'en ai pas l'impression, en tout cas. Mais j'aimerais essayer.

Elle parle à voix basse, d'un ton grave. Pour le reste, le musée, cette nuit, est l'endroit le plus silencieux du monde.

— Je t'ai aimé dès le premier jour et je t'aime toujours. Et même un peu plus chaque jour, à vrai dire.

Son regard est tourné vers la météorite, mais je ne pense pas que ce soit elle qui l'intéresse. Elle soupire, s'essuie le coin de l'œil.

— J'ai commis une erreur, une seule, et elle me pèse. Elle me pèse terriblement. J'ai fait quelque chose de moche. Quelque chose qui ne me ressemble pas. Je t'ai trompé. Je ne sais pas pourquoi.

J'attends. Il est presque exactement minuit.

— Je dois quand même essayer, continue Krista. Essayer de t'expliquer. Tu étais à Helsinki. Ton week-end de formation. J'étais ici. J'ai travaillé toute la journée. Le soir venu, j'ai arrêté. La maison était vide, et je décidai d'aller à pied au bar pour manger un morceau. L'endroit ne ressemblait pas à ce que j'attendais. Je n'avais pas envie de hot-dog et c'est tout ce qu'ils avaient. J'ai pris un verre de vin rouge. Je n'avais rien mangé, et il m'est sans doute monté à la tête. J'en ai commandé un autre, je suis tombée sur une joyeuse bande de randonneurs à ski, hommes et femmes, bien décidés à faire la fête. Ils revenaient d'une semaine en forêt. J'ai chanté au karaoké. J'étais ivre, et quand je m'en suis rendu compte, j'ai décidé de rentrer à la maison…

Krista secoue la tête. Elle a les larmes aux yeux.

— Ça a l'air d'une excuse, dit-elle. Je sais. Mais je ne peux pas ne pas tout te raconter. J'avais l'intention de rentrer à pied. Il faisait noir et froid, le vent soufflait du nord, la bise était glacée. Un homme, au bar, m'a dit qu'il habitait dans la même direction. Je sais, je sais. Je n'aurais pas dû partir avec lui. Mais…

Krista regarde toujours la météorite.

— Je me suis retrouvée dans sa voiture. Et elle a volé. Je n'ai jamais rien vécu de pareil. On se serait cru dans un avion. Quand elle décollait de la route, c'était comme si elle s'envolait. J'avais l'impression d'être complètement ailleurs. Dans un autre monde. Quelque part dans les étoiles. Moi non plus, je n'avais plus les pieds sur terre, je m'en rends compte maintenant. Tout a été fini en quelques secondes. J'ai eu honte.

Je suis obligé de détourner les yeux.

— Le lendemain a été le pire jour de ma vie, poursuit-elle. Tu es rentré à la maison, le soir, et moi… je t'aimais. Je ne pouvais pas te raconter ce qui s'était passé. Notre vie a continué. Puis je me suis rendu compte que j'étais enceinte et j'ai pensé…

J'entends Krista déglutir. Je ne vois que la météorite.

— J'ai cru que j'avais été pardonnée, dit-elle à voix basse. Que cet enfant en était le signe.

Il s'écoule peut-être une minute entière, pendant laquelle aucun de nous ne dit rien. Je me rends compte que j'ai vécu le même genre de rallye. Ça n'a pas éveillé en moi d'envie de procréer. J'ai pensé à la mort, sous différentes formes. Je recule un instant devant la pensée qui me vient, et je n'ai aucune envie de poser la question, mais je le dois.

— La voiture a volé ?

Je regarde à nouveau Krista.

— Comme un vaisseau spatial, confirme-t-elle.

— Il y a dans le village un ancien champion de rallye, dis-je.

Krista se sèche les yeux dans les manches de son pull blanc.

— Est-ce lui le père de l'enfant ?

— Oui, sans doute, peut-être, répond-elle, laissant tomber les mots lentement, un à un, presque dans un murmure.

— Krista. Qu'est-ce que tu veux dire par peut-être, sans doute ? Qu'il y a d'autres possibilités ?

— Quoi ? demande-t-elle, et elle se tourne vers moi, l'air étonné, puis secoue la tête.

— Non. Mais si tu n'es pas…

— Je ne peux pas avoir d'enfants.

De nouvelles larmes brillent dans ses yeux.

— Pardon, Joel. Je t'aime tellement. Je veux te rendre heureux.

Comment, en faisant des enfants avec d'autres hommes du village ? Je m'abstiens de le dire tout haut. Je suis conscient que ce serait franchir la limite entre la lumière et l'obscurité. Je me rappelle ce à quoi je pensais, il n'y a encore qu'un instant. Il ne s'agit pas de moi. Jamais il n'est question que de moi. La réponse qui me vient est aussi sincère que ma colère :

— Tu me rends heureux.

Krista me fixe de ses yeux gris-vert, brillants de larmes, toujours aussi beaux. Je dois continuer. Je dois tout avouer.

— Il y a encore autre chose. Je t'ai envoyé des textos. En me faisant passer pour lui.

Krista semble se rappeler quelque chose, additionner un plus un. Elle essuie à nouveau ses pleurs.

— Ça m'étonnait, aussi, dit-elle. C'était si… inattendu.

— Je ne savais pas à quel point il était romantique ou…

— Ce n'est pas ce que je veux dire, corrige Krista à voix basse. C'est que je ne crois pas qu'il se rappelle quoi que ce soit. Il était complètement soûl, il m'a appelée Leena et je crois qu'il ne s'est même pas rendu compte de ce qui s'est passé pendant ces trente secondes. J'ai eu l'impression que tout ce qui comptait pour lui, c'était le volant et la bouteille.

Nous restons assis un moment en silence. J'entends la respiration de Krista, je sens sa présence à côté de moi.

— Je n'imaginais pas que ça se passerait comme ça, reprend-elle ensuite. La vie. Notre déménagement ici. Tout ça.

— Ce n'est pas tout à fait non plus le scénario que j'avais imaginé.

— Mais tu es là, constate Krista, et elle se glisse plus près de moi.

Elle me prend la main. La sienne est chaude.

— Merci, Joel.

Elle se serre contre moi, enfouit sa tête dans mon cou. Je sens le sommet de son crâne sur ma joue, le contact rugueux de ses cheveux, la chaleur de sa peau. Je ferme les yeux, je les rouvre, et je ne peux m'empêcher de penser la même chose que lors de ma première nuit au musée. La météorite a voyagé des milliards d'années, sur des milliards de kilomètres, pour finir là.

— Je crois que nous attendons un garçon, dit enfin Krista.

15

L'air du matin est toujours différent de celui de la nuit. Même si le froid et l'obscurité sont à peu près les mêmes, les matins apportent avec eux un nouvel éclat et une nouvelle espérance. L'atmosphère est plus pure, plus légère. C'est ce que j'éprouve quand je peux enfin sortir du musée, une fois l'équipe de jour arrivée. Je me tiens un moment devant le bâtiment, j'emplis mes poumons de l'air froid, ténu, et je regarde autour de moi.

Personne ne semble m'attendre. Mon suiveur, quel qu'il soit, est extrêmement bien caché ou en a eu assez, de moi ou de marcher sur mes pas. Les deux, j'espère. Je pars à pied. Je me sens plutôt frais et dispos, bien que je n'aie dormi que trois heures et demie sur le canapé du musée, entre deux et six heures du matin.

Hurmevaara attend en silence le lever d'un nouveau jour. Les routes s'entrecroisent, désertes, les lumières des commerces brillent d'un air déjà un peu las. Je constate que mes pensées hésitent entre deux fils contradictoires.

D'un côté : ma femme m'aime et personne n'a essayé de voler la météorite.

De l'autre : ma femme est enceinte d'un pilote de rallye et la météorite est au musée pour encore une nuit.

J'ai l'impression que chaque bonne nouvelle de ma vie en contient aussi une mauvaise. Mais par moments, je suis capable de passer outre ma personne et mes besoins. Et une fois la vue ainsi dégagée, je ressens même déjà un peu de gratitude. Il se peut que tout ne soit pas idéal, mais malgré tout pour le mieux. Je sais par expérience que les choses pourraient aussi aller beaucoup plus mal.

Plus j'approche de la maison, plus je me sens revigoré. Je vois de la lumière aux fenêtres, des villageois qui se réveillent : l'un balaie son perron, un autre regarde le thermomètre extérieur par la fenêtre, un troisième enfourche sa motoneige.

Tout peut encore s'arranger, me dis-je, *c'est parfaitement possible.*

Nous ne savons rien du grand dessein. La seule évidence, c'est qu'il en existe un. Ou il repose sur le hasard et est façonné par lui, comme une sorte de roulette cosmique, ou il existe un commencement et une fin et tout, entre les deux, est un mouvement de l'un vers l'autre au long duquel chaque chose a sa place et son but. Que ce soit dû au hasard ou à la providence, ce qui doit advenir adviendra.

Je me rends compte que je suis vraiment fatigué. C'est ce qui produit ce genre de pensées. *Peut-être cela n'a-t-il pas d'importance*, me dis-je, et je respire profondément. *L'essentiel est qu'une nouvelle chance nous ait été donnée, à Krista et moi.*

Je balaie la neige du perron avant d'entrer. Le geste est avant tout cosmétique, mais il me semble important. *Place nette pour un nouveau départ.* J'ôte mes vêtements d'extérieur dans le sas d'entrée, je franchis la porte du vestibule et je m'arrête.

Trop de choses attirent mon attention en même temps.

La lumière est allumée dans la cuisine et dans la petite pièce remplie de livres qui sert de bureau à Krista. La porte de la salle de bains est ouverte, là aussi, la lumière brille, et un robinet coule. J'écoute un instant les autres bruits. Je n'entends plus que le faible murmure de l'eau. J'entre dans la salle de bains.

La brosse à dents de Krista repose au fond du lavabo. L'eau ruisselle sur son manche, il y a encore sur les poils une petite noix de dentifrice bleu vif. Un frisson glacé me traverse le bas-ventre. Une masse froide grandit au creux de mon estomac. Je sens dans ma poitrine les battements de mon cœur, bientôt je les entendrai dans mes oreilles.

— Krista, dis-je tout haut. Je suis là.

Je répète, un peu plus fort.

Ma voix résonne désagréablement.

Peut-être de nouvelles nausées, me dis-je, et l'espoir que cette pensée éveille immédiatement en moi a quelque chose de très effrayant. Je grimpe quatre à quatre l'escalier jusqu'à notre chambre. Personne n'a dormi là, le lit n'est pas défait. Je jette un coup d'œil dans la chambre d'amis, intacte elle aussi. Je retourne au rez-de-chaussée, dans la salle de bains. Je ferme le robinet et je sors à reculons.

Je traverse le séjour jusqu'à la porte du bureau de Krista. Sur l'écran de l'ordinateur tourne une spirale aux couleurs changeantes qui les aspire une par une dans ses profondeurs : bleu, vert, rouge, bleu, vert…

À côté de l'écran repose sur son lutrin le livre qu'elle est en train de traduire. Près du clavier, il y a son mug, à moitié plein de thé.

Je connais Krista, et son rituel du soir. Après une légère collation, elle se brosse les dents, se lave la figure, fait tout le reste de ce qu'elle a à faire dans la salle de bains puis retourne éteindre son ordinateur, ainsi que la lumière. Cet ordre des choses a une raison d'être. D'après Krista, les problèmes de traduction qui l'ont tracassée dans la journée se résolvent souvent tout seuls pendant qu'elle dîne ou se brosse les dents, juste avant d'aller se coucher. C'est pourquoi elle laisse l'ordinateur allumé.

Tout est resté en plan.

J'éteins la lumière dans le bureau et je vais dans la cuisine, attentif au son de mes pas. La lampe, au plafond, se reflète aussi bien dans la fenêtre qu'à la surface de la table qu'elle éclaire. Je vois déjà de loin qu'il y a quelque chose sur cette dernière. Une feuille A4, imprimée. Elle est seule, placée bien en évidence, faisant paraître menaçant le texte en capitales qui y est écrit. Je m'approche, la sensation de froid, dans mon ventre, s'étend à tout mon corps et mes mains se mettent à trembler.

JOEL

TU N'ÉCOUTES PAS. OBÉIS OU KRISTA NE REVIENDRA PAS À LA MAISON. NOUS VIENDRONS CHERCHER LA MÉTÉORITE LA NUIT PROCHAINE. SI TU APPELLES LA POLICE, TU NE REVERRAS PLUS JAMAIS KRISTA. SI TU PARLES À QUI QUE CE SOIT, TU NE REVERRAS PLUS JAMAIS KRISTA. ON TE SURVEILLE. TU RECEVRAS DES INSTRUCTIONS PAR TÉLÉPHONE DEMAIN QUAND NOUS VERRONS QUE TU ES AU MUSÉE – SEUL. CONTINUE COMME AVANT, AGIS NORMALEMENT. RAPPELLE-TOI : ON TE SURVEILLE. NOUS SOMMES PARTOUT.

TROISIÈME PARTIE

À EN FAIRE DÉBORDER LE CIEL

1

— Est-ce que nous ne devrions pas prier ?

Il me faut un moment pour comprendre qu'on vient de me poser une question. Le jour se lève de l'autre côté de la fenêtre, l'horizon rosit entre les arbres. L'homme à la barbe de trois jours est mon premier visiteur de la journée.

— On peut bien sûr essayer.

Il me regarde comme s'il attendait plus. Mais je n'ai rien de plus à lui offrir.

— Je me disais juste, est-ce que ce n'est pas ce qui se fait ? insiste-t-il. Dans votre métier, et en pareil instant ?

— Quel instant ?

— Le dernier. Celui dont je parlais.

— Ah oui, fais-je.

Et, comme j'ai un doute, je m'enquiers ensuite :

— Et plus précisément ?

Il se gratte la barbe.

— L'enchaînement est simple. Une frappe nucléaire est lancée au Proche-Orient. Peu importe par qui, et dans quel sens commence la partie de ping-pong. Supposons qu'Israël frappe l'Iran, ou l'inverse. C'est égal. Impossible de ne pas riposter. Et parce que la cible de l'attaque n'en est pas capable, ses alliés doivent s'en charger. L'Iran a la Russie ; Israël, les États-Unis. La frappe suivante sera forcément musclée. Il se peut qu'une base américaine en Allemagne y passe, avec accessoirement quelques Allemands. Puis une ville moyenne russe. Au sol, c'est l'effervescence. Les armées testent leurs limites. Quelqu'un fait main basse sur la Baltique. Ou la Finlande cède et obéit à un nouveau patron, ou elle décide de défendre son territoire. Dans ce cas, une cyberattaque lui coupe l'électricité, l'eau et le chauffage. Ce ne sera pas long, et le résultat final sera de toute façon qu'on nous proposera un traité à première vue pas très équitable. On y sera dans moins d'un an. J'ai fait le calcul.

Nous restons silencieux.

— Et donc, reprend l'homme, comme il n'y a rien à faire, la prière aiderait peut-être.

Depuis les premières heures de la matinée, je ne suis capable de penser qu'à une chose.

Krista.

J'ai lu et relu la lettre en essayant d'y trouver un indice quelconque. Je n'ai rien vu. Puis j'ai réfléchi à mille et une manières de résoudre autrement le problème.

— Ne me racontez pas que vous ne priez pas.

L'homme semble réellement désespéré. Je le regarde. Un détail dont il m'a fait part lors de l'une de ses nombreuses visites me revient à l'esprit.

— Vous m'avez dit un jour que vous pratiquiez la chasse à l'élan. C'est toujours le cas ?

— Quel rapport avec la prière ? Est-ce qu'on prie, à la chasse à l'élan ? C'est ça, votre question ? Dieu, envoie-nous un grand mâle ? Fais que je ne le rate pas ?

L'homme s'énerve. C'est compréhensible, en soi. Je dois faire marche arrière un instant. D'ailleurs, avant de préciser ma pensée, j'ai besoin de m'assurer qu'il ne fait pas partie des *nous* mentionnés dans la lettre.

— Prions.

J'adopte une position confortable sur mon siège, je m'appuie au dossier, je joins les mains. Je ferme les yeux. Je me rends compte que ça faisait longtemps. Au bout d'une demi-minute de silence environ, j'entrouvre l'œil gauche. L'homme a clos les paupières, il est assis dans son fauteuil et semble prier. Je referme l'œil. Et je m'aperçois que je n'arrive pas à prier. En tout cas pas pour ce dont je suis coupable.

Sans mon entêtement et mon orgueil, Krista serait à la maison, béatement ignorante de toute menace d'enlèvement. Mais parce que j'ai décidé qu'on ne volerait pas la météorite pendant que je la gardais et que je me suis montré inflexible, ils l'ont prise pour cible.

Ils.

C'est contre *eux* que j'ai dirigé mes premiers soupçons vindicatifs. Turunmaa, Himanka, Jokinen et Räystäinen. Surtout ce dernier. Je ne sais plus que penser de l'entaille sur son bras et de son comportement étrange et, d'un autre côté, du bleu au coin de l'œil de Karoliina. L'un d'eux est celui que j'ai vu allongé dans la neige. J'en suis à ne plus savoir lequel je soupçonne le plus. Puis il y a Leonid et ses éventuels camarades. Il se peut qu'il connaisse, en plus de Grigori, d'autres gens du même acabit. Et ils ne sont pas les seuls à avoir manifesté de l'intérêt pour la météorite. J'ai aussi songé à Tarvainen, mais lui accorder la moindre attention m'est pénible. Puis j'ai passé en revue toute une série de combinaisons diverses. Aucune hypothèse ne m'a pleinement convaincu. Je m'interroge aussi sur la phrase de la lettre affirmant qu'ils sont partout.

Pourtant, je le sais, si je laisse mes ruminations gagner du terrain, mon sentiment de culpabilité grandir et se renforcer et si, en même temps, je cesse de me concentrer, je plongerai dans les ténèbres. Et là, j'imaginerai tout le village ligué contre moi, et, naturellement, ils seront alors partout.

Mais c'est ce qu'on nomme, à juste titre, la paranoïa.

J'ouvre les yeux. L'homme est assis, paupières closes.

Est-il l'un d'eux ?

Pendant les quelques minutes où j'ai gardé les yeux fermés, le jour naissant a donné de nouvelles couleurs à la pièce. Le mur de briques est un peu plus blanc, le cuivre du flanc du Sauveur un peu plus brun.

L'homme prie. Il a l'air d'être capable de continuer jusqu'à la fin des temps, littéralement. Le ravisseur prierait-il avec une telle ferveur ? Croirait-il avec autant de conviction à l'apocalypse ?

Ça me paraît peu probable. Mais comment en être sûr ? Enfin, je trouve un moyen évident de vérifier.

— Il y a un créneau libre demain, dis-je.

L'homme ouvre les yeux.

— Je le prends, s'empresse-t-il, apparemment sans arrière-pensées.

Il a l'air sincère et, d'une certaine manière, ragaillardi. Il jette un coup d'œil dehors, plein d'une énergie nouvelle.

— Je crois que ça m'a fait du bien, note-t-il.

Je le laisse observer ses sensations. Il n'est pas le ravisseur. J'attends encore un peu.

— À propos de la chasse à l'élan, dis-je ensuite.

— Vous voulez prier pour son succès ?

Je me penche en avant, le regard planté dans ses yeux bleus.

— Pour la chasse à l'élan, on a besoin d'un fusil à élan, n'est-ce pas ?

2

Je n'ai pas de plan. Pas encore. Mais je sais ce que j'ai l'intention de faire. Je vais ramener Krista à la maison. C'est la seule chose qui compte. La météorite en elle-même m'indifférait jusque-là, mais ce n'est plus le cas. Elle m'est indispensable, j'ai besoin d'elle. Et plus j'y réfléchis, plus son rôle grandit.

En effet :

Scénario 1 : les ravisseurs viennent au musée avec Krista et l'échangent contre la météorite. De leur point de vue, ça n'a aucun sens. Car que ferai-je quand Krista sera libre et que la météorite filera au loin dans une voiture ? J'appellerai la police. Les ravisseurs n'auront pas l'avance dont ils ont besoin. Je ne crois pas à cette hypothèse. Ils ne viendront pas avec Krista.

Scénario 2 : les ravisseurs viennent au musée sans Krista et espèrent prendre possession de la météorite. Pourquoi la leur céderais-je alors que je ne sais toujours pas où est Krista, ni même si elle est entre leurs mains ?

Scénario 3 : les ravisseurs viennent au musée et me prouvent d'une manière ou d'une autre qu'ils détiennent Krista et qu'elle sera libérée, quelque part ailleurs, au moment où je leur laisserai le champ libre pour emporter la météorite. Mais le problème est le même que dans toutes les autres hypothèses. Krista les a vraisemblablement reconnus et, dans ce cas, peu importe le lieu où elle sera libérée : quelle que soit l'avance des ravisseurs, ils se feront prendre.

Je me lève de mon siège, je vais à la fenêtre.

La neige scintille.

J'ai tourné et retourné dans ma tête mille stratégies possibles, et toutes ont au moins une chose en commun : du point de vue du ou des ravisseurs, Krista est un problème que l'obtention de la météorite ne résoudra pas. La vérité est glaçante. Cela veut aussi dire que tant que la météorite restera en ma possession, il y aura au moins en théorie une chance que Krista soit…

Soit…

Encore de ce monde.

Je suis incapable de pousser la réflexion plus loin sur ce sujet.

Je n'ai pas quitté mon cabinet depuis que j'y suis arrivé, tôt ce matin. Je vaque à mes occupations habituelles, mais pas seulement pour obéir aux injonctions du ou des ravisseurs. C'est aussi une façon de progresser. On m'a promis un fusil à élan, que j'irai chercher à la tombée du soir avant d'aller au musée. Bien sûr, je ne peux pas savoir si mes adversaires sont armés, mais c'est fort probable. Dans la région, on trouve dans chaque maison au moins un fusil de chasse à plomb ou une carabine, et dans la plupart, les deux.

Tandis que je réfléchis à ce que je pourrais faire de plus ici, j'entends les pas de Pirkko dans le couloir. Ils approchent, et s'arrêtent bientôt devant ma porte. Je retourne m'asseoir à mon bureau. Pirkko frappe et entre avant que j'aie eu le temps de l'y inviter. Elle a des papiers à la main, comme d'habitude. Des papiers qu'elle pourrait simplement déposer dans mon casier ou, en mon absence, sur mon bureau. Elle vient vers moi, s'arrête à deux mètres.

— Bonjour, sourit-elle. Comment vont tes muscles aujourd'hui ?

Je ne comprends pas tout de suite de quoi elle parle.

— Un peu sensibles, réponds-je ensuite. Ça faisait longtemps que je ne m'étais pas entraîné.

— Tes squats étaient parfaits. Je voulais déjà te le dire plus tôt.

— Merci. Pirkko, je...

— Le point clé se situe à la fin de la flexion, dit-elle, avant de se tourner vers la fenêtre et de s'accroupir.

Je l'observe de biais. Elle s'arrête au moment précis où ses genoux forment un angle droit, me regarde.

— Ç'a été pour moi une révélation. Surtout en ce qui concerne les cuisses et les fessiers.

— C'est...

— De la force, dit-elle, et elle commence à monter et descendre, dans un mouvement de va-et-vient d'un centimètre ou deux. De la souplesse. Il n'est jamais trop tard. Pour quoi que ce soit. C'est ce que je pense.

Elle me fixe dans les yeux, accroupie au milieu de mon cabinet. Je dois lui parler. Mais je dois d'abord, d'urgence, la faire se relever.

— Ça a l'air excellent, dis-je.

Ce n'est peut-être pas la meilleure entrée en matière.

— Je savais que tu le noterais, se réjouit Pirkko.

Elle se redresse quand même enfin.

— Tu es dynamique. C'est important. Pour pouvoir parler avec les gens, les recevoir, surtout ceux qui...

— C'est agréable à entendre, l'interromps-je. Mais...

Je m'arrête là. Il est clair que je dois choisir. Ou je dissipe ce malentendu entre nous, ou nous passons en revue les affaires courantes. Démêler un quiproquo prend le plus souvent, d'après mon expérience, un temps considérable.

Les deux protagonistes doivent pouvoir s'exprimer. Puis il faut parvenir à un consensus et se mettre d'accord sur la suite. Nous n'y arriverons pas maintenant.

Nous nous attaquons donc aux sujets du jour. Nous en arrivons au choix définitif de la couverture des nouveaux psautiers. Pirkko fait le tour de mon bureau et s'installe à côté de moi. Nous nous penchons ensemble sur les différents matériaux. J'ai l'impression que la décision a été prise il y a déjà longtemps.

Le cuir noir l'emporte.

Pirkko s'apprête à quitter la pièce, mais au dernier moment, elle s'arrête et se retourne.

— Ton premier visiteur de la journée…, commence-t-elle, puis elle semble chercher ses mots.

— Oui ?

Elle va dire quelque chose, mais renonce et sourit. Elle regarde dans le vague, son sourire flotte sur son visage et dans l'air, et j'ai l'impression que ce n'est même pas à moi qu'il s'adresse. Cela ne dure qu'un instant. Pirkko tourne les talons et referme la porte derrière elle. Je m'avance au milieu de la pièce, j'observe un instant le crucifié, puis la pendule.

C'est l'heure de la Happy Hour.

Je ne peux pas rester assis à attendre le soir. Je dois m'assurer un avantage, même minime, une légère marge de manœuvre, un moyen, au besoin, de contre-attaquer. Et c'est pour ça que j'ai décidé d'agir et que je vais là où je vais. Mieux vaut tenter quelque chose, n'importe quoi, plutôt que de patienter, impuissant.

Je crois que Krista ferait la même chose. Elle comprendrait que je ne vais pas me tourner les pouces et placer tous mes espoirs dans les personnes qui l'ont enlevée. J'ai de nombreuses raisons de douter de leur bonne volonté.

Le Golden Moon Night Club.

Un éclairage parcimonieux, des matériaux sombres et une musique évocatrice des petites heures de la nuit. J'ai l'impression de pénétrer dans une cave. C'est d'ailleurs sans doute le but. Que le temps s'efface et que seule la bière compte. Quelques clients sont assis dans un box, il y a apparemment foule autour des fléchettes. Je m'installe à ma place déjà habituelle au bout du comptoir, perché sur un tabouret.

Il n'y a personne derrière le bar. Ça n'a pas l'air de déranger grand monde. Je suppose que le poste n'est déserté que pour un instant.

J'écoute les chamailleries des joueurs de fléchettes. Elles s'étendent rapidement d'un lancer à plusieurs, des fléchettes à la bière, aux dettes des uns envers les autres et enfin à une histoire de bornes déplacées des années plus tôt, pour laquelle quelqu'un devra payer. Je m'en désintéresse pour me concentrer sur plus important. J'attends encore un instant, et enfin je la vois.

Karoliina sort de la réserve, une caisse en métal dans les mains. Elle marche vite, l'air pressé, puis me remarque.

Elle sourit, semble ravie, me salue et passe juste derrière moi, me frôlant presque. Elle fait le tour du comptoir, pose son lourd fardeau sur le plan de travail et ouvre les portes de la vitrine chauffante. Tout en déballant de la caisse des saucisses à hot-dogs et en les disposant dans la machine, elle jette un coup d'œil dans ma direction.

— Je peux te proposer à déjeuner ? Des saucisses de fabrication locale, tout juste livrées ?

— Non merci, j'ai déjà mangé.

— C'est vrai qu'il se fait tard. Nos héros, là, ne s'aperçoivent qu'ils ont faim que par hasard, et encore.

Je regarde derrière moi. Le trio de joueurs est retourné à ses fléchettes. Karoliina a fini de mettre les saucisses sur leur grill qui se met à tourner, et referme les portes de la machine. Elle vient à moi.

— Je te demanderais bien si tu veux un verre, mais hier, tu as laissé ta pinte pleine sur le comptoir quand tu es parti.

— Je n'avais sans doute pas envie de bière.

— Et aujourd'hui ? Tu as envie de bière, ou peut-être d'autre chose ?

Ses yeux n'expriment rien. Ses cheveux noirs encadrent son visage.

— Franchement, je ne sais pas. Qu'est-ce que tu as à me proposer ?

Elle ne répond pas tout de suite.

— Je viens de faire du café. Je peux t'en servir une tasse.

J'acquiesce, c'est une bonne idée. Elle retourne vers le centre du bar, retire de la plaque électrique un plein pot de café fumant, remplit deux mugs et me demande sans se retourner si je prends du lait ou du sucre. Je réponds que non. Elle ajoute un peu de lait dans le sien et revient avec les mugs. Rien, dans ses paroles ou ses mouvements, ne laisse soupçonner qu'elle aurait quelque chose à voir avec l'enlèvement ou le vol qui se prépare. Elle jette un rapide coup d'œil autour d'elle.

— Tu as réfléchi ? demande-t-elle. À ce dont nous avons parlé hier ?

La question me paraît de bon augure. Le ravisseur voudrait-il toujours de moi comme complice ? C'est bien sûr possible, mais malgré tout peu probable.

— Longuement, dis-je. Mais beaucoup de choses sont encore floues.

— Comme quoi ?

— Comme la raison pour laquelle tu veux la météorite.

Karoliina me regarde d'un air à la fois surpris et quelque peu soupçonneux.

— Nous parlons donc en toute franchise ?

— Pourquoi pas ? Le temps presse.

— Est-ce que je peux te faire confiance ?

— Je suis pasteur. Ce que tu me diras restera de toute façon entre nous.

Elle y réfléchit un moment.

— Tu te demandes sérieusement pourquoi je veux la météorite ? Quel rapport cela a-t-il avec quoi que ce soit ?

— Je suis sérieux, oui.

Je me saisis de mon mug de café avant d'ajouter :

— C'est important pour la suite.

— Parce que ça résoudra mon problème, déclare Karoliina.

Sa voix est neutre et calme.

— Ça résoudra ton problème ? Un million d'euros ?

Elle tire une cigarette de son paquet, sur le plan de travail, la fait tourner entre son index et son majeur.

— Montre-moi quelqu'un dont les problèmes ne seraient pas résolus par un million d'euros. Et de quelle suite veux-tu parler ?

— Que se passera-t-il quand tu... quand nous aurons la météorite ?

— On la vendra, répond-elle comme si elle parlait de la prochaine bière qu'elle va servir. Je sais comment faire. Ne t'inquiète pas. En revanche...

— En revanche quoi ?

— Qu'est-ce qui te pousse à te lancer là-dedans ?

— Je n'ai pas le choix, dis-je.

— Effectivement, acquiesce Karoliina, et elle boit une gorgée de son café.

Elle a l'air de savoir ce qu'elle veut – en fait elle a l'air sûre d'elle à propos de tout. Je n'ai pourtant pas encore posé ma véritable question. Je goûte à mon café, il est encore trop chaud. Je repose le mug sur le comptoir, je parle d'une voix normale, comme de la pluie et du beau temps.

— Et Leonid ?

Karoliina masque bien sa surprise. Seule une ombre passe sur son visage. Sa cigarette, entre ses doigts, cherche visiblement à monter jusqu'à ses lèvres.

— Tu le connais ?

— Je ne peux pas dire que je le connaisse, mais je l'ai rencontré.

— Tu connais son nom.

— Il s'est présenté. À la fin.

Karoliina a retrouvé tout son calme.

— Leonid n'est pas un problème, dit-elle.

Le trio de joueurs de fléchettes braille de nouveau. Karoliina jette un coup d'œil dans leur direction.

— Je veux quitter cet endroit, reprend-elle. Trente-six ans de ça.

— Pourquoi ne pars-tu pas, tout simplement ?

— Sans le sou ? Pour galérer à Helsinki ? Mendier pour avoir un logement, faire la queue à la soupe populaire et tout le reste ? On ne peut pas tous être pasteur et avoir un emploi et un logement qui vous attendent quand il vous vient l'envie de déménager. Ne le prends pas mal. Je suis déjà partie deux ou trois fois, mais ça s'est toujours mal terminé. Pas cette fois.

— Tu n'as pas de famille ici ?

— Mon père a mis les voiles quand j'avais trois ans. Ma mère est morte. Ni frères ni sœurs. Pas de mari, faute de choix. J'ai essayé une ou deux fois, je ne referai plus la même erreur.

— Je comprends.

— Je ne pense pas, non, dit Karoliina. Tu n'es pas d'ici. Mais peu importe. Il te suffit d'ouvrir la porte.

Je secoue la tête.

— Il faut que ça ait l'air d'une effraction, fais-je remarquer.

Karoliina sourit, d'un sourire où il n'y a pas que de la gaieté.

— Tu ne te défends pas si mal, pour un pasteur.

Je pourrais facilement trouver autre chose à dire de moi et de la prêtrise – et une partie des faits passés sous silence provoquent en moi des sentiments très forts, dont la culpabilité n'est pas des moindres –, mais je n'ai pas l'intention de poursuivre sur le sujet. Je sors mon téléphone de ma poche.

— Est-ce que je peux avoir ton numéro ?

Karoliina me le donne et me demande de le composer. Son téléphone près de la caisse se réveille. Nous sommes en contact. Je promets de l'appeler dès que j'aurai réglé quelques points. Je ne précise pas lesquels, car je ne sais pas, ou en tout cas pas encore, ce qu'ils pourraient être. L'essentiel est de faire le tour de la situation, de l'évaluer et de trouver quelque chose, n'importe quoi, d'utilisable.

Je m'apprête à partir, mais au moment de me laisser glisser de mon tabouret, mon regard tombe sur la grande roue des saucisses, dans leur vitrine. Je me rappelle ce que je viens d'entendre.

— Des saucisses de fabrication locale, dis-je.

Karoliina tourne la tête, voit sûrement les mêmes boudins couleur chair dégoulinants de graisse. J'aperçois aussi le bleu sur sa tempe.

— Ça te tente ? demande-t-elle.

— En temps normal, oui, réponds-je en m'efforçant de parler calmement malgré l'excitation qui me gagne. Mais j'ai encore le ventre plein. Elles ont vraiment l'air bonnes. D'où est-ce qu'elles viennent ?

— De chez Jokinen, bien sûr, dit Karoliina. Le patron de la supérette du village. Il fabrique ses saucisses de A à Z dans son atelier ; il abat même la viande de ses mains dans son propre abattoir.

Son propre abattoir ?

3

Les pièces du puzzle commencent à s'assembler. Je marche d'un pas vif, mais régulier et en apparence décontracté. Qu'on m'observe ou pas, je ne veux pas prendre de risques. Le ciel est d'un bleu mélancolique, le soleil a commencé sa brève course de l'après-midi. Chaque instant qui passe réduit le temps qui me reste. *Je fais de mon mieux, Krista*, me dis-je plusieurs fois de suite. Puis je passe en revue tout ce que j'avais sous les yeux, mais que je n'avais pas vu.

Jokinen.

Sa visite, ses paroles. Ce qu'il m'a raconté de sa vie professionnelle, sa gêne, dans notre cuisine, son incapacité de me regarder dans les yeux. Tout cela s'était enfoui en moi sous ma jalousie dévorante.

« C'est dur de toute façon, toujours sur le fil du rasoir. »

Financièrement, Jokinen est au bord du gouffre. Et ce n'est pas tout. Il a son propre abattoir.

Jokinen, avec ses friandises et ses livraisons à domicile. Le jovial patron de supérette qui bavarde gaiement et se souvient des anniversaires. Qui rend visite aux gens aussi bien en semaine que le dimanche. Qui connaît leur domicile, sait comment on ouvre les portes, quelle est la disposition des pièces, quand un tel ou un tel est au travail ou à la maison. Avoir des informations sur moi était encore plus facile. Il savait que j'étais au musée. Je le lui avais dit moi-même.

Jokinen. Je m'en veux aussi de ne pas avoir appris à mieux le connaître, malgré les encouragements de Krista. J'aurais été au courant bien plus tôt, pour l'abattoir et sûrement pour beaucoup d'autres éléments. Mais quelque chose m'en empêchait. Mon instinct.

Arrivé au centre paroissial, je file à mon cabinet. J'attrape mes clés de voiture sur mon bureau, je retourne au parking et je prends le volant. Je m'apprête à enfoncer l'accélérateur quand je vois Pirkko à la porte du bâtiment. Elle agite la main. J'appuie sur la pédale nettement moins fort que je n'en avais l'intention, je roule jusqu'au perron et j'ouvre la vitre côté passager. Pirkko s'approche, se penche à la fenêtre. Son visage exprime de la surprise, peut-être aussi de l'inquiétude.

— Tout va bien ? demande-t-elle, la respiration si embuée qu'elle cache un instant ses yeux bruns.

— Comment ça ?

— Tu es parti si... si vite. J'avais eu le temps de te fixer un rendez-vous à trois heures et demie...

Je jette un coup d'œil au tableau de bord, bien que ce soit superflu. Je sais quelle heure il est, je sais comme le temps file.

— Je voulais te prévenir. Je suis désolé, mais je dois... faire une visite à domicile. Une urgence.

— Il lui est arrivé quelque chose ? demande Pirkko, et elle pose la main sur le bord de la portière.

Le geste est tout à fait banal, mais retient néanmoins mon attention. Peut-être est-ce lié à la manière dont ses doigts se crispent, à son expression soudain presque pressante. Ce n'est pourtant pas le plus important.

— À qui ? À ma femme ?

Pirkko me regarde comme si je parlais une langue étrangère, mais se reprend vite.

— Ta femme ? Non, je... Il est arrivé quelque chose à ta femme ?

— J'espère que non, dis-je.

— Et tu repasseras au bureau, aujourd'hui ?

Je suis conscient des secondes qui s'écoulent, se transforment en minutes, en heures. Le soir sera bientôt là. Je dois m'activer.

— Je garderai mon téléphone allumé, promets-je tout en doutant fortement de tenir parole. Qui devait venir à trois heures et demie ?

J'ai déjà le pied sur l'accélérateur quand la voix de Pirkko me parvient.

— Timo Tarvainen. Tu sais ? Le champion de rallye. Ex, bien sûr. Il ne fait plus de compétitions depuis son accident. Triste histoire. La mort de son copilote et tout.

Jokinen habite à l'extérieur du village. Je prends la direction de Joensuu, puis je tourne vers le nord. Des deux côtés de la route, les sapins s'assombrissent, le soir tombe. Les quelques heures de jour sont suivies par près de vingt heures d'obscurité. Je ne peux m'empêcher de penser que cela veut dire, en cet instant, quelque chose d'essentiel sur à peu près tout.

Des nuages de neige tourbillonnent derrière les camions chargés de troncs d'arbres que je dépasse totalement à l'aveugle en me fiant aux clignotants actionnés par les chauffeurs. Je regarde autant dans le rétroviseur que droit devant moi. Personne ne me suit. Je pousse notre Skoda à fond. Puis je m'engage sur une route plus étroite, à une seule voie. Elle a récemment été déneigée. Je la suis pendant environ cinq minutes.

Je suis venu une fois dans la propriété de Jokinen – il a acheté une ancienne ferme et ses dépendances, rêve de nombreux idéalistes venus du sud –, mais je ne suis jamais allé jusqu'à la maison. J'ai juste déposé au bord de la route Krista et Minna, la femme de Jokinen, qui voulaient faire le reste du chemin à pied et cueillir en même temps des myrtilles. Je me gare au même endroit que l'été dernier.

Je descends de voiture et j'écoute. La forêt est silencieuse, même le vent ne murmure pas dans les cimes des arbres gagnées par l'obscurité. Je songe un instant au fusil que je n'ai pas. Puis je me mets en marche.

Les bâtiments de ferme surgissent comme par surprise. Lorsque j'émerge du couvert de la forêt, ils se dressent là telle une île au milieu d'une mer de neige, entourés d'une vaste étendue de champs bien trop dégagée à mon goût. Une seule route y mène, celle sur laquelle je me trouve, tout le reste de la clairière est recouvert d'un épais manteau blanc.

Il y a au moins quatre constructions, peintes en rouge : une maison d'habitation de deux étages, une longue et étroite étable, une sorte d'écurie et le bâtiment dont j'ai entendu parler pour la première fois aujourd'hui : l'abattoir. Ce ne peut être que lui. Il repose sur un haut soubassement de pierre, ses fenêtres sont larges et basses, il a la froideur et la solennité d'un lieu sans retour.

J'observe un instant l'ensemble, à l'abri des arbres. J'attends l'heure bleue, qui vient vite en cette saison. Il est quatorze heures trente quand le crépuscule commence à descendre. Je patiente encore un peu, puis j'y vais.

À mi-chemin, je vois une lumière apparaître à une fenêtre du rez-de-chaussée de la maison. Je suis encore assez loin et je ne distingue personne dans le rectangle éclairé. Si quelqu'un m'avait vu arriver et se tenait sur ses gardes, il n'aurait sans doute pas allumé. Je me déplace au pas de course, je m'approche de la cour de ferme, j'y suis presque, j'accélère un peu l'allure – et je vois la porte de la maison s'ouvrir. Je me jette à plat ventre derrière une congère, sur la gauche de la route. Je me relève aussitôt, juste assez pour regarder par-dessus. Jokinen.

Il n'est qu'à vingt mètres. Il est chargé de ce qui ressemble à des bidons d'eau. Il traverse la cour, se dirige vers la plus petite des portes de l'abattoir, celle de taille ordinaire. La plus grande, haute, à double battant et pourvue d'un panneau d'avertissement, se trouve à l'autre bout du bâtiment. Jokinen pose un des bidons par terre pour ouvrir et entre.

La porte reste entrebâillée. Je repars en courant. Juste avant d'arriver au bâtiment, je m'arrête.

J'entends du bruit à l'intérieur.

Un cliquetis métallique. Des cris de douleur étouffés. Comme des hurlements qui ne parviendraient pas vraiment à éclore et à s'échapper et se transformeraient en ahanements. Comme des aboiements canins, mais sans force et sans portée, sans rugissement final. Comme quelqu'un qui n'est plus capable d'autre chose. Dont les derniers instants sont proches. J'entre.

L'espace est haut et nu, avec un sol et des murs en béton. Il y a apparemment des néons au plafond, mais ils ne sont pas allumés. Le lieu n'est éclairé que par un signal lumineux rouge qui brille au-dessus d'une porte au fond de la pièce. J'entends de nouveau un cliquetis métallique, de faibles plaintes. Les bruits viennent de derrière la porte. Après le doux crépuscule bleuté du dehors, la puissante lumière rouge me fait mal aux yeux. Au bout de ce qui me semble une éternité, ils commencent à s'habituer à l'éclairage. Je m'avance sur le sol de béton en direction de la porte tout en regardant autour de moi, à la recherche de quelque chose de lourd dont je puisse me saisir. Mais la pièce est désespérément vide, c'est comme une cellule, ou...

— Tu as l'intention de me dénoncer à la police ?

Je me retourne.

Jokinen se tient collé contre le mur. On dirait qu'il m'attendait. Il porte des lunettes de protection en plastique et dans sa main droite brille un objet en acier dont j'ignore l'utilité. Il est long, avec une poignée au milieu, et se rétrécit en pointe aux deux extrémités. Jokinen l'agite lentement.

— Si tout va bien..., réponds-je, mais il m'interrompt.

— Tout allait bien jusque-là.

— Tout va toujours bien, non ?

— Tu es quand même un représentant de l'autorité, dit Jokinen, et l'objet en acier, dans sa main, décrit des cercles de plus en plus grands.

Mais ce n'est pas le plus inquiétant. C'est à sa voix que je prête attention. Ce n'est plus l'homme souriant qui bavarde avec les clients dans son magasin, diffusant autour de lui une bonne humeur tranquille. Ce Jokinen-ci est l'inverse de l'autre : sa constatation était une sentence, pas un début de conversation.

— Du calme. On va jeter un œil de l'autre côté de la porte, d'accord ?

Jokinen reste longtemps silencieux. Il bouge un peu la tête et la lumière rouge se reflète dans ses lunettes en plastique. On croirait que ses yeux lancent des éclairs.

— J'aurais dû comprendre dès hier matin, dit-il.

— Comprendre quoi ?

— Que tu savais quelque chose... Avec toutes tes questions.

La pièce est fraîche, l'odeur de désinfectant, puissante. Notre respiration provoque une légère buée, teintée de reflets rougeâtres. La voix de Jokinen, froide et clinique, s'accorde indubitablement avec le lieu. Il fait un pas en avant. Je ne peux pas atteindre la sortie sans passer à côté de lui. Je ne sais pas si la porte derrière moi est fermée à clé, et j'ignore ce qui m'attend au-delà.

— Nous pouvons en parler, dis-je.

— Je t'ai déjà demandé si tu avais l'intention de prévenir la police. Tu n'as pas répondu. De quoi devrions-nous parler ?

— Mais tu ne peux pas agir comme ça.

Jokinen secoue la tête. Ses lunettes de protection étincellent comme si elles étaient en feu. Il agite deux ou trois fois l'objet en acier dans sa main.

— Tu es pasteur. Du genre à avoir toujours raison. À toujours savoir comment agir. Toujours si bon. Une bonne personne.

— Je ne suis pas une bonne personne. Je commets beaucoup d'erreurs. Et souvent, je ne sais pas quelle est la meilleure manière d'agir ou ce qui est bon pour tel ou tel. Dans cette situation…

— Tu m'énerves, m'interrompt Jokinen. Je te le dis tout net. Vous m'énervez. Toi, et ta femme qui sait toujours tout. Tous les deux. Toujours au-dessus de tout. Meilleurs que les autres. Tout le temps à donner des conseils.

Je reste silencieux. Je ne me rappelle pas avoir donné un seul conseil à qui que ce soit depuis plusieurs années. Je doute tellement de tout que conseiller les autres est la dernière chose qui me viendrait à l'esprit. Je remarque que Jokinen s'approche de moi à petits pas presque imperceptibles. Il a l'air menaçant, fort, et – je cherche un instant une expression plus juste, mais sans la trouver – assoiffé de sang.

— Comment as-tu su ? demande-t-il.

— Par déduction, réponds-je en toute franchise. J'ai additionné un plus un.

— À qui en as-tu parlé ?

— À personne.

Il a l'air de réfléchir.

— Je ne sais pas si tu dis vrai.

Plus il se rapproche, plus sa blouse blanche paraît rouge. Je dois poursuivre la conversation. Et si possible, l'orienter dans une direction où j'aurais peut-être plus de prise sur lui.

— Est-ce que Minna sait ce que tu fais ?

— Ça ne lui plaît pas, concède-t-il en baissant les yeux. Pas du tout. Mais elle comprendra quand notre situation s'améliorera. Je ne vois vraiment pas pourquoi ça l'exaspère autant.

— Elle pense peut-être que c'est mal.

— Elle changera d'avis quand nous nous serons lavé les mains et que le pire sera passé.

— Je ne sais pas...

— Nous n'avons qu'un magasin, alors que des comme ça, il y en a tant qu'on veut, dit Jokinen avec un signe de tête en direction de la porte derrière moi.

— Tant qu'on veut ?

Tout en posant la question, je me prépare à agir. Jokinen n'est visiblement pas prêt à écouter la voix de la raison. Il a l'air d'un dément. Et s'il en a l'air...

— Ne t'y mets pas toi aussi, dit-il, agacé, et il fait un pas de plus dans ma direction.

Seuls quelques mètres nous séparent encore. Ses lunettes de protection sont des miroirs rouges.

— Comment veux-tu les distinguer les uns des autres ? Il y en a des milliers, juste là, dehors, tu n'as qu'à choisir le suivant.

C'en est trop. Je me tourne, et en deux grandes enjambées rapides j'atteins la porte, je l'ouvre, j'entre dans une pièce encore plus haute de plafond, encore plus fraîche, et, dans la froide lumière bleue… Je n'en crois pas mes yeux. Au même moment, j'entends les pas de Jokinen derrière moi.

Il me tombe sur le dos et m'enserre de ses bras. Nous basculons en avant, heurtons le sol. Je me cogne le front, faute d'avoir pu amortir le choc de mes mains. Jokinen pèse sur moi de tout son poids. Je suis à plat ventre par terre, j'essaie de rouler. Il dit quelque chose que je ne comprends pas. Je réussis à me dégager suffisamment un bras pour lui faire une clé autour du cou, et je serre. Son étreinte se relâche. Je me redresse sur les genoux, je lui coince la tête et j'utilise ma force. Furieux, il me martèle les flancs et les reins à coups de poing. J'accentue mon mouvement de torsion, et enfin il cesse. Et nous voilà, moi à genoux avec sa tête enserrée dans mon bras droit, lui à quatre pattes.

Je lève lentement les yeux. Nous sommes si près que je sens sa chaleur et son odeur de musc. Mon regard remonte des sabots à la poitrine, puis au cou et au mufle et enfin aux bois qui, sous cet angle, ont l'air de branchages dénudés de plusieurs mètres d'envergure. Je ne peux m'empêcher de le dire tout haut.

— Un élan.

Jokinen est assis sur une chaise dans un coin. Le grand élan mâle se tient debout au milieu de la pièce et mugit. Il nous regarde à tour de rôle et n'a pas l'air de beaucoup apprécier ce qu'il voit. J'ai sur le front une éraflure qui saigne. L'instrument en acier de cinquante centimètres de Jokinen, qui sert à découper la viande, repose contre le mur. Nous avons éteint la lumière bleue, allumé les néons du plafond.

Vu de près, l'élan est encore plus gigantesque que je ne le pensais. Sa tête est à un mètre au-dessus de la mienne, ses bois ressemblent à la cime nue d'un grand arbre osseux. Quand il la balance, tout l'équilibre de la salle paraît vaciller. Ses flancs brun foncé brillent comme les deux moitiés d'un grand tonneau en chêne, ses pattes ont l'allure de poteaux télégraphiques noueux mais en même temps curieusement fragiles. L'animal, d'après Jokinen, pèse environ une demi-tonne. Je le crois sans mal.

Les lunettes de protection du patron de la supérette pendent au bout de son bras. Ses cheveux, d'habitude soigneusement coiffés au gel, se dressent en désordre. Sa blouse blanche est de travers, les deux boutons du haut de la chemise qu'il porte dessous ont été arrachés. Il a l'air de sortir d'un match de lutte.

— Mais pourquoi ?

— On est en janvier, répond-il.

Je ne sais pas de quoi il parle et j'attends donc qu'il poursuive. Il soupire, lève les yeux et regarde l'animal.

— La chasse à l'élan se termine fin décembre. Celui-là est entré dans la cour il y a quelques nuits, en plein mois de janvier. En même temps, j'ai tellement de dettes que mon magasin est au bord de la faillite. Et il se trouve que les saucisses bios ont de plus en plus de succès. J'en vends autant que j'ai le temps d'en fabriquer et que j'ai de matière première. J'ai regardé l'élan, dans la cour, j'ai commencé à compter les kilos de viande et je me suis dit que ça résoudrait mes problèmes. Il mugissait là, au pied du perron, comme un cadeau du ciel.

L'élan lâche un brame qui tient à la fois de l'aboiement et du raclement de gorge.

— Je l'ai attiré ici, dit Jokinen. J'ai réussi à le faire entrer.

Je comprends soudain qu'il croit toujours que je suis là à cause de l'élan. C'est lui qui le préoccupe, et non Krista.

— J'allais l'abattre, poursuit-il. J'ai regardé par hasard par la fenêtre. Je t'ai vu arriver comme un bolide. Je me suis un peu énervé. Désolé.

Il a un geste de la main, au bout de laquelle se trouvent toujours ses lunettes de protection, en direction de l'endroit où nous nous sommes battus. Les mots qu'il a prononcés avant de m'attaquer me reviennent.

— Tu disais que ma femme savait toujours tout. Et que j'étais tout le temps à donner des conseils. Je n'ai pas le souvenir de t'en avoir jamais donné.

Jokinen semble mal à l'aise. Ou, plus exactement, encore plus mal à l'aise que jusque-là.

— Je me suis énervé. J'ai... pété un câble. L'élan, les saucisses...

— On va y revenir. Mais qu'est-ce qui t'a fait dire ça ?

Il me regarde. Longuement. Puis il se penche en avant sur sa chaise en plastique, pose ses coudes sur ses genoux.

— Minna et moi avons eu un hiver plutôt difficile. Elle voudrait laisser tomber, retourner dans le Sud. Et le torchon brûle de toute façon entre nous. Minna considère Krista comme sa meilleure amie. Elle se félicite tout le temps de ses bons conseils. Peut-être que j'ai pensé, dans mon énervement, que Krista avait d'une manière ou d'une autre provoqué... tout ça. C'est aussi pour ça que je voulais parler à Krista, hier. Pour essayer de savoir ce que Minna pense vraiment, comprendre où on en est. Mais tu...

— Je suis rentré plus tôt du musée, dis-je.

Jokinen fixe de nouveau le sol.

— Tu m'as fichu dehors.

— Je suis désolé, mais...

— Et ensuite, tu déboules ici pour sauver cet élan.

Je jette un coup d'œil à l'animal. Peut-être nous regardons-nous dans les yeux. Puis je me retourne vers Jokinen.

— Tu viens de me dire que la chasse était fermée.

— Si tu crois qu'il fait la différence entre décembre et janvier…

— Je ne suis pas sûr qu'on lui demande son avis.

— Pense à la collision avec une voiture que ça pourrait éviter.

— Minna est là ?

— Elle est partie chez sa sœur à Helsinki.

Jokinen secoue la tête.

— Elle y va tout le temps. Moi je me plais mieux ici.

L'élan laisse échapper un mugissement proche de l'aboiement. Mon regard tombe sur la pendule, au mur.

— Je dois y aller, dis-je. J'ai quelque chose à te demander.

— Quoi ?

— Ne dis à personne que je suis venu ici. À personne. Pas même… à personne.

Jokinen se lève de sa chaise.

— Promis.

Je le crois. Il a cinq cents kilos en gage de sa parole.

4

Une dernière lueur de jour, mince ruban de bleu plus clair, subsiste entre le ciel et la terre. Je reprends ma voiture pour retourner au village, tout en vérifiant sur mon téléphone que je n'ai pas reçu à mon insu de message ou d'appel. Non. Je range l'appareil dans la poche de ma doudoune.

Le tremblement qui a saisi mes mains ce matin persiste. Il est léger, sans doute imperceptible pour un observateur extérieur, mais je le sens. C'est un mélange d'épuisement et de nervosité, de mauvaise conscience, de culpabilité et d'angoisse. Je parle tout haut à Krista. Je lui dis que j'arrive, où qu'elle soit. Qu'elle peut compter sur moi. Je crois à ce que je dis, bien que j'ignore encore ce que je vais faire.

Je ne croise personne, la route déserte chuinte, la neige s'envole derrière la voiture. Je pense de nouveau à tous ceux dont Krista pourrait être prisonnière. En même temps, je me répète que je dois me garder de conclusions trop hâtives. Jokinen avait un secret, certes, mais ce n'était pas un mystère dont j'avais besoin de connaître l'existence, et que j'avais encore moins besoin de percer. Je dois faire plus attention, me montrer plus méticuleux. La météorite partira pour Helsinki dans moins de vingt-quatre heures. Le véhicule de transport sera devant le musée à dix heures du matin. D'ici là, je dois récupérer Krista. Je n'ai pas le choix.

Je repense soudain à un soir à Jérusalem, où nous nous sommes trouvés séparés, perdus. Nous nous étions promenés toute la journée dans la chaleur brûlante de juillet, la nuit était tombée pendant que nous reposions nos pieds fatigués dans un restaurant, nous remplissions le ventre et devisions sur ce que nous avions vu. Ou peut-être était-ce surtout moi qui parlais, ce soir-là. J'avais voulu voir les manuscrits de la mer Morte. Mon mémoire de master portait sur eux. Le choix d'un sujet archéologique plutôt que purement théologique était-il déjà un signe du destin ?

Nous avions passé la matinée dans la vieille ville et les musées, et étions ensuite allés dans le centre moderne, pour finir par nous en écarter.

Nous sommes sortis du restaurant. L'obscurité était saisissante, elle avait quelque chose de concret, de totalement enveloppant. Les lampadaires étaient rares, les magasins, déjà fermés. Krista a eu envie d'un dernier Coca-Cola. Elle est retournée à l'intérieur. Je l'ai attendue dans la rue, longtemps. Je me suis dit que nous pourrions prendre un taxi pour rentrer à l'hôtel, car nous étions fatigués d'avoir tant marché dans cette chaleur étouffante. Je me suis aussi dit que je pourrais en profiter pour utiliser les toilettes du restaurant. J'ai eu vite fini et je suis retourné dans la rue. Mais toujours aucun signe d'elle.

Je suis de nouveau entré dans le restaurant, mais elle n'était pas dans la petite salle. J'ai demandé au serveur s'il avait vu ma femme, avec qui j'avais dîné un instant plus tôt. Elle est venue acheter une boisson, m'a-t-il dit, pressé de s'en aller. Je suis ressorti dans la rue. Toujours pas de Krista. J'ai extirpé mon téléphone de mon sac à dos, et je me suis alors rappelé que le sien y était aussi, avec son portefeuille. Lors de notre promenade, nous avions conclu que le plus pratique serait que je porte tout. Ça n'avait plus l'air si pratique.

La longue rue était sombre et déserte d'un bout à l'autre. Soudain, je ne savais plus par où nous étions venus. J'ai essayé de réfléchir à ce que Krista avait pu faire, quelle direction elle avait pu choisir. Je me suis décidé et je suis parti. J'ai pressé l'allure, je suis arrivé à un croisement. J'ai appelé Krista. J'ai entendu des rires dans l'obscurité, de l'autre côté de la rue, sous des arbres. Les murs des bâtiments étaient couverts de slogans et de graffitis. J'ai poursuivi ma route.

Les rues étaient de plus en plus étroites. Je me suis dit plusieurs fois que j'allais encore vérifier au croisement suivant. Pour finir, je suis revenu sur mes pas, croyais-je par le même chemin. Je me suis vite aperçu que ce n'était pas le cas. Je me suis perdu dans les ruelles. J'ai de nouveau sorti mon téléphone, et j'ai constaté qu'il n'avait plus de batterie. Le GPS, que j'avais beaucoup utilisé dans la journée, l'avait vidée.

J'ai tout fait pour retrouver le restaurant. Sans succès. On nous avait mis en garde contre ce quartier de la ville, dit qu'il fallait l'éviter une fois la nuit tombée. J'ai essayé de me convaincre que Krista était peut-être en route vers l'hôtel, si elle ne s'était pas perdue. Je marchais dans une rue résidentielle sombre et étroite quand je l'ai vu.

Le Golgotha.

La très vieille enseigne lumineuse d'un petit hôtel décrépi.

Je suis entré. Krista était assise sur l'unique chaise du hall.

Plus tard, après que j'ai réussi à enfouir profondément en moi l'angoisse et la panique latente provoquées par l'incident, nous avons pu raconter que nous nous étions retrouvés au Golgotha. Mais je crois qu'aucun de nous ne trouvait ce souvenir très amusant ou agréable. J'ai l'impression que nous avions tout de suite été terriblement inquiets l'un pour l'autre, et que l'endroit où nous nous sommes retrouvés n'était pas anodin.

Le centre de Hurmevaara a l'air différent d'il y a seulement quelques jours. Il n'a cependant pas changé. C'est juste moi qui le regarde sous un angle neuf. Je cherche partout des signes de Krista et j'essaie en même temps de détecter le danger avant qu'il ne me menace. J'arrive au centre paroissial.

Je me gare en marche arrière sur la place de parking la plus proche du perron. En même temps, comment savoir, en hiver, où sont les emplacements ; qui irait déterrer sous la neige les lignes tracées sur l'asphalte ? Je soupire. Je me réfugie apparemment dans n'importe quelles pensées vagabondes pour ne pas avoir à songer à ma femme et au fait que je suis responsable de son triste sort.

Une fois à l'intérieur du centre, plusieurs choses me ramènent à ce que j'ai oublié en m'égarant dans mon propre esprit. Le cadre familier, le bâtiment silencieux, l'écho de mes pas, la statue en plâtre du Christ dans le hall et, à côté, l'ex-champion de rallye au visage presque aussi blanc. Je me rappelle ce que Pirkko a dit juste avant que je m'en aille.

Mon rendez-vous de quinze heures trente.

La situation est inattendue et déconcertante, bien que j'aie été conscient de sa possibilité. Je lui adresse un salut guindé auquel il répond. De sombres flots en furie écument, la tempête fait rage entre mes oreilles. Dans le hall règne un silence total.

— Pirkko m'a dit que je pouvais venir à trois heures et demie, déclare Tarvainen.

Il n'a rien de l'homme que j'ai rencontré à l'épicerie-marchand de journaux, ni du casse-cou ivre dans la voiture duquel j'ai volé et été ballotté sur les routes enneigées de Hurmevaara. Sa voix n'est ni rauque ni tonitruante ; il ressemble à un paroissien venu trouver son pasteur.

Ce qui est pour le moins paradoxal.

5

Deux ou trois minutes plus tard, Tarvainen est assis dans mon cabinet avec son blouson couvert de logos de sponsors, ses lunettes de soleil sur le nez. Elles ne me semblent pas nécessaires : la pièce baigne dans une pénombre qu'à un autre moment je qualifierais de douce, mais que je trouve maintenant plutôt dérangeante, et même un peu menaçante. Peut-être est-ce lié à mes propres pensées et à des questions encore informulées, du genre : *comment oses-tu être assis là après avoir mis ma femme enceinte et l'avoir enlevée, et où la gardes-tu prisonnière ?*

— Je ne sais pas trop comment ça se passe, commence Tarvainen.

Tout dépend de ce à quoi nous jouons, me dis-je. Mais j'embraie en mode professionnel, c'est ce qui me paraît pour l'instant le plus sûr.

— Vous parlez, j'écoute, réponds-je.

Tarvainen se tait. Pendant un long moment. Je suis presque certain que ça sentait l'alcool dans le hall. Et dans mon cabinet, ça se précise, l'odeur sature l'air, comme un parfum trop généreusement répandu. Un parfum fait d'un mélange d'ail et de nettoyant W.-C. Le récit de Krista du vertigineux envol sauvage, de l'euphorie et de la brève perte de contrôle qu'il a provoquées me revient à l'esprit. Sans sa voiture, Tarvainen ne serait sans doute pas entré dans notre famille avec les mêmes conséquences. Je perçois aussi autre chose. L'ex-champion ne se comporte pas comme un homme qui a fricoté avec une femme mariée. Je me rappelle soudain ce que Krista a dit. « Il était complètement soûl, il m'a appelée Leena et je crois qu'il ne s'est même pas rendu compte de ce qui s'est passé pendant ces trente secondes. »

Tarvainen ne sait pas ce qu'il a fait.

Cette fois-là.

— Je ne crois même pas en Dieu, reprend-il. Et vous êtes blessé au front.

Je ne sais pas laquelle de ces remarques commenter en premier.

— Je suis tombé, dis-je. Et les entretiens pastoraux sont ouverts à tous, il n'y a aucune condition d'admission.

Les ravisseurs aussi ont le droit de vider leur sac – avant que je ne règle mes comptes avec eux. Puis je me pose la question : le ravisseur se comporterait-il ainsi ? Hésiterait-il de cette manière ? Resterait-il assis en silence, à tourner autour du pot ?

— Et si je vous disais simplement ce que je suis venu vous dire ?

— C'est sans doute le mieux, oui. Tout ce que vous direz restera confidentiel, je suis tenu au secret professionnel.

Tarvainen change de position sur son siège, une première fois, une deuxième, et se retrouve à la troisième dans sa position de départ.

— J'étais coureur automobile, commence-t-il, mais il se reprend aussitôt. Ça va prendre une éternité, si je vous raconte toute ma vie.

— Commencez donc par ce qui vous tracasse le plus, dis-je. Ça peut paraître paradoxal, mais c'est finalement souvent le plus facile.

— Sulevi.

Tarvainen lâche le mot si vite qu'on ne sait trop si c'est un gémissement ou un prénom. Peut-être sommes-nous aussi surpris l'un que l'autre. J'attends la suite, mais elle ne vient pas.

— Sulevi ? dis-je.

Tarvainen soupire.

— Un gars du village, comme moi. D'une de ces maisons un peu à l'écart.

Il tourne la tête en direction de la fenêtre et voit sans doute, à l'extérieur, les derniers rais de lumière du jour. À moins que ses lunettes de soleil n'aient tout éteint depuis déjà un bon moment. Il les dirige de nouveau vers moi, me regarde peut-être.

— J'étais coureur automobile..., poursuit-il. Je suis quand même obligé de commencer par là. Pilote de rallye. Je l'ai toujours été, et je le suis encore. Même si je suis interdit de compétition. Pour l'instant.

Il insiste sur ces derniers mots.

— Je disputerai encore des rallyes. Quand tout sera en ordre. Avec... Une nouvelle voiture, une nouvelle écurie. Un nouveau... copilote. Sulevi était mon copilote. Il l'a été pendant toute ma carrière.

Je m'abstiens de dire que je le sais. Je ne fais pas non plus remarquer que Sulevi Malmipuro repose sous la terre et la neige à cent vingt mètres à peine de nous, définitivement libéré de la lecture des cartes et de tout collègue alcoolique et imprévisible. Je me rends aussi compte que mon attitude envers Tarvainen est loin d'être neutre. Le Sauveur, sur le mur, à droite des lunettes de soleil et du blouson sponsorisé du champion déchu, a l'air de vouloir se détourner de nous. Mais ce n'est peut-être qu'une impression, le résultat de la fureur et de la soif de vengeance qui couvent en silence en moi.

— Nous participions à un rallye de montagne en France, une spéciale. Sulevi annonçait les notes. Il a commis une erreur, son léger virage à droite était en fait un virage serré, on est entrés dedans un peu trop vite, j'ai frôlé la sortie de route, on a failli faire une chute de cinq cents mètres et tomber au beau milieu d'un village, en plein marché du dimanche. J'ai engueulé Sulevi. Il m'a engueulé à son tour. Ça a dégénéré en… dispute. Vous êtes bien tenu au secret professionnel ?

— Toujours, oui.

Tarvainen rajuste son blouson, le ferme sur son ventre. Il a un beau durillon de comptoir au-dessus de sa boucle de ceinture, dans la pièce flottent des effluves de liquide lave-glace, et la moitié des sponsors du blouson ont fait faillite ou ont été absorbés par des fusions.

— On criait comme des damnés, continue Tarvainen. Et on était à une seconde et demie du leader. Je ne pouvais rien faire d'autre qu'accélérer. On est arrivés en bas de la montagne. J'ai pensé que je pouvais… On en est venus aux poings.

Tarvainen se tait.

— Vous vous êtes arrêtés et vous…

Tarvainen secoue la tête, m'interrompt avant que je puisse finir ma question.

— Quand je conduis, je conduis, dit-il, aussi longtemps que le chrono tourne.

— Bien sûr.

— Je conduisais de la main gauche… et je le frappais de la droite.

Il mime les gestes. Je me tais. Il laisse retomber ses mains. Nous restons un long moment sans parler.

— C'était un accident. Je ne l'ai pas fait exprès. Mais j'ai assommé Sulevi. Ensuite, comme je n'avais plus de copilote, ou plus exactement qu'il était inconscient, j'ai roulé aussi vite que la mécanique le permettait et, pour finir, j'ai raté un putain de virage. La voiture a volé dans une rivière. Sulevi ne s'est pas réveillé. On m'a fait souffler dans le ballon, emmené faire une prise de sang. Renvoyé à la maison.

Tarvainen pose ses mains sur ses genoux. Je déduis de la direction de ses lunettes de soleil qu'il regarde la table basse ou le sol devant lui.

— Sulevi était mon guide, reprend-il. Il me montrait le chemin. C'est clair. C'est sans doute ça... que je suis venu dire.

Le Sauveur sur le mur semble de nouveau s'être tourné vers nous. J'ai bien sûr imaginé le mouvement, mais...

— À quoi bon ? demande Tarvainen.

Avant que j'aie le temps de répondre, il poursuit. Sa voix est montée d'un cran, presque furieuse.

— À quoi bon, maintenant que j'ai recommencé ? Je n'ai heureusement assommé personne, cette fois, mais j'ai fait une démonstration de conduite si sportive que le type qui était avec moi a eu une crise cardiaque. J'ai des circonstances atténuantes, mais quand même. Je suis maudit ! Je ne demande pourtant qu'une chose, courir des rallyes.

Il serre les accoudoirs de son fauteuil. Il a l'air d'être prêt à s'en arracher. Tant que Krista est portée disparue, je ne peux rien dire qui risque de la mettre en danger ou de compromettre mes efforts pour la récupérer. Je ne peux pas révéler à Tarvainen que son passager était déjà mort quand il s'est lancé dans sa spéciale. Et même si je pouvais, je ne sais pas comment je lui expliquerais que j'étais aussi là, par terre à l'arrière, tenant d'une main l'écharpe de Grigori.

Mon défunt mentor, un vieux pasteur qui m'a beaucoup manqué ces derniers jours, conseillait de toujours commencer par s'ôter soi-même de l'image et de regarder ensuite ce qu'elle montrait réellement. J'essaie donc de voir, au-delà de ma rancune et de ma soif de vengeance, de quoi il s'agit. Tarvainen est-il le ravisseur ? Sait-il qu'il a mis enceinte une habitante du village qui se trouve être la femme du pasteur ? Sait-il qu'il a révélé son secret, ses coups de poing au copilote et sa responsabilité dans sa mort, au mari concerné ?

La réponse est claire. Tarvainen semble en fait ne rien savoir de ce qui m'intéresse en ce moment.

— Le rallye ou la mort, dit-il soudain.

— Pardon ?

— L'alternative. Mon alternative. Elle est là. Le rallye ou la mort. Je préfère mourir que ne pas courir de rallyes.

Je reste muet.

— Et je ne crois pas en Dieu, ajoute Tarvainen.

— C'est clair.

— Ça ne vous dérange pas ?

— Non. Pourquoi cela le devrait-il ?

— Ça ne vous embête pas que les gens ne croient pas ?

— Mais ils croient. Chacun en ce qu'il veut. Vous, dans le rallye.

Tarvainen lâche les accoudoirs de son fauteuil. À la direction de ses lunettes de soleil, je vois qu'il a les yeux rivés sur moi. Pendant un instant. Puis il secoue la tête.

— Il me faut une voiture, une voiture de course, et le soutien d'une écurie de pointe. Pour ça, je dois investir un million d'euros. Je ne pense pas que ça m'avance à quoi que ce soit de demander à Dieu une nouvelle Toyota turbo.

La pièce aurait besoin que l'on allume toutes les lumières. La lampe à pied ne nous éclaire qu'à moitié. Je regarde les lunettes de Tarvainen, derrière lesquelles il doit faire plutôt noir. Dans cette obscurité file peut-être un corps céleste en métal noble.

— Vous avez sûrement réfléchi à différentes solutions, dis-je.

— Bien sûr. Je n'avais juste pas... Tout s'est soudain éclairci quand je l'ai formulé tout haut. Le rallye ou la mort. Je devrais peut-être vous remercier.

Il reste silencieux un moment, puis hausse les épaules.

— Merci.

— Je vous en prie.

L'instant est bref, mais il s'y passe beaucoup de choses. Je ne sais pas si j'ai vraiment envie de pardonner à Tarvainen, ou même si j'en suis capable, mais en le regardant, j'éprouve quelque chose qui y ressemble. Peut-être est-ce pour cela que je dis ce que je dis.

— Mais ça ne va sans doute pas résoudre le problème du copilote.

— Qu'est-ce que vous voulez dire ?

— Je ne connais pas la répartition interne des rôles dans une voiture de rallye, mais je suppose que savoir qui lit la carte, donne les instructions et indique la direction à suivre n'est pas sans importance. Savoir qui on écoute, et en qui on a confiance, en fin de compte.

Tarvainen sort de la poche intérieure de son blouson une flasque brillante, dévisse le bouchon et boit. Il soupire, s'essuie la bouche, revisse le bouchon et laisse tomber la flasque dans sa poche.

— Vous vous souvenez de cette météorite qui est tombée sur ma voiture ? dit-il. Elle est tombée à la place du copilote.

6

La porte se referme derrière moi, j'entends le léger cliquetis de la serrure. Le bruit passe inaperçu d'ordinaire, mais cette fois il semble résonner et se propager telle une vague du perron du centre paroissial au parking désert. J'observe les alentours. Toujours rien d'autre qu'une température de moins vingt et un et demi et une obscurité croissante : aucun véhicule inconnu, personne à l'ombre des arbres.

Je descends les marches jusqu'à ma voiture. J'ai peut-être été un peu paranoïaque en la laissant ainsi prête à un départ précipité. Mais je sais que je n'ai pas pu tout remarquer, que je ne suis pas au mieux de ma forme. Mon angoisse et mon épuisement sont évidents, y compris pour moi-même. Mes pensées à propos de Krista ont pris, en plus de l'inquiétude et de la panique, un tour plutôt déplaisant. Des raisonnements se terminant en impasse, de sombres conclusions sur ce qui se passerait si… Je ne sais même pas comment formuler les choses. Si elle ne… rentrait pas à la maison. Mais qu'est-ce que ça signifie ? Quand une personne se trouve sous la glace d'un lac gelé ou dans la neige avec une balle dans la tête ou attachée au fond d'un puits, elle ne rentrera bien sûr pas à la maison. Elle ne rentrera pas, parce qu'elle est morte. La question est : et si Krista mourait ?

Je démarre. Je rentre chez moi.

La voisine lit de nouveau à sa table de cuisine. Dans le cadre de sa fenêtre, sous sa lampe, on dirait un tableau accroché dans le paysage nocturne. Je jette un coup d'œil à notre maison. Toutes les lumières sont éteintes.

J'entre, tout en me demandant dans quel ordre m'occuper de tout ce que j'ai à régler avant ma garde de nuit. Je vérifie encore une fois mon téléphone et je constate que je n'ai reçu ni consignes ni nouvelles menaces. Ça m'inquiète. En plus de tout le reste.

Je me débarrasse de mon manteau, j'ouvre la porte du vestibule, je la franchis et en une fraction de seconde, je m'arrête. Ça ne peut pas être vrai. Et pourtant si, il n'y a pas à se tromper. J'inspire profondément par le nez. Je n'aurais même pas besoin d'entendre la voix qui me parvient malgré tout. Que je le veuille ou non.

Elle émane du séjour plongé dans l'obscurité. Et s'associe si étroitement au parfum qu'ils ne font qu'un. Le salut lancé n'a rien de dramatique, tout le reste si, et ça suffit. J'entre dans la pièce.

Même dans le noir, aucun doute, c'est bien Karoliina.

On dirait qu'elle a eu le temps d'explorer un peu notre intérieur, car sa main se tend d'un geste assuré vers l'interrupteur de la lampe de lecture fixée à la bibliothèque. Elle est assise sur le canapé, la jambe droite croisée sur la gauche. Elle porte un rouge à lèvres carmin tirant sur le noir et ses cheveux sont coiffés en queue de cheval. Son T-shirt noir souligne la blancheur de ses bras nus.

— Tu ne m'as pas téléphoné, dit-elle.

— La journée a été chargée. Surtout cet après-midi.

— Mais tu as pensé à moi.

— Oui, admets-je.

— Moi aussi j'ai pensé à toi. Je suis venue te voir, la porte était ouverte, je suis donc restée à t'attendre.

Je suis sûr que la porte s'est automatiquement verrouillée quand je suis parti ce matin. Mais ce n'est peut-être pas l'essentiel pour l'instant. Je tends l'oreille afin d'essayer de vérifier si Karoliina est seule dans la maison. D'un mouvement aussi décontracté que possible, je me place dos au mur.

— Où est-elle ? dis-je.

Karoliina me regarde. L'un de ses yeux brille dans la lumière qui tombe en diagonale sur elle, l'autre reste insondable. J'écoute le silence. Je connais chaque bruit de cette maison en bois, je sais comment elle respire, ce qu'elle révèle des déplacements de ses occupants. Nous sommes seuls.

— Qui ? demande-t-elle.

— Ma femme.

— Comment le saurais-je ? Ce n'est pas elle que je suis venue voir, mais toi. J'ai cru comprendre que ça n'allait pas très bien entre vous.

Ses mots m'atteignent dans toute leur puissance dès que je suis sûr d'avoir bien entendu.

— Cru comprendre ? dis-je en faisant un pas dans sa direction. Qu'est-ce qui te fait penser que ça ne va... *pas bien* ?

La table basse nous sépare. *La Divine Comédie* de Dante y est posée, exactement là où je l'ai laissée.

— Tu traînes dans les bars, répond-elle. Le matin, seul. Tu bois du whisky. Tu veux la météorite. Tu envoies certains signaux.

— Certains signaux ?

Karoliina reste un instant silencieuse avant de préciser.

— Ne joue pas au... pasteur. J'ai vu ça un million de fois. Tu cherches à me faire de l'effet.

Karoliina sourit peut-être. Je me tais.

— Ne t'en fais pas, poursuit-elle. C'est réussi. Comme je l'ai dit, tu es plutôt cool pour un prêtre. Mais le temps presse, nous devons nous mettre d'accord.

— Pas avant que je sois sûr que Krista va bien.

Karoliina soupire.

— C'est très ennuyeux, dit-elle, et elle jette un coup d'œil en direction de la bibliothèque.

— Quoi ?

— Tu déboules comme un cow-boy qui arrive au grand galop, fait irruption dans le saloon, se met à draguer les filles et prépare un hold-up. Et quand il faudrait agir, tu t'inquiètes pour ta femme.

Je dois avouer que le discours de Karoliina est parfaitement cohérent - en un sens. Elle ne parle pas comme un ravisseur. Elle a l'air sincèrement préoccupée. Et elle ne se comporte pas comme quelqu'un qui posséderait une précieuse monnaie d'échange. Mais si elle ne retient pas Krista prisonnière, il me faut absolument éviter que la météorite ne tombe entre ses mains. Et si elle a des projets pour s'en emparer, je dois savoir en quoi ils consistent.

— Ma femme a eu des problèmes de santé ces derniers temps, dis-je.

C'est bien sûr vrai, et le prétexter ne me pose aucun problème. Pas plus que la phrase suivante.

— Mais elle est solide.

Karoliina secoue la tête.

— Moi, quand je romps, je fais en sorte que ce soit pour de bon.

Je laisse s'écouler quelques secondes.

— Tu as donc un projet ? fais-je.

Karoliina se lève. Elle fait le tour de la table basse, s'approche. Sa proximité provoque toujours en moi une réaction physique : mon cœur bat plus fort, ma poitrine et mon ventre tressaillent. C'est irrépressible, et totalement indépendant de la situation. Je voudrais à la fois reculer et avancer. Et ce désir n'a rien à voir avec ce qui serait raisonnable, ou correct. C'est juste... du désir.

— Oui, bien sûr, j'ai un projet, dit-elle, et je sens toute la puissance de son parfum.

— Mais... Est-ce que je peux te faire confiance ?

— J'ai besoin de la météorite, réponds-je avec sincérité.

Karoliina a l'air de réfléchir. Puis elle bouge la main droite, et je sens son contact. Pas seulement là où elle se pose, sur mon bras, mais dans tout mon corps.

— Pour être franche, dit-elle, j'ai un peu peur.

— De quoi ?

— Est-ce qu'on te parle de ce genre de choses ? En tant que pasteur, je veux dire.

Karoliina se tient à contre-jour. Ses lèvres sombres sont entrouvertes. Je distingue leur forme, leur humidité.

— Je suis tenu au secret professionnel, oui.

Karoliina déplace sa main sur mon bras.

— J'ai peur de lui.

— Qui ça ?

Karoliina ouvre la bouche, mais ne parle pas tout de suite.

— Leonid, dit-elle enfin.

— Leonid.

— Oui. Il m'oblige à... C'est un homme dangereux.

— Dangereux en quoi ?

— C'est... commence-t-elle, et elle me regarde dans les yeux. Un criminel.

— Il veut la météorite, n'est-ce pas ?

J'entends la respiration de Karoliina. Elle se rapproche petit à petit.

— Oui.

— Il agit seul ?

— Maintenant, oui, depuis que Grigori est mort. Quelqu'un l'a tué.

Je n'ai pas l'intention de détromper Karoliina, de lui dire qu'il a lui-même tiré la balle qui l'a tué ; qu'il a sorti son revolver de son manteau, a visé un homme désarmé et a pressé la détente.

— Est-ce que Leonid sait qui l'a tué ?

— Il dit que oui. Qu'il l'a enfin découvert, paraît-il. Il en parle sans arrêt. De le lui faire payer, de l'écorcher, de le crucifier.

Je sens une main froide m'empoigner de l'intérieur. Je ne le montre pas.

— Quand tu dis que Leonid agit seul…

— Pas tout à fait seul. Avec moi.

— Tu as peur de lui et tu as l'intention de voler la météorite avec lui ?

— Oui et non.

— C'est-à-dire ?

Karoliina est tout contre moi.

— Je veux d'abord être sûre de pouvoir te dévoiler mon plan.

Elle se presse contre ma poitrine, les paupières closes. Ses lèvres sont si proches des miennes que je suis sûr de déjà sentir leur contact. Nos bouches ne se touchent pas, mais de l'électricité circule entre elles et je perçois le souffle de Karoliina sur mon visage. Son autre main se pose sur ma hanche, éveillant des sensations auxquelles je n'ai pas songé depuis plusieurs jours. Je ferme les yeux. Je penche la tête. En arrière.

— Est-ce que ça ne devrait pas être le contraire ? dis-je en rouvrant les yeux. Est-ce que ce n'est pas moi qui devrais me demander si je peux avoir confiance en toi ? Connaître ton plan avant de décider quoi que ce soit ?

Karoliina ouvre les paupières, nos regards se croisent. Elle ôte sa main de ma hanche, la laisse glisser vers mon bas-ventre. Elle touche doucement ma braguette. Je baisse la tête. Son bras nu a légèrement pivoté. Sur le côté court une longue estafilade récente, enflée.

— Nous allons tous les deux avoir du travail, mais l'intérêt, pour la suite, c'est que nous serons aussi coupables l'un que l'autre.

Karoliina parle de culpabilité comme si c'était un trophée à décrocher et à partager. Je ne suis pas de cet avis, mais je m'abstiens de le dire tout haut.

— Tu es de garde au musée, dit Karoliina si bas que c'est presque un murmure.

Nous sommes si près l'un de l'autre qu'on dirait le bruit des vagues sur une plage.

— Tout d'un coup, deux personnes s'y introduisent. L'une te menace de son arme. Tu te défends, tu la lui prends, tu tires sur l'un des cambrioleurs...

— Je ne...

— Il meurt, poursuit Karoliina comme si elle ne m'avait pas entendu.

Je sens sa main sur ma braguette.

— Mais malgré ton courage exemplaire, tu ne parviens pas à empêcher le vol de la météorite. L'autre cambrioleur s'enfuit avec. On découvre plus tard que celui qui a été tué était un mafieux russe, un certain Leonid. Il a été vu à plusieurs reprises dans le village avec son camarade. On établit rapidement qu'ils travaillaient toujours ensemble. Et le camarade a disparu, tout comme la météorite. Un plus un. Deux criminels russes, un objet volé. Personne ne pensera à moi, ni surtout à l'héroïque gardien de nuit qui a tenté d'empêcher le cambriolage.

— Qui va tuer Leonid ?

— C'est un sale type. C'est lui ou nous. Si ce n'est pas toi…

Je n'ai pas l'intention d'engager une controverse éthique, nous n'en avons pas le temps. Et je n'ai pas moi non plus respecté des idéaux moraux très élevés ces derniers temps. Je ressens toujours le même désir inexplicable, déchirant, pour cette femme.

— Pourquoi l'autre cambrioleur ne tue-t-il pas aussi le gardien ?

— Parce qu'il a besoin de lui.

— Pourquoi ? Il a la météorite, d'autres coupables ont été désignés. Pourquoi a-t-il besoin d'un pasteur ?

— Parce qu'il est pasteur, dit Karoliina. Comme alibi, bien sûr. Personne n'imaginera que tu mens. Tous tc croiront. Et tu donneras à la police une description si précise qu'ils sauront à la seconde qui rechercher.

— Qui ?

— Grigori. Leonid m'a dit que son corps était en sûreté, dans un endroit où personne ne le trouvera. Qu'y a-t-il de mieux ? Pour nous ?

Je sens la main de Karoliina sur ma braguette comme sur ma peau, comme s'il n'y avait rien entre elle et moi. Je la regarde dans les yeux.

Oui, me dis-je, *qu'y aurait-il de mieux ?*

En cet instant précis ?

7

L'itinéraire est tout sauf clair. Le GPS de mon téléphone ne m'est d'aucun secours. J'essaie d'établir un lien entre les indications notées sur le papier et les vagues coordonnées fournies par l'appareil. Je suis du côté nord, peu habité, de Hurmevaara, je roule plus vite qu'autorisé sur des routes étroites, obscures, et je cherche à me repérer aussi bien dans les instructions que sur la carte.

J'arrive enfin à la longue ligne droite mentionnée sur le papier. Je ralentis, mais je vois malgré tout trop tard la brèche dans la forêt. Je freine, j'attends que le nuage de neige derrière moi retombe un peu, puis je recule et je m'engage sur la petite route.

Matias Ihantola vit loin de tout. C'est sans doute voulu. Il pense peut-être qu'en cas de pandémie, de migration massive ou de catastrophe nucléaire, l'isolement peut être un grand avantage. Je ne suis pas sûr d'être du même avis, surtout si l'on considère le résultat final. À quoi ressemblera la vie dans un monde transformé en champ de bataille où plus rien ne fonctionne ?

Je secoue la tête. Mes pensées ne brillent pas par leur optimisme, mais il y a d'évidentes raisons à cela.

Les arbres s'espacent. La maison se dresse sur une parcelle défrichée encerclée par la forêt. L'arrivée d'une voiture passe difficilement inaperçue. J'aperçois Ihantola dans la lumière de mes phares. Il m'attend.

La maison est très petite, bien tenue et dotée d'un équipement impressionnant. L'homme s'est préparé avec la plus grande minutie à la fin du monde. Le but est clairement de survivre même après que le reste de la planète aura souffert de la peste et du déluge. Il y a malgré tout une faille dans cette ambiance d'apocalypse.

Et c'est Matias Ihantola lui-même. Jamais auparavant je ne l'avais vu sourire. Ni entendu dans sa voix la même espérance, la même légèreté. Il s'est produit quelque chose.

Mais l'heure tourne. Ce que je suis venu chercher, c'est…

— Bien sûr, dit Ihantola en levant l'index vers le ciel. Le fusil.

Il va dans la pièce voisine, dont je devine que c'est sa chambre. Revient avec l'arme à la main. Je reconnais le modèle : une carabine de chasse à verrou Sako. Ihantola me la tend. Je la prends, je vérifie le chargeur. Il est vide.

Je regarde Ihantola.

— Ah oui, dit-il. J'aurais sans doute dû vous en parler.

— Me parler de quoi ?

Je pose la question bien que je devine en gros de quoi il s'agit.

— J'avais trop d'idées noires, explique-t-il, depuis que Kaisa est partie avec les enfants, en fait. Et je n'avais plus l'intention d'aller à la chasse. Mais ensuite…

Il gratte son épais début de barbe.

— Notre dernière conversation… c'est là que j'ai compris quelque chose. Et je veux vous remercier. Je ne veux pas parler de la prière. C'était mon idée, vous n'étiez pas si enthousiaste. J'ai trouvé ça un peu bizarre, mais ce n'est pas la question. J'ai juste enfin compris, pour votre attitude... Elle m'a frappé.

— Mon attitude ?

Le fusil entre les mains, je suis douloureusement conscient du temps qui passe et du fait que je devrais en cet instant parler de tout autre chose.

— Oui, dit-il. Votre façon d'avouer que vous ne savez pas et de ne vouloir parler qu'en votre nom. C'est très encourageant.

— Ah bon ?

— Oui, insiste Ihantola. J'avais l'intention, avant notre dernier rendez-vous, de réfléchir ensuite sérieusement à la plastification des océans, à la mort des écosystèmes marins, à l'eutrophisation des mers, à la mort qui les attend dans un très proche avenir et qui sera aussi notre mort, mais je ne l'ai pas fait. J'ai suivi votre enseignement. Je me suis dit que je pouvais très bien faire ce que je pouvais et demeurer ignorant de tout le reste.

— Je ne sais pas si je...

— Précisément. Vous êtes quelqu'un de très positif. Vous m'avez donné de l'espoir. Ce que vous dites est vrai. Et moi aussi, je le dis maintenant : qu'est-ce que j'en sais ? C'est très libérateur.

— Je ne...

— Je devais aussi me poser des questions sur l'intelligence artificielle, parce que nous savons déjà qu'il viendra un moment où elle apprendra à développer une machine encore plus intelligente qu'elle, qui, quand elle le décidera, prendra le contrôle de tout ce qui est relié au réseau, le retournera contre l'humanité et, si on essaie de s'y opposer, nous détruira avec des armes et des moyens dont nous n'avons naturellement encore aucune idée. Mais ensuite, j'ai pensé à aborder le sujet comme vous l'aborderiez.

Le canon en acier de la carabine pointe vers la porte, dans la direction que je devrais prendre. Mais les paroles d'Ihantola m'arrêtent.

— Et comment l'aborderais-je ?

— Vous resteriez tranquillement assis sur votre siège et vous diriez peut-être que vous ne savez pas.

Je m'apprête à répliquer que je ne sais vraiment pas si c'est ainsi que j'agirais, mais je me rends compte que cela ne ferait que l'encourager à continuer. Le silence de la maison est étonnant : nous sommes si loin de tout qu'il nous entoure comme un cocon étanche, venu de l'extérieur, et son poids est tel que personne ne peut le supporter. Ihantola hoche gravement la tête et poursuit :

— Vous savez, cette philosophie pourrait se vendre, de nos jours. Elle est l'exact contraire de ce que tous les charlatans nous proposent : assurance, confiance en soi, omniscience. Et aujourd'hui, alors que tous s'imaginent tout savoir sur tout et ne cessent de prendre position et de se gueuler dessus parce qu'ils pensent avoir encore plus raison que le précédent qui a crié, ce serait rafraîchissant d'avoir quelqu'un qui assumerait de ne pas savoir.

— Je ne sais pas...

— C'est exactement ce que je veux dire, me coupe Ihantola, qui trouve de plus en plus d'eau pour alimenter son moulin.

Je dois l'arrêter. Je tourne et retourne la carabine entre mes mains, je la lui montre.

— Les cartouches. Vous devez bien en avoir.

Ihantola hésite, et son visage exprime à nouveau l'angoisse que j'y ai souvent vue.

— Oui. C'est à cause de ces idées que j'avais...

Il lève la main droite, dont je m'aperçois qu'il l'a tenue fermée pendant tout son monologue. Il tend le poing vers moi et déplie les doigts, lentement. Dans sa paume repose une cartouche chargée d'une balle blindée de calibre 308.

Une.

Je l'examine un instant avant de relever la tête.

— Je devrais sans doute vous demander pardon, constate Ihantola d'une voix un peu enrouée. Mais je préfère vous dire merci. Elle était pour moi. Une sorte de garantie, pour la fin. Je n'en ai plus besoin.

Il me fixe droit dans les yeux et laisse tomber la cartouche dans ma main. Il y a de l'humidité dans son regard.

— Vous m'avez donné de l'espoir. Merci.

8

La grâce est précisément – et j'entends en moi la voix de mon vieux mentor – ce qui nous permet d'aider nos semblables au travers de nos faiblesses et de nos défauts. Ou, si ce n'est au travers d'eux, au moins en dépit d'eux. Nous nous rendons utiles malgré nous.

Ses paroles me reviennent à l'esprit sur la route déserte tandis que je fonce de nouveau en direction de Hurmevaara. Ihantola avait l'air transformé. Il semblerait que plus j'aie plongé dans le désespoir, plus il se soit mis à voir son existence sous un jour positif.

Je suis particulièrement déçu du fusil à une cartouche. Je n'ai pas le temps de me procurer d'autres munitions, et encore moins de me mettre en quête d'une nouvelle arme. Si je dois l'utiliser, je n'aurai littéralement qu'une seule chance. Il repose pour l'instant par terre dans la voiture, derrière les sièges avant. Mon téléphone est sur mes genoux, au cas où je recevrais un message concernant Krista.

J'arrive au musée quelques minutes avant l'heure de mon tour de garde. Je laisse encore pour le moment le fusil où il est, je ne veux pas répondre aux questions que poserait l'équipe de jour. Le gardien et l'homme à tout faire présent à mi-temps sont maintenant libres de partir, mais ils s'attardent plus longtemps que je ne le voudrais sur le pas de la porte. Ils parlent de ce dernier soir.

De cette nuit.

Demain matin, il y aura dans la cour un véhicule de transport qui conduira la météorite à Helsinki, d'où elle partira pour Londres. Ce sont ses dernières heures au Musée militaire de Hurmevaara.

Le gardien revient encore et encore sur cette passionnante aventure qui a tiré Hurmevaara de sa torpeur. Je pourrais lui raconter pas mal de choses qui donneraient encore plus de piquant à l'affaire. Mais je me tais, tentant juste à petits pas, j'espère discrets, de le pousser avec son compagnon en direction de la sortie, puis de la cour. Enfin ils sont dehors dans le froid, et je peux fermer la porte à clé. Ils regagnent leurs voitures. J'entends encore pendant un moment leur conversation sur le parking. Interminable.

Ce dernier soir m'intéresse certes aussi, mais sur un autre plan. Je constate en tout cas que je ne soupçonne aucun d'eux. Ils ne semblent même pas avoir saisi cette dimension de la question. Cela se sent à leur manière de parler, à leurs sujets de discussion et à leur attitude à proximité de la météorite ou en ma présence. Je me fais la réflexion que dans mon entourage actuel, ils constituent une exception. J'ai l'impression de côtoyer une foule de gens dont le comportement a totalement changé.

J'entends bientôt leurs voitures. Elles démarrent presque en même temps. La seconde accélère avec un peu plus d'enthousiasme que la première. Puis leur bruit disparaît dans le soir. J'attends encore un instant et j'ouvre la porte.

La nuit s'annonce claire.

Les étoiles brillent et scintillent comme si elles tentaient d'atteindre la terre. Je vais à ma voiture, je regarde autour de moi. Il y a un risque que quelqu'un m'observe. La lettre disait que je recevrais un message du ravisseur quand il verrait que je suis seul au musée. Mais dois-je le croire ? Je n'ai pas été surveillé, ces dernières heures. J'en suis certain. Personne n'aurait pu me suivre jusque chez Ihantola sans que je m'en aperçoive. Je suppose plutôt que le ravisseur est informé quand commence mon tour de garde et qu'il viendra ensuite observer la situation. La question est de savoir quand. Je ne vois personne. Je respire profondément l'air frais de la nuit, j'attends quelques secondes. J'ouvre la portière, je ramasse le fusil posé derrière les sièges et je retourne au musée.

On dit que la nuit est la plus noire à l'instant qui précède l'aube. Peut-être. Mais il y a aussi des moments où l'aube semble purement théorique et où il paraît inutile de l'attendre, parce que la véritable bataille sera menée dans l'obscurité.

Au musée, je procède encore à quelques préparatifs. Je finis par cacher le fusil à mi-chemin entre la salle de la météorite et la sortie, disposé comme un accessoire des uniformes exposés. Je suis en train de dissimuler son brillant canon inoxydable sous une vieille vareuse quand mon téléphone bipe. Un message s'affiche.

Où es-tu ? Le hall est vide.

Je m'assure que le fusil est bien en place, facilement accessible et en même temps à l'abri des regards. Le téléphone à la main, je fais une rapide recherche et j'obtiens aussitôt la réponse : pas de coordonnées disponibles pour le numéro que j'ai demandé. Il s'agit donc, avec près de cent pour cent de chances, d'une carte prépayée. Je ne sais qu'en conclure, si ce n'est que je n'ai peut-être pas affaire à de parfaits amateurs.

Je garde mon téléphone à la main, je prends une grande inspiration et je me rends dans le hall. Je m'approche prudemment de la lumière. Je ne voudrais pas tomber dans un guet-apens. Avec les lampes allumées, je ne vois pas à l'extérieur aussi bien que je le voudrais. Je constate toutefois une chose.

Le parking devant le musée est vide, à l'exception de ma propre voiture. Je tourne les yeux vers la forêt. Les baies vitrées reflètent le hall, ainsi que ma silhouette, mais je vois malgré tout que la neige est immaculée, intacte, jusqu'à la lisière des arbres. J'avance de quelques pas, je m'arrête au milieu du hall. Je me rends compte au même moment que la chance m'a souri : j'ai eu le temps de mettre le fusil à l'abri à l'intérieur du musée. Je reste encore là une trentaine de secondes, puis mon téléphone bipe.

Échange à 2 h 30.
Ne tente rien, ne prends aucune initiative.
Conduis-toi tout à fait normalement.
D'autres instructions suivront à 2 h 15.
On te surveille.
Compris ?

Je réponds aussitôt.

Compris. Krista va bien ?

Je regarde à l'extérieur, je ne repère aucun mouvement ni aucune silhouette humaine, ni du côté du village et du parking, ni de celui de la forêt. J'évite les gestes brusques. Quelqu'un sait où je suis, quelqu'un me voit peut-être. Il est un peu plus de neuf heures du soir. Je fais donc ce que je ferais normalement : je me prépare du café dans la cuisine du personnel, je parcours le musée de bout en bout, je vérifie que les portes et les fenêtres sont bien fermées. Je retourne dans les locaux du personnel, tout en gardant mon téléphone à portée de main. Il bipe alors que je reviens dans le hall, un mug de café fumant à la main.

Joel, C'est Krista.
Je vais bien. J'ai droit à un message.
La preuve que c'est moi : Dubrovnik.

Je sais ce que Krista veut dire. Nous avons prévu pour l'été prochain un voyage en Croatie. Elle est donc... quelque part. Je ne peux pas, je n'ose pas me dire qu'elle est en sécurité. Le message provient du même numéro inconnu. Quelques secondes plus tard, j'en reçois un nouveau.

Échange à 2 h 30.
Ne tente rien, ne prends aucune initiative.
Conduis-toi tout à fait normalement.
D'autres instructions suivront à 2 h 29.
On te surveille.
Compris ?

Je m'assieds à la table du gardien, je réponds une nouvelle fois que j'ai compris. Je pose mon mug de café devant moi et je sors mes livres du tiroir, la Bible et le dernier James Ellroy, tout en sachant que je ne serai capable d'ouvrir ni l'un ni l'autre. Le café peut aussi refroidir à son rythme sur le coin de la table. Je n'ai ni faim ni soif, et je ne suis pas fatigué.

J'attends ma femme.

Jusqu'à ce qu'à 2 h 19, une vitre vole en éclats.

9

Le bruit de verre cassé provient de l'extrémité ouest du musée, du côté de la forêt. Je me lève en même temps que mille pensées m'assaillent. Les premières sont une batterie de questions ponctuées de jurons. Alors que je cours déjà, je réfléchis à tout ce qui a pu dérailler.

Ça ne peut pas être Karoliina. Nous avons réussi, selon moi, à nous mettre d'accord. J'ai élaboré à l'arraché un plan que je n'avais pas l'intention de mettre à exécution. J'ai longuement parlé, lorsque nous nous tenions debout face à face, l'un contre l'autre. J'ai dit que je lui enverrais un message du musée quand la voie serait libre, et qu'avant ça nous ne devions pas dévier de la ligne tracée. Elle a approché son visage du mien, jusqu'à ce que je sente ses lèvres sur ma peau. Elle m'a murmuré à l'oreille qu'elle n'avait jamais rien attendu autant et que j'étais exactement le genre de partenaire qu'elle cherchait. Puis elle s'est écartée de moi, a enfilé son pull et son manteau et est partie. Je suis resté assis plusieurs minutes dans un fauteuil, cherchant à reprendre mon souffle dans la pénombre du séjour.

La situation est délicate. J'ai un fusil, certes, mais chargé d'une seule cartouche. Si je l'utilise maintenant, je me trouverai face au ravisseur avec un simple accessoire dans les mains. C'est impossible. J'ai besoin de m'armer d'autre chose, d'un objet lourd. Il me revient que dans la première salle figure une reconstitution grandeur nature d'une casemate. Sur sa table, il y a un vieux chaudron en fer. Je m'en saisis et je repars en courant.

Les intrus n'ont pas choisi l'extrémité ouest par hasard. La fenêtre à casser, une baie vitrée, est certes plus grande que les autres, mais le chemin jusqu'à la météorite est plus court et plus direct. J'approche de la salle où elle est conservée, je progresse sans bruit, j'arrive derrière un canon anti-aérien, je ne suis plus qu'à une porte de mon but. J'entends des pas.

Je vais devoir improviser, c'est sûr. Mais à quel point ?

La météorite a été placée dans une vitrine plus solide que la précédente. On la frappe à grands coups. Je me faufile vers la cloison où sont exposés les lance-roquettes, et de là vers le mur recouvert de cartes qui me sépare de la salle de la météorite. Je le longe jusqu'à l'embrasure de la porte, je pose un genou à terre et je jette un coup d'œil de l'autre côté.

Il n'y a pas à se tromper sur le géant qui frappe la vitrine avec un marteau. Ses gestes sont puissants. Le verre se fend, il ne va pas tarder à éclater. Je ne vois personne d'autre dans la salle. J'attends et j'écoute. Je n'entends que les coups de Leonid et le frottement de ses chaussures sur le sol. Ce qu'il fait n'a aucun sens, de quelque point de vue que ce soit. C'est encore plus insensé s'il agit seul. Et on dirait bien. La salle est vide à part lui.

Le verre se brise, tombe en pluie sur le sol. Leonid attrape son sac à dos de randonnée comme si c'était un cartable d'écolier et arrache d'une seule main la météorite de quatre kilos à son support. Il la fourre dans le sac, referme les cordons et les clips, et le jette sur son dos.

Je ne comprends rien à cette histoire. Leonid se dirige vers la fenêtre. Je lui laisse un peu d'avance, je serre le chaudron dans ma main droite. Quand je suis sûr qu'il marche trop vite pour m'entendre approcher, je me prépare à m'élancer derrière lui et...

J'identifie aussitôt l'objet, à sa taille et à son poids, et une voix familière vient me le confirmer. On m'appuie avec conviction le canon d'une arme sur la nuque.

— Les plans ont changé, dit Karoliina. Ne bouge pas.

Je suis toujours baissé, le genou gauche au sol, légèrement penché en avant. Leonid s'arrête et se retourne, d'un mouvement qui me prouve qu'il n'attendait que ça. Je me suis précipité tête baissée dans un piège, alors que c'est précisément ce que je voulais éviter. Ce n'est pas la première fois. Je me suis pourtant laissé prendre, et je comprends vite pourquoi : je ne sens rien. Je n'y ai pas réfléchi, je l'avais tenu pour acquis. Le parfum devait m'avertir.

— Lève-toi lentement. Ne fais rien sans que je t'en donne l'ordre. Et garde cette casserole en main.

— C'est un chaudron.

— Ne lâche pas ce chaudron, alors. Lève-toi !

Je déplace mon poids sur ma jambe droite, je me redresse. Le canon s'éloigne de ma nuque.

— Va dans la salle où se trouvait la météorite.

J'essaie de regarder par-dessus mon épaule.

— Ne te tortille pas. Avance. Calmement.

Leonid m'observe. Son expression est difficile à déchiffrer. La vitrine est à terre, en miettes. Je m'arrête pour ne pas piétiner les éclats de verre.

— Avance, dit Karoliina. Jusqu'à la vitrine.

— Il n'y a plus de vitrine.

— Bien sûr, puisque tu l'as cassée. Frappe le socle avec ton chaudron.

Je jette un coup d'œil derrière moi. Karoliina tient un revolver que je reconnais. Grigori l'avait à la main et, cette fois-là aussi, il était pointé sur moi. Karoliina est coiffée d'un bonnet. Ses cheveux, dessous, ont l'air humides. Ce qui explique l'absence de parfum.

— Frappe, répète-t-elle.

Je lorgne Leonid. Il semble sourire. Je ne sais pas si je sourirais dans sa situation, je n'aurais peut-être finalement pas confiance dans ce que j'aurais convenu avec Karoliina. Mais quand on est amoureux, on ne voit que ce qu'on veut voir, même si ça doit vous tuer. Je soupèse le chaudron dans ma main, j'évalue la distance à laquelle se tient Karoliina. Six ou sept mètres. Je n'ai aucune chance d'arriver jusqu'à elle avant qu'elle ne fasse feu. Et je ne peux pas être certain de l'atteindre si j'essaie de me servir du chaudron comme projectile.

Je décide de gagner du temps. Je devine plus ou moins où Karoliina veut en venir : je dois avoir l'air de m'être résolu à voler la météorite, mais mon complice m'a tué et a disparu avec son butin. Je me tourne et je frappe deux ou trois fois le socle de la vitrine avec le chaudron.

— À quoi est-ce que tu joues ? s'écrie Karoliina. On dirait que tu fais la vaisselle. Cogne !

Je frappe à plusieurs reprises le socle, si fort que j'en ai mal au bras. J'obéis, parce que chacun de mes coups m'accorde quelques secondes supplémentaires pour réfléchir. Le bruit me vrille les tympans, me fait tourner la tête. Toute la salle résonne et vibre. Quand j'arrête, mes oreilles continuent de tinter. Je crois que nous sommes tous les trois dans le même cas.

Aucun de nous n'a pu entendre arriver le quatrième larron.

10

Karoliina et Leonid n'ont pas remarqué l'homme masqué. Il s'est arrêté derrière eux, qui me regardent. Il se tient devant la fenêtre brisée par laquelle il est entré. Nous formons à nous quatre une sorte de cercle maléfique dont chaque élément est à sa façon enchaîné à tous les autres. L'homme masqué nous vise de son fusil, moi ou Karoliina ou Leonid, ou les trois. Sans doute les trois.

— Personne ne bouge, lance-t-il d'une voix sonore. Ou je tire.

Karoliina garde son revolver braqué sur moi, mais tourne légèrement la tête. Elle semble à la fois incrédule et furieuse.

— Lâche ton arme, ordonne l'homme.

Du coin de l'œil, elle doit voir son fusil. Son revolver est toujours pointé sur moi. De longues secondes s'écoulent. Puis sa main s'ouvre et l'arme tombe sur le sol.

— Éloigne-la d'un coup de pied, dit l'homme.

Karoliina reste immobile. Il s'écoule encore quelques secondes. L'homme lève un peu le canon de son fusil, un coup de feu claque et, derrière moi, le plâtre du mur s'effrite. L'arme nous vise à nouveau tous les trois.

— Allez !

Karoliina s'exécute, le revolver glisse sur le sol, à quelques mètres d'elle.

— Le sac à dos, dit l'homme à Leonid.

Ce dernier reste immobile, exactement comme Karoliina un instant plus tôt. J'ai l'impression que l'homme au fusil commence à s'énerver.

— Qu'est-ce que vous avez, putain ! s'exclame-t-il. C'est clair, non ? Le sac. Maintenant.

Puis il a l'air de comprendre quelque chose.

— Le sac, dit-il en anglais. Toi. Le sac. À dos. Donne.

Je sais qui se cache sous la cagoule et derrière le fusil : Tarvainen, le champion de rallye. Sa voix ferme m'a trompé un moment. Mais je reconnais son anglais, que j'ai entendu dans des émissions sportives, je le revois commenter les compétitions : la casquette enfoncée sur la tête, les mots étrangers sortant de sa bouche comme des pièces métalliques aux formes compliquées. Leonid ôte son sac à dos, le tient d'une main.

— Lance, dit Tarvainen en anglais. Le sac. À moi. Maintenant.

Leonid le lui jette comme si c'était une chaussette ou un torchon. Il atterrit avec un bruit sourd sur le sol de béton, aux pieds de Tarvainen. Tout en nous tenant en joue, ce dernier se penche avec précaution. Il ôte sa main gauche de son fusil et, sans que celui-ci bouge, réussit à attraper les bretelles du sac.

— Toi, le pasteur, dit-il. Ramasse le revolver, prends-le par le canon et jette-le dans l'obusier, là-bas.

Au fond de la salle, il y a un gros obusier de campagne. Sa bouche est pointée vers le haut du mur opposé. Je m'approche du revolver en espérant que Tarvainen ne prête pas attention au chaudron que je tiens à la main.

— Lentement, insiste-t-il. Attrape-le par le canon, pointé vers toi.

Je me penche, je saisis l'arme de manière à ce qu'elle soit tournée vers mon ventre. Puis je me redresse et je regarde Tarvainen.

— Direction l'obusier, lentement.

J'y vais, le chaudron toujours dans l'autre main. La bouche de l'épais tube en acier vert de l'obusier est un trou noir. Et il se dresse à un angle de près de quarante-cinq degrés.

— Lève doucement le revolver et laisse-le tomber à l'intérieur, ordonne Tarvainen.

Je lève le bras, presque à la verticale. La bouche de l'obusier est placée haut. Quand le revolver l'atteint, je le pousse à l'intérieur et je le lâche. Sa brève glissade éveille un écho métallique vite éteint. Je protège le chaudron de mon corps. Je ne le cache pas vraiment, mais j'évite de le mettre en avant.

Tarvainen commence à reculer vers la fenêtre. Il nous tient toujours en joue. Les éclats de verre crissent sous ses chaussures d'hiver. Il est bientôt dehors, et seul le canon de son fusil pointe encore à l'intérieur du musée.

— Si je vois quelqu'un me suivre, je tire, avertit-il, et j'entends maintenant aussi dans sa voix l'ivresse qu'il avait jusque-là tenue sous contrôle.

— Je tire si vous sortez ! crie-t-il une dernière fois.

Puis il disparaît.

Je n'ai pas de plan bien défini.

Mais j'ai un chaudron en fer et de l'élan.

Leonid est tourné vers Karoliina. Je cours vers lui, sans regarder ce qu'elle fait. Il pivote et me voit. Il ne perd pas de temps, sa main plonge dans sa poche et en tire un couteau. Mais j'ai pour moi ma vitesse et mon chaudron. Je le balance.

Avec force et précision, il atteint Leonid au menton. Celui-ci tombe à genoux, le couteau lui échappe, cliquette et scintille en glissant sur le sol du musée. Tandis que je poursuis ma course vers la fenêtre, je jette un coup d'œil par-dessus mon épaule. Karoliina s'est précipitée vers l'obusier de campagne et enfonce le bras à l'intérieur. J'entends démarrer un moteur. Je me rue dehors.

Tarvainen a enfourché une motoneige, il donne des gaz. Il a le sac sur le dos, le fusil en bandoulière sur la poitrine. Il s'éloigne du musée sans un regard en arrière. Je fais le tour du bâtiment, je cours à ma voiture tout en sortant mes clés de ma poche. Je démarre et je fonce sur la route principale.

J'aperçois bientôt le feu arrière de la motoneige. Elle file dans la forêt, parallèlement à la route. Heureusement, les étoiles sont plus brillantes qu'elles ne l'ont jamais été cet hiver, et la lune est pleine. S'il neigeait ne serait-ce qu'un peu ou si des nuages cachaient le ciel, je ne verrais rien.

J'ai besoin de la météorite. Je vérifie l'heure à ma montre et je suis soudain pris de panique. J'extrais mon téléphone de ma poche. J'essaie en même temps de voir ce qui se passe dans la forêt, où va la motoneige, et de taper un message. C'est compliqué. Tarvainen file à toute allure. Je dois rouler pied au plancher pour le suivre. Il sait conduire. J'ai réussi à écrire deux mots quand le téléphone bipe.

Sors avec la météorite.
Nous sommes sur le parking.

Je pousse un cri.

— Non, non, non, non, non !

Je ne peux pas faire demi-tour, je n'ai pas la météorite. J'efface ce que j'ai eu le temps de taper, je jette un coup d'œil sur le côté. Le feu arrière a disparu. Je freine, le téléphone m'échappe. Je recule, le moteur hurle, le mur de sapins s'interrompt net et je vois la motoneige au loin, de l'autre côté d'un champ. Elle va vers...

Le lac Hurmejärvi.

La maison de Tarvainen se trouve au bord du lac.

Qui vole un million d'euros et rentre droit chez lui avec son butin ?

Réponse : un champion de rallye soûl, peut-être.

Au bout du champ, le feu arrière disparaît dans la forêt. Je cherche mon téléphone, le trouve enfin sous le siège côté passager. J'envoie un message, puis j'essaie de joindre le numéro inconnu. Je redémarre, l'appareil collé à mon oreille. Ça sonne. Personne ne répond.

Je tourne à droite, je roule une dizaine de minutes et j'arrive plus vite que jamais au carrefour du lac Hurmejärvi. Je prends la route qui y mène. Elle sinue et zigzague sans la moindre ligne droite, m'obligeant à me concentrer sur la conduite. Malgré les virages, je regarde mon téléphone et je tente encore d'appeler. En vain.

À l'approche de l'endroit où la route commence à contourner le lac par l'ouest, je lance une recherche pour obtenir les coordonnées de Tarvainen. Je les trouve sans mal. Ni l'adresse ni le numéro de téléphone ne sont secrets. Ça signifie que le champion de rallye n'avait sans doute pas prévu de se muer en voleur de météorite.

Le dernier kilomètre jusque chez lui est le plus rapide de la soirée. J'ai entendu parler de sa maison. Il l'a fait construire avec l'argent gagné lors de ses rallyes, dont tout indique qu'il est maintenant épuisé. Elle est grande et détonne dans le paysage. Elle a presque les pieds dans l'eau, ou plutôt dans la glace, en cette saison. À la lumière de la lune et des étoiles, son angulosité, sa blancheur et ses grandes baies vitrées la font ressembler à un petit aéroport sans piste. Je la dépasse. Je ne vois pas la motoneige. Les lieux semblent plongés dans le noir.

Quelques centaines de mètres plus loin, je fais demi-tour. De cette direction, on aperçoit mieux le bout de terrain en pente raide qui sépare la maison du lac. La motoneige y est garée, face au mur. La fenêtre devant elle est éclairée. J'en conclus que Tarvainen doit être dans ce coin du bâtiment et que je peux donc m'engager dans l'allée qui mène à l'angle opposé.

Elle descend vers la maison et le lac. J'éteins mes phares, je passe au point mort et je coupe le moteur. J'ouvre ma vitre. La voiture glisse en silence dans l'étroit chemin enneigé. J'arrive presque jusqu'au jardin sans entendre aucun bruit.

Quand le silence se rompt, je vois au même instant le pare-brise se fendiller autour d'un impact de balle.

11

Le premier tir fait un trou dans le pare-brise, le deuxième transperce la grille du radiateur, le troisième fait exploser le pneu avant gauche. J'ouvre la portière tout en détachant ma ceinture de sécurité, et je plonge dans la neige pour aller m'abriter derrière des arbres. Les coups de feu ont cessé. J'entends des jurons. Je me redresse légèrement et, caché derrière un gros pin, j'observe la maison.

Tarvainen se tient sur le balcon du premier étage, il frappe le sol de son fusil. J'ai déjà vu ce genre de panique, quand une arme s'enraye. Une faible lumière brille derrière l'ex-champion de rallye, transformant ses mouvements en un violent théâtre d'ombres. Sous le couvert des arbres, je progresse en pataugeant dans la neige qui m'arrive à mi-cuisse. Une fois dans le jardin, je fais le tour de la maison. Tarvainen est toujours sur le balcon. Il semble regarder en direction de la voiture et de l'allée. Il ne voit peut-être pas que la portière côté conducteur est ouverte.

Je longe le bâtiment, je tourne le coin, je parviens à l'arrière, là où la motoneige touche presque le mur. Son moteur cliquette encore de chaleur dans la nuit glacée, la clé est sur le contact. Je la prends. Tarvainen peut bien m'offrir un moyen de locomotion, maintenant qu'il a pulvérisé ma voiture. À condition bien sûr que je sois encore en vie pour en profiter.

De l'autre côté de la motoneige, il y a une porte. Elle n'est pas verrouillée.

J'entre, et je découvre la salle de détente d'un sauna. La lumière y est allumée. Des baies vitrées donnent sur le lac, la grande cheminée semble ne pas avoir beaucoup servi et il y a une telle quantité d'accessoires de rallye que j'ai l'impression de me trouver dans un musée des sports mécaniques. Il doit y avoir des dizaines de trophées, et autant de médailles, en plus de photos où des voitures glissent en crabe dans des virages ou volent à travers les airs, ou bien où Tarvainen brandit une coupe, secoue une bouteille de champagne ou enlace des individus souriants. Lui ne sourit pas.

Quelque chose m'arrête. Pas au point de rester planté là à m'en étonner, mais le fait est que cet homme vient de me sauver la vie. Karoliina et Leonid ne m'auraient pas laissé le loisir de raconter le cambriolage et de décrire les coupables.

Un escalier ouvert conduit à l'étage. Je le monte à toute vitesse, aussi silencieusement que mes chaussures d'hiver qui grincent sur les marches en bois le permettent. À mi-chemin, je jette un coup d'œil dans le séjour où il débouche.

Il est vaste et lumineux, même s'il n'y a qu'une lampe à pied allumée dans un coin. Mais il est surtout vide. J'arrive en haut et je tends l'oreille pour essayer de repérer Tarvainen. Je peux imaginer, en gros, où se trouve le balcon d'où il m'a visé. Je me dis que si le fusil fonctionnait encore, il aurait continué à tirer, soit sur ma voiture, soit sur autre chose. Puis j'entends du bruit dans une tout autre direction.

L'ex-champion de rallye est dans la cuisine. Je m'approche de la porte ouverte pour risquer un regard à l'intérieur. La pièce est grande, rectangulaire. Tarvainen est à l'autre bout, devant la fenêtre. Il porte toujours le sac sur le dos. Et tient quelque chose à la main. Quand il se tourne et que la lumière au-dessus de l'évier l'éclaire sous un meilleur angle, j'identifie l'objet. C'est un couteau de cuisine chinois. La lame, sorte d'hybride entre la pelle, le couperet et la hache, est gigantesque. J'inspire profondément, je laisse mes poumons se vider et je m'avance.

— Nous avons à parler, dis-je.

Tarvainen se retourne, il n'a pas l'air surpris, juste furieux, irrité au plus haut point.

— De quoi ? demande-t-il d'une voix nettement plus alcoolisée qu'au musée.

Peut-être a-t-il, en route, bu quelques coups à sa victoire. Il a ouvert son manteau noir, sous lequel il porte son habituel blouson fatigué.

— De plusieurs choses. Je veux...

— La météorite.

Je ne réponds pas. Il a raison.

— Je veux vous remercier, reprends-je, et je fais quelques pas prudents dans sa direction. Vous m'avez sauvé la vie. Au musée.

Tarvainen titube. Il est de toute évidence complètement soûl. Je ne comprends pas comment il a réussi à voler quoi que ce soit et à conduire sa motoneige avec autant de dextérité. D'un autre côté, ça ne m'étonne pas : toute notre petite famille a été témoin de ses talents de pilote.

— Il n'y a pas de quoi. Hors d'ici !

— Encore une chose. Ou plutôt deux. J'ai d'abord besoin... de ce sac sur votre dos.

— Je m'en doutais, putain !

— Vous vous doutiez de quoi ?

— Tu es comme tout le monde.

— Bien sûr, mais...

— Tu veux la météorite. Tout le monde la veut. Elle est à moi. Elle m'appartient.

— J'en ai besoin, dis-je sincèrement. J'en ai besoin à cause de ma femme, Krista.

Tarvainen ne bronche pas. Je me force à poursuivre, malgré toute la difficulté que j'ai à formuler tout haut ma pensée.

— Autre chose. Je veux vous pardonner.

Il n'a pas l'air de comprendre de quoi je parle.

— Je veux vous pardonner, je répète. Nous commettons tous des erreurs. Posez ce couteau.

Il fait exactement l'inverse et le brandit. L'immense surface de la lame semble attirer toute la lumière de la pièce, elle brille comme une lampe braquée sur moi.

— Hors d'ici ! crie-t-il.

Je secoue la tête.

— Je ne peux pas partir sans la météorite.

Tarvainen se met à hurler, braille quelque chose d'indistinct, baisse le bras au bout duquel il tient le couteau. Il n'est qu'à trois ou quatre mètres de moi et je sens son odeur, l'alcool brut dont les vieux relents se mêlent aux nouveaux. La large lame scintille, je me prépare au combat rapproché. Mais Tarvainen me prend totalement par surprise en lançant le couteau par le bas. La lame vole vers moi, j'ai juste le temps de laisser tomber les clés de la motoneige par terre et de commencer à lever les bras. Elle me heurte la poitrine, s'enfonce à travers ma doudoune, mon pull et ma chemise au milieu de mon sternum. Et y reste plantée, j'ignore à quelle profondeur. La douleur explose dans mon corps, j'ai l'impression que tout mon thorax se déchire. Respirer est impossible, et pour cause : j'ai un couteau de cuisine chinois fiché dans la poitrine. Le savoir ne diminue cependant en rien la souffrance, si violente que j'en ai le vertige.

Tarvainen court, quelque part, on dirait qu'il dégringole l'escalier.

Je saisis le manche du couteau, et rien ne m'a jamais paru aussi horrible. Je ferme les yeux, je tire. En s'arrachant à mon sternum, la lame laisse échapper un bruit de succion, comme un affamé qui aspirerait une soupe épaisse à même l'assiette. Je lâche le couteau par terre. Il est couvert de sang, et je sens le liquide chaud couler sur mon torse. Je réussis à prendre une première inspiration. C'est pénible et douloureux, comme si quelqu'un me déchiquetait la poitrine. Je tourne les talons et je me lance à la poursuite de Tarvainen.

Que devrais-je penser de lui ? Dans la même soirée, il m'a sauvé la vie et tenté deux fois de me tuer.

J'arrive au rez-de-chaussée, puis à l'extérieur. Dans le jardin, j'aperçois des traces dans la neige et, quand je lève les yeux, je vois Tarvainen, éclairé par la lune et les étoiles. Il court sur le lac gelé. Je jette un coup d'œil à la motoneige, il a sans doute d'abord voulu la prendre, mais, comme je m'en rends moi-même compte, la clé de contact est au premier étage.

J'essaie de le suivre, mais je suis incapable de courir aussi vite que je le voudrais. Crier est encore plus difficile. Je vois les fanions, et la direction dans laquelle court Tarvainen.

Les fanions des pêcheurs signalant les ouvertures dans la glace.

Les célèbres corégones du lac Hurmejärvi.

Je crois d'abord que Tarvainen ne les a pas vus. Mais c'est impossible. Puis je comprends ce qui est en train de se jouer. Tarvainen court droit vers un fanion. Il se rapproche, et j'essaie de crier.

Il est si près du fanion qu'il pourrait presque le toucher. Sauf qu'il n'en a pas le temps. La glace cède, il tombe dans l'ouverture. Je vois le haut de son corps, comme un tonneau au milieu du lac ; le sac à dos en fait une masse pesante qui s'enfonce lentement. Mais qui s'enfonce, et finalement disparaît. Je m'arrête, je cherche de l'air. Je suis incapable de courir.

J'aperçois encore un instant une main sur la glace, puis elle aussi sombre, et il n'y a plus que la pleine lune, les étoiles et le couvercle gelé, infini, lisse et brillant, du lac.

Je me rappelle ce que Tarvainen a dit.

Le rallye ou la mort.

12

Je saigne abondamment et la motoneige vibre sous moi. Son faisceau lumineux satine la neige. Je ne peux pas pousser l'engin à fond, car je ne dispose que d'une main pour conduire. De l'autre, j'appuie sur ma poitrine. J'ai trouvé dans la salle de détente de Tarvainen de quoi improviser un pansement. J'ai posé sur ma plaie un stock de protège-sièges de sauna jetables, tenus par du ruban adhésif toilé que je me suis enroulé deux ou trois fois autour du thorax, et j'ai enfourché la motoneige.

Je me comprime le sternum de la main, ou du moins j'essaie, sans grand succès. Le capot de la motoneige épouse les bosses du terrain, il tangue dans les virages de l'étroite piste forestière. Je suis obligé de m'arrêter, la douleur me coupe le souffle. Je sors mon téléphone des profondeurs de ma doudoune et j'appelle le numéro du ravisseur. Personne ne répond, et il n'y a eu aucun nouveau message. Je repars.

Je préférerais éviter de penser à ma situation, mais elle m'apparaît d'elle-même dans toute sa désolation : je n'ai pas la météorite, je ne sais absolument pas où se trouve Krista ni si elle va bien. J'ai une plaie ouverte à la poitrine, et je n'ai pas d'arme.

À l'orée du village, je me rapproche de la route principale. Je pense que du trafic, de ce côté, attirera moins l'attention qu'une motoneige sortant de la forêt – si quelqu'un attend toujours au musée. C'est de toute façon là que je dois me rendre. C'est mon seul espoir.

J'essaie de me concentrer sur la suite, mais j'imagine que je suis en léger état de choc. Mes pensées galopent, mes sentiments se bousculent. Au guidon de la motoneige d'un mort, je longe en pleine nuit une route déserte de l'est de la Finlande, je saigne et ma femme a été enlevée. Je n'ai jamais voulu ça.

Le parking du musée est vide. C'est la première chose que je vois, avant même le bâtiment. Rien ne semble avoir changé : le hall est éclairé, les bureaux sont plongés dans l'obscurité et de la lumière tombe des fenêtres de la salle de la météorite, du côté de la forêt. Je descends de la motoneige. Tous mes mouvements sont lents. J'ai l'impression que quelqu'un a refermé son poing sur mon sternum et le serre si fort que la douleur irradie dans tout mon torse. Je me mets en marche et je ne m'arrête que lorsque je peux voir à l'intérieur du musée par la fenêtre brisée de la salle de la météorite. J'attends et j'écoute. Le vacarme n'a en tout cas pas attiré de curieux. J'attends encore un moment, je quitte le couvert des arbres et je m'approche de la fenêtre.

La salle est déserte. Quand j'en suis sûr, ma première idée est de faire le tour du bâtiment jusqu'à la porte principale et d'entrer par là, mais je me rends vite compte que c'est superflu. Karoliina et Leonid voulaient la météorite – elle leur a échappé. J'enjambe la fenêtre en essayant de faire attention aux éclats de verre, mais impossible de les éviter. Le sol est jonché de débris. Mon chaudron en fer y gît aussi. La pièce a l'air d'avoir subi l'attaque ciblée d'une bande de barbares. La suivante est intacte, rien n'y a bougé. Je vais droit à la rangée d'uniformes, je soulève une manche de vareuse grise, je prends mon fusil et je tends à nouveau l'oreille. Je suis maintenant sûr d'être seul dans le Musée militaire.

Mon état s'aggrave à chaque instant, je le sens, j'ai de plus en plus mal à la poitrine. Je sais que je dois aller à l'hôpital, et vite. Mais je sais aussi que l'hôpital le plus proche est à une heure de route et que Krista a disparu. Je trouve dans les locaux du personnel une boîte de paracétamol faiblement dosé. J'en avale la moitié, avec de l'eau froide, et je me lave les mains. Tout ce que j'ai touché est taché de sang. J'en suis couvert, comme après l'explosion de la mine, au bord d'une route en Afghanistan. J'essuie le sang sur l'écran de mon téléphone et je vérifie à nouveau si j'ai reçu des messages. Non.

Je suis pris de faiblesse, obligé de m'asseoir, et ce mouvement aussi est douloureux, comme si on me lançait un second couteau dans la poitrine. J'ouvre ma doudoune et je jette un coup d'œil à l'intérieur.

Ça n'augure rien de bon. On dirait…

Des papiers dans ma poche intérieure. Je les regarde sans les toucher. Ils sont ensanglantés, mais pas trempés. J'essuie ma main sur mon pantalon, puis je tire la mince liasse de feuilles de ma poche et je les étale sur la table basse. Elles sont restées relativement propres. Je les contemple avec un mélange de profonde stupéfaction et de fragile espoir naissant.

Le papier de gauche est la lettre de menace scotchée à la porte du centre paroissial. Dans le bas court une fine ligne noire discontinue, presque invisible, laissée par l'imprimante. Le papier du milieu est la missive que j'ai trouvée sur la table de notre cuisine. Sur son bord se dessine la même ligne discontinue. Tout comme sur le papier de droite, mais le contenu de ce dernier est d'une tout autre nature.

Mon programme d'entraînement personnel concocté par Räystäinen.

Il est presque quatre heures du matin. Conduire la motoneige est une source de douleur indescriptible. Mais je n'ai pas d'autre moyen de locomotion. Et en réalité ça m'est égal. Je ne suis pas sûr que ce que je ressens ait la moindre importance. Et peut-être même n'est-ce que justice. Je ne sais pas. En revanche, je sais exactement ce que je dois faire. *Krista, encore un instant, j'arrive.*

Les lumières du Hurme-Gym sont allumées. Je ne crois pas qu'à cette heure de la nuit qui que ce soit fasse des squats ou serre sa ceinture avant d'exécuter quelques soulevés de terre. J'abandonne la motoneige, je prends mon fusil et, pataugeant dans la neige, je descends la colline boisée. Je m'approche de la salle de sport par le côté : elle se trouve à l'extrémité est du bâtiment industriel, tandis que j'arrive de l'ouest. Je longe le mur, le fusil à la main.

Au centre de la façade, il y a une brèche, une sorte de zone de livraison. Quand j'y arrive et que j'y jette un coup d'œil, je sursaute. Une Volkswagen Jetta est garée le long de la plate-forme de chargement. C'est celle que j'ai vue sur le parking du centre paroissial avant de trouver la première lettre. Mais elle n'appartient pas à Räystäinen, il a un 4 × 4. Qui n'est visible nulle part. On distingue dans la neige différentes traces de pneus. Y a-t-il à l'intérieur quelqu'un d'autre que lui ?

Je sors mon téléphone de ma poche pour me renseigner sur le numéro d'immatriculation. Je constate que mes mains tremblent, et ce n'est pas seulement dû au froid. La voiture appartient à la femme de Räystäinen, Tarja. Qui, à en croire son adresse, habite à Kajaani. Il me faut un moment pour me rappeler que je ne l'ai aperçue ni au village ni ailleurs depuis un certain temps et que j'ai entendu Räystäinen dire il y a peu qu'elle ne s'intéressait qu'à son 4 × 4, et à rien d'autre. Voilà ce qu'il voulait dire :

il roule maintenant dans la voiture de sa femme. Je range mon téléphone dans ma poche, et je remarque la porte entrebâillée au fond de la zone de chargement.

J'entends un bruit régulier, aussi rythmé qu'un métronome. Puis, quand j'ouvre un peu plus la porte, je perçois un bourdonnement. Je me rends aussitôt compte que les deux sons sont liés.

Räystäinen court.

Sur un tapis roulant, de l'autre côté de la salle. La porte est à l'arrière. Il me tourne le dos. Sa vitesse se situe entre le jogging et le running. J'épaule mon fusil, j'entre. Je me déplace entre les appareils, en me retournant par moments pour regarder derrière moi. Je me vois du coin de l'œil dans le miroir de la salle. Un homme couvert de sang, le fusil à la main, dont la femme a disparu.

J'arrive au niveau de Räystäinen, parallèlement à lui, et je m'approche. Il luit de transpiration, ses foulées claquent, régulières, mais il a sur la poitrine quelque chose de lourd qui le gêne. Et ce n'est pas la seule chose qui l'oblige à se tenir un peu penché en avant. Ses poignets sont solidement attachés à l'aide de ruban adhésif aux rampes du tapis de course, de sorte qu'il lui est impossible de se libérer seul. Je m'approche pas à pas. Puis je m'arrête.

Son torse aussi est entouré d'adhésif – un peu comme le mien. Quelque chose y est fixé, d'où dépassent des cordelettes nouées aux rampes devant et derrière lui.

Je fais le tour d'un vélo de fitness et je m'avance vers Räystäinen, le fusil en position de tir. Il ne tarde pas à me voir devant lui, sur sa gauche. Une lueur s'allume dans ses yeux.

— Aide-moi, crie-t-il en continuant de courir.

Tout en le tenant en joue, je balaie la salle du regard.

— Il y a quelqu'un d'autre ici ? dis-je une fois arrivé à sa hauteur.

Il secoue la tête. Le mouvement est minimal. Il a l'air soucieux de ménager ses forces. La sueur perle sur sa peau, son visage est marbré de rouge.

— Aide-moi, répète-t-il.

On ne peut pas dire qu'il parle, ce sont plutôt de petits sons qu'il lâche au milieu de respirations saccadées. C'est du moins l'impression que j'ai.

— Où est Krista ?

Räystäinen court. Je vois qu'il est obligé d'économiser ses mots.

— Ils… l'ont emmenée…

— Qui ça ?

— Karol…

— Karoliina et le géant ? Ils ont emmené Krista ?

Räystäinen acquiesce.

— C'est toi qui l'as enlevée le premier, dis-je. N'est-ce pas ? Pourquoi ?

— Aide-moi, souffle-t-il.

Je pointe mon fusil sur lui.

— C'est toi ?

Il hoche la tête.

— Pourquoi ? Pourquoi as-tu enlevé Krista ?

— L'argent… La faillite… La salle…

J'ai le doigt sur la détente. La fureur m'envahit, elle est sœur de la jalousie, faite de force obscure, de froideur et d'insensibilité.

— Tu as enlevé ma femme parce que ta salle de sport allait faire faillite, c'est ça ?

Räystäinen a un petit hochement de tête, presque imperceptible. Il continue de courir. Je tourne mon regard vers sa poitrine, j'examine plus attentivement ce qui y est scotché. Les cordelettes nouées aux rampes sont reliées au niveau de son ventre à un anneau métallique. Je sais ce que c'est. Dessous, il y a une masse dont je distingue la forme malgré l'adhésif. Je sais reconnaître une grenade quand j'en vois une. Je peux aussi dire qu'elle n'a pas été volée au Musée militaire.

Le système est d'une grande simplicité. Si Räystäinen accélère, la corde fixée derrière lui se tendra fatalement, la goupille se détachera, la cuiller se soulèvera et la grenade explosera. Et s'il ralentit, c'est la corde fixée devant lui qui se tendra, avec le même résultat. Räystäinen étant attaché par les poignets à l'appareil, il ne peut ni fuir ni désamorcer le système. Il doit courir.

Je baisse mon fusil.

— Est-ce que Krista va bien ?

— Oui… elle allait…

— Elle allait bien tout à l'heure ?

Hochement de tête.

— Ils… l'ont emmenée… avec les clés de chez moi… Tu vas m'aider…

C'est une question, à l'évidence. Je réfléchis un instant. Sans lâcher mon fusil, je vais au comptoir, je passe derrière, j'ouvre la vitrine réfrigérée, je prends une boisson énergisante et je retourne auprès de Räystäinen. J'ouvre la bouteille et je la porte à ses lèvres. Il boit, comme un chien ou un cheval. Le liquide bleu vif gicle tout autour, mais la plus grande partie finit dans sa bouche, et il vide la bouteille.

Je le regarde, lui le ravisseur, l'auteur des menaces.

— À quelle heure arrive ton premier client ?

— Quoi ?

— À quelle heure arrive ton premier client ?

— À six heures…

Je regarde la pendule. Il est un peu plus de quatre heures. Je prends le chemin de la sortie.

13

Le bourdonnement du tapis de course, les foulées qui claquent, lourdes et régulières, la respiration difficile, rauque et sifflante. Il me faut un moment pour comprendre qu'il s'agit de mon cœur et de mon propre souffle. Räystäinen est loin, je suis de l'autre côté du village. Ma plaie à la poitrine me donne l'impression de s'être étendue à tout mon corps, elle irradie de douleur à chaque battement de mon cœur. J'ai du mal à respirer, je suis littéralement à bout de souffle.

Je reste assis encore un instant sur la motoneige, puis je prends mon sac sur mon épaule, je saisis mon fusil et je pars à pied. Le trajet n'est pas long. La bande de forêt entre les deux routes ne fait que deux ou trois cents mètres de large. Dans mon état, c'est malgré tout un défi. Et je porte deux poids, le fusil et le sac de sport dans lequel j'ai mis un haltère de quatre kilos. Arrivé en vue de la maison, je m'arrête. Je récapitule mon plan, il est simple et repose entièrement sur ma capacité à surprendre le couple. Les lumières sont allumées, il y a du monde à l'intérieur. Les dernières dizaines de mètres sont plantées de bouleaux aux troncs minces, dépouillés et desséchés par le froid, qui n'offrent qu'un abri virtuel. J'espère que personne ne regarde dehors ou ne se promène autour de la maison.

Je m'approche par l'arrière du bâtiment en briques d'un étage, construit dans les années soixante-dix. J'atteins la limite entre la clarté des étoiles et la lumière qui tombe de l'intérieur, filtrée par les rideaux fermés, et qui donne des reflets jaunes à la neige. Je la franchis, je patauge en levant haut les pieds dans la blancheur dorée. Tremblant de froid et d'épuisement, je m'appuie au mur latéral aveugle de la maison.

J'essaie pendant un moment de respirer le plus silencieusement possible, avec pour seul résultat d'être encore plus vite à court d'air. Je ne peux que haleter et souhaiter que quiconque ne m'entende. Je me dirige vers la porte de derrière.

La terrasse est toujours dans son état estival. Ou le serait, si c'était la belle saison. Maintenant, il y a un mètre de neige sur le barbecue, les chaises et la table de jardin. En m'approchant de celle-ci, je remarque trois choses. Derrière elle, un étroit passage mène à une porte. Une légère fumée monte d'une grosse boîte de conserve. Et l'air sent la cigarette.

Le coin fumeurs.

Et si le coin fumeurs est régulièrement utilisé, il en va de même pour la porte. Et dans ce cas elle n'est sans doute pas verr…

Je m'accroupis derrière la table, je me fais aussi petit que possible. La porte s'ouvre et se referme, de la lumière asperge le jardin comme si on en balançait un seau. Des pas crissent sur la neige. J'entends un briquet. Puis plus rien. Évidemment, quel bruit fait quelqu'un qui fume une cigarette ? Je n'ose pas respirer. Mais je ne vais pas pouvoir tenir longtemps.

Le fumeur change de position, la neige grince sous ses pieds. Je me rends compte que je vais devoir respirer dans deux ou trois secondes maximum. Je n'ai pas le choix.

Je me lève sans savoir à quoi m'attendre. D'un même geste, je soulève mon fusil, je le cale contre mon épaule, et je vise...

Leonid, apparemment, entre les deux yeux.

Il est presque exactement en face de moi, de l'autre côté de la table. Il regarde un instant le trou noir du canon, puis lève les yeux, élargit en quelque sorte la perspective, me fixe. Par rapport à la surprise totale que nous éprouvons tous les deux, nous restons très calmes.

— Silence, dis-je en anglais.

Leonid se tait, sa cigarette fume dans sa main.

— Entrons, dis-je en accompagnant l'injonction d'un léger mouvement de fusil.

Leonid ne bouge pas. J'assure ma visée.

— Tu préfères que j'y aille seul ?

Il m'observe encore un moment, peut-être voit-il le sang sur mes vêtements et mon visage, mais finalement il se retourne. La neige crisse. Je fais le tour de la table, je le suis, prêt à tirer. Il pose la main sur la poignée de la porte.

— Stop, dis-je.

Il s'immobilise. Je dois de nouveau improviser. Et aussi me dépêcher. Mon état empire à chaque instant. Je sais que ne n'est qu'une question de temps avant que mes forces me lâchent, que je commette une erreur que je n'aurai pas le temps de réparer.

— On va entrer lentement et calmement, dis-je. Reste devant. Je veux que tu sois toujours entre Karoliina et moi. À chaque instant. Compris ?

Leonid ne répond pas. J'appuie le canon du fusil contre son dos. Je pense à Krista, et le geste est sans doute plutôt brutal.

— Oui, fait-il. Devant.

— Bien. Ouvre la porte.

Il s'exécute. À l'intérieur brille une vive lumière.

Nous nous trouvons tout de suite au milieu du séjour. J'y découvre aussi bien Karoliina que Krista. La voir provoque en moi une violente émotion que je m'efforce de maîtriser. Elle aussi m'a vu. Elle est assise sur un grand canapé, face à la porte que Leonid et moi avons franchie. Elle a un œil rouge et enflé, et l'air d'avoir boxé sans protections. Son ecchymose me pénètre droit dans le cœur, me déchire la poitrine aussi douloureusement que le couteau. Je me force à me concentrer.

Karoliina se tient de dos. Elle a un revolver à la main. Je donne un petit coup dans les reins de Leonid. Il comprend et s'arrête. Je me place un peu de biais par rapport à lui, juste assez pour avoir aussi Karoliina dans mon viseur. Elle se retourne.

— La porte, putain…

Elle nous voit, et son irritation fait place à de la surprise, et la surprise à de l'intérêt.

— Monsieur le pasteur, dit-elle en finnois.

— J'ai la météorite.

Je tourne légèrement le haut du corps pour lui montrer ce que j'ai sur le dos, tout en restant à l'abri derrière Leonid.

Karoliina jette un coup d'œil au sac, puis me regarde.

— J'ai ta femme, déclare-t-elle. Ce dont tu devrais me remercier. J'ai suivi Räystäinen, qui traînait près du musée, et je l'ai sauvée.

— Krista, dis-je. Lève-toi et viens ici, derrière moi.

— Krista, ordonne Karoliina en pointant son revolver dans sa direction à la vitesse de l'éclair, ne bouge pas de ce canapé !

Krista reste assise. Elle se tait. Je connais la tête qu'elle fait. Elle est fatiguée et énervée. Elle a peut-être aussi peur, mais elle est surtout furieuse. Je la comprends parfaitement. Je sens que les protège-sièges et l'adhésif, sur mon torse, ont perdu le peu d'efficacité qu'ils avaient encore. J'ai l'impression de baigner dans la chaleur de mon propre sang, qui jaillit sur ma poitrine et mon ventre à chaque battement de mon cœur. Je tremble de plus en plus et mes mains sont si agitées que j'aurais besoin de six cartouches au lieu d'une.

— Je veux la météorite, dit Karoliina.

— Tu l'auras en échange de ma femme. Leonid et la météorite, contre Krista.

— Leonid ? s'étonne-t-elle, l'air sincèrement surpris.

Il nous entend, bien sûr, et comprend que nous parlons de lui. J'imagine que Karoliina et lui se regardent dans les yeux. Ils en ont l'air. Puis tout se précipite. Karoliina bouge bien plus vite que je n'en suis capable en ce moment. Elle lève son revolver.

— Chérie… a le temps de dire Leonid avant que l'arrière de son crâne ne se détache du reste de sa tête.

Le coup de feu résonne comme une explosion dans le silence hivernal de la maison. Leonid tombe sur le dos et c'est comme une tour qui s'écroule, menaçant de m'ensevelir. Je ne peux pas me servir de mon fusil, je dois le baisser, échapper au danger. Mes mouvements sont pénibles et lents, j'en suis douloureusement conscient. Et Karoliina tire de nouveau. Leonid prend dans le corps deux balles qu'il ne sent plus. En même temps, il me sauve la vie.

J'ai mal évalué la situation, c'est clair, et je dois maintenant tenter de corriger mon erreur.

Je bande mes muscles, je plonge sur le côté, à plat ventre derrière l'angle du mur. Ce n'est pas la position idéale. La douleur qui palpite dans ma poitrine flambe au moment où je touche le sol. Le sac, sur mon épaule, accentue la brutalité de ma chute. J'ai le souffle coupé. Mais je n'ai pas lâché mon fusil.

Je suis par terre dans le coin repas. Je roule sur moi-même, pour me retrouver sur le dos entre la table et le mur. Je me force à me redresser. D'abord sur les genoux, puis debout. Je m'appuie aussitôt à la cloison, je lève mon fusil. Je sais qu'il ne me reste que quelques instants avant de m'évanouir. Je plaque mon dos contre le mur, j'y puise tout le soutien que je peux. Les tirs de Karoliina ont cessé. Avant que j'aie le temps de me demander pourquoi, j'entends sa voix.

— La météorite, dit-elle en haussant le ton.

— Tu auras le sac, réponds-je après avoir rassemblé mes forces. Si tu me rends Krista.

Je me rapproche de l'angle. Je jette un coup d'œil sur le côté opposé. Je fais aussi vite que je peux. Karoliina se tient derrière Krista, à l'autre bout du séjour. Leonid gît par terre, la mare de sang autour de sa tête est presque noire. À moins qu'elle ne le soit qu'à mes yeux. Comme bientôt tout le reste. J'examine la configuration des lieux. La cuisine se trouve dans le prolongement du coin repas. De là, on peut accéder à l'entrée. Je baisse mon fusil, je laisse tomber mon fardeau de mon épaule.

— Voilà le sac, dis-je, et je l'envoie d'un coup de pied du côté du séjour.

Je dois utiliser toute la force que j'ai encore dans les jambes pour faire bouger ses quatre kilos. Il glisse jusqu'au corps de Leonid.

— Si tu baisses ton arme et que tu relâches Krista, je te laisse le prendre.

Karoliina reste longtemps silencieuse.

— J'ai une meilleure idée, dit-elle. Je vais venir chercher le sac avec Krista. Puis nous partirons toutes les deux et je la relâcherai un peu plus loin.

Je ne suis pas d'accord. Et ce n'est sûrement pas ce que mijote Karoliina. Elle vient de tuer Leonid.

Je jette de nouveau un coup d'œil vers la cuisine et la porte qui s'ouvre au fond. Si j'ai le temps de l'atteindre. Si une balle suffit. J'entreprends d'ôter mes chaussures. Je finis par y arriver et j'en dépose une du côté du séjour, laissant la pointe dépasser du mur.

— Bien, dis-je. Je reste là à attendre.

— Non, Joel.

La voix de Krista. Elle a bien vu ce qui arrivait aux gens de l'entourage de Karoliina.

— Krista, lançai-je aussi fort que j'en étais capable. Nous serons bientôt à la maison.

— Nous venons chercher le sac maintenant, annonce Karoliina. Vous pourrez ensuite rentrer chez vous.

Je les entends bouger, j'y vais moi aussi. Je comprends dès le premier contact de ma chaussette avec le sol que je n'irai pas très loin. Je vacille. Je ne sens plus mes jambes. Mon torse est déjà en grande partie paralysé, la douleur est brûlante, aiguë. Je me déplace le long du mur, j'arrive dans la cuisine, j'entends qu'on marche dans le séjour avec des chaussures d'hiver. Le parquet stratifié n'aime pas ça, il grince bruyamment. Ce qui est une bonne chose de mon point de vue. Mes propres pas sont silencieux, bien que chancelants. Je trébuche un peu avant d'arriver à la porte. Je rassemble mes forces, je continue. Puis je me concentre sur la coordination de mes mouvements.

Je franchis le seuil de l'entrée qui se poursuit en un couloir donnant droit dans le séjour. Le tapis, épais et doux, étouffe les bruits. Je me campe dessus aussi solidement que possible, je mets mon fusil en joue et j'attends quelques dixièmes de seconde. Puis je vois le profil de Krista. J'attends encore quelques dixièmes de seconde, et…

La main armée de Karoliina apparaît, presque collée à Krista. La main, puis le bras et enfin l'épaule. Je me force à maîtriser le tremblement qui m'agite. Je n'ai besoin que d'une milliseconde. Je me force, je me force… et mon arme se stabilise. Le fusil tonne à travers le séjour.

Karoliina chancelle sous la violence du coup. La puissance de la carabine à élan est telle que sa cible devrait en toute logique s'écrouler. Mais au lieu de tomber, Karoliina pivote d'un quart de tour, garde son revolver levé et tire. Tire et me touche. La balle pénètre dans mon torse. Je tombe en arrière, je lâche mon fusil désormais inutile. Le revolver me vise encore. Je me dis que j'ai fait de mon mieux, mais que j'ai perdu et que je vais mourir. Ce n'est pas le pire. Le pire est que je n'ai pas été capable d'aider Krista.

Au bout de l'entrée, il y a une clarté qui se fait de plus en plus vive. *Le soleil se lève dans le séjour*, ai-je le temps de penser. Je le regarde depuis l'extrémité du couloir obscur et on dirait à la fois le printemps et l'été, et c'est comme si quelque chose de grand s'ouvrait derrière les silhouettes que je distingue, comme si quelque part, au loin, se déversait un flot de lumière et de chaleur.

Avant qu'il ne m'enveloppe et ne se referme sur moi, je vois aussi autre chose. Karoliina est en train de se tourner vers Krista, mais elle ne fait qu'amorcer son mouvement. Le bras de Krista bouge, son poing part à toute vitesse, elle frappe Karoliina au menton d'un direct du droit d'une étonnante perfection. Il a un fort goût de revanche. Karoliina tombe enfin au sol comme si elle avait tout compte fait décidé de s'endormir.

Krista court vers moi, me touche, et il y a dans ce contact cette même clarté, cette lumière levante dont je connais le nom. C'est l'amour. Je voudrais le lui dire, mais je suis incapable de parler. Et je n'en ai pas besoin. Car nous sommes là.

Pour un instant encore.

Puis la lumière nous aspire tous les deux et une douce chaleur m'envahit enfin.

DIX MOIS PLUS TARD

Octobre flamboie. La lumière du soleil d'automne est plus mélancolique et plus belle que jamais. Elle embrase les fenêtres d'un agréable feu, réchauffe les bancs en bois sombre et accentue peu à peu la hauteur de l'espace, comme si le plafond blanc lambrissé s'élevait lentement mais sûrement jusqu'à finir par toucher le ciel.

La vieille église en bois de Hurmevaara est encore une fois bondée. Il m'a fallu un peu de temps pour m'y habituer. D'autant plus qu'elle a commencé à se remplir quand je suis rentré de mon congé de maladie. Je me suis rendu compte que j'étais la cause de cette affluence.

Je monte en chaire, les marches grincent, le plancher est irrégulier, poli par l'usage. Je regarde les fidèles. J'en connais beaucoup de vue. Tous les dimanches, il y a aussi parmi eux de nouveaux visages. Je ne sais que penser du fait qu'ils savent ce qui m'est arrivé. Mais comme ils sont de toute façon au courant, je parle.

Je parle de la difficulté qu'il y a à faire le bien, du nombre de fois où, en voulant agir pour le mieux, on commet malgré tout des erreurs, du fait que la vie est compliquée et n'offre jamais de solutions faciles face aux grandes questions de l'existence. Je parle de ma propre expérience.

C'est aussi ce dont je parle aujourd'hui. De notre ignorance de ce que la vie nous réserve, et du fait que c'est une très bonne chose. Je dois avouer qu'une part importante de ce que j'ai vécu ressemble sans doute plutôt aux épisodes d'un roman à suspense et que c'est une des raisons du succès de mes prêches – mais pas la seule. D'ailleurs je ne raconte pas tout de ce qui s'est véritablement passé. Je souligne que chacun peut donner à ce qu'il entend la signification qu'il souhaite, de même que chacun peut voir dans sa vie l'effet de la main de Dieu ou du hasard. Ou ne pas le voir. Comme moi. Dieu et l'univers le supportent très bien.

Pour ce que j'en sais.

Je le dis aussi.

Et je termine aujourd'hui mon prêche par une pensée qui me touche tout particulièrement.

Ne vous faites pas de souci, ne vous inquiétez pas.

Je trouve moi-même assez incompréhensible de m'être remis à m'inquiéter pour l'avenir. J'ai survécu à l'explosion d'une mine, à une attaque au couteau, à des balles, à des coups de théâtre, et pourtant... Mais il est vrai que cette fois je ne m'inquiète pas pour moi, ni pour mon propre sort.

Une fois l'office terminé, je serre les mains, j'écoute les joies et les peines, la vie. Puis j'aide Pirkko et Matias Ihantola à fermer l'église. Je songe encore une fois qu'il ne s'agissait que d'une méprise nombriliste de ma part. Je croyais que Pirkko s'intéressait à moi, alors qu'en réalité elle cherchait à se rapprocher d'Ihantola. Je les remercie pour l'organisation de l'office du dimanche matin, qui était comme toujours parfaite.

Puis je rentre à pied à la maison.

Krista et Samuel sont assis à la table de la cuisine. Samuel mange. Ou en tout cas essaie, et Krista fait de son mieux pour lui faciliter la tâche. J'embrasse ma femme sur la joue et les lèvres, et Samuel sur le sommet du crâne, pour éviter de m'enduire le visage de compote de patate douce recrachée. Je me sers une tasse de café et je m'assieds avec eux.

— Tu peux aller te reposer, si tu veux, dis-je à Krista.

— Qu'est-ce que tu vas faire pendant ce temps ?

— Je ne sais pas, réponds-je, bien que j'aie ma petite idée.

Krista me regarde comme elle le fait parfois. Il lui arrive, quand nous sommes couchés côte à côte dans notre lit, de me traiter d'homme puzzle. C'est un nom qui me va plutôt bien, et qui décrit la réalité. Des orteils au cou, j'ai le corps couturé de cicatrices. Quand je vais dans un sauna public, on me demande si je me suis battu avec un ours.

— Comment ça s'est passé à l'église ? demande Krista.

— La salle était comble.

— De quoi as-tu parlé cette fois-ci ?

— De la difficulté de faire ce qu'il faut, et de la nécessité, justement, d'essayer.

— Je t'aime, Joel, dit-elle.

Je la regarde.

— Je t'aime.

Krista se lève, nous entoure avec Samuel de ses bras protecteurs, nous embrasse tous les deux. Puis elle monte l'escalier. Samuel s'agite et se balance dans sa chaise. Cet enfant est un miracle, notre miracle, bien sûr béatement inconscient de l'être. Je continue de lui donner à manger, j'essaie de boire mon café. Tandis qu'il refroidit, Samuel termine sa compote. Je l'essuie, et tout ce qu'il y a autour. Je ne sais pas où il y en a le plus, dans son ventre ou sur le parquet.

Je le prends dans mes bras, je me munis au passage d'une couverture prise dans le séjour. Nous sortons dans le jardin.

Le soleil est au plus haut, il n'y a pas de vent, c'est peut-être le dernier beau jour de l'année. Pour demain, la météo a promis de la pluie et du vent, et de l'orage en soirée. On sent presque déjà dans l'air les prémices de la tempête qui s'annonce, de l'immobilité qui précède le déferlement d'une gigantesque vague. Il n'y a encore rien à craindre, mais au-dessus de vous s'arque un anéantissement crêté d'écume.

Je ne sais pas pourquoi je pense à cela. Peut-être est-ce dû à ce que j'ai appris ce matin. Le recours de Karoliina devant la cour d'appel est susceptible d'aboutir. Elle pourrait être libérée dans un an à peine s'il était reconnu qu'elle a agi en légitime défense. C'est parfaitement possible. Elle a convaincu tout le monde qu'elle était sous l'emprise de Leonid et qu'elle ignorait tout de ses projets, et qu'elle ne sait toujours rien de ce qui est arrivé à la météorite, ni même de quel cambriolage il s'agissait. Elle a aussi réussi à faire croire aux gens que ce n'est qu'à l'hôpital qu'elle a découvert que la météorite pouvait valoir autant. Et elle n'a cessé d'affirmer que sa vie était menacée, qu'elle était en danger de mort et qu'elle n'a fait que se protéger. La mort de Leonid serait ainsi un homicide involontaire et la balle que j'ai tirée sur elle, un acte de violence. Je peux vivre avec.

Ce que Karoliina m'a murmuré quand nous nous sommes vus lors du procès risque d'être beaucoup plus problématique. Je l'ai croisée dans un couloir, escortée par un policier. Elle a très légèrement tourné la tête, j'ai senti son parfum. Personne d'autre n'a remarqué, et encore moins entendu, ce qu'elle m'a glissé. À savoir qu'elle reviendrait chercher la météorite.

Qui repose toujours au fond du lac Hurmejärvi.

Samuel gigote. Il pousse sur ses mains, se tortille, roule sur lui-même. Le soleil chauffe la couverture sur laquelle il est couché.

Karoliina sait que je sais où est la météorite. Personne d'autre n'est au courant. Quand on a trouvé le corps de Tarvainen, au printemps, sur la rive opposée du lac, il n'avait pas de sac à dos.

Pourquoi n'ai-je pas indiqué dans quelle ouverture Tarvainen a coulé, et où le sac pourrait se trouver ? Je pense que c'est en grande partie lié à ce que cette pierre a provoqué. La cupidité, la mort. Et elle ne restera pas non plus éternellement au fond du lac. Un jour, elle reprendra sa course, peut-être quand le soleil disparaîtra, que son attraction cessera de s'exercer et que la terre entrera en collision avec d'autres planètes ou sera aspirée par un trou noir, se transformera en un point de la taille d'une tête d'épingle et s'endormira pour des milliards d'années – jusqu'à ce que quelque chose d'imprévu se produise...

Car il se produit toujours quelque chose.

Comme maintenant.

Samuel recommence. Mais jamais il n'agit ainsi en présence de Krista. Il est à plat ventre sur la couverture. Il lève la tête et a l'air soudain totalement concentré. Il dirige son regard droit devant lui et...

... met la gomme.

Il fait des bruits d'un réalisme inimaginable : démarrage, hurlement de pneus. Puis accélération, changements de vitesse. Le moteur – mon fils Samuel – donne tout ce qu'il a. La voiture atteint sa vitesse de pointe. Samuel roule pied au plancher dans une longue ligne droite.

Il a l'air aussi heureux que peut l'être quelqu'un de moins de six mois.

En conduisant une voiture de course.

À fond.

Composition et mise en pages
Nord Compo à Villeneuve-d'Ascq

Imprimé en France par CPI
en août 2021
N° d'impression : 164692

Fleuve Éditions
12, avenue d'Italie
75627 Paris Cedex 13

R15467/01